KB270803

대장 몰느

Le Grand Meaulnes

Alain-Fournier

대장 몰느

Le Grand Meaulnes

알랭 푸르니에 장편소설 | 김치수 옮김

문학과지성사
2007

대장 몬느

펴 낸 날 2007년 9월 7일

지 은 이 알랭 푸르니에
옮 긴 이 김치수
펴 낸 이 채호기
펴 낸 곳 ㈜문학과지성사

등록번호 제10-918호(1993. 12. 16)
주   소 서울 마포구 서교동 395-2(121-840)
전   화 02)338~7224
팩   스 02)323~4180(편집)   02)338~7221(영업)
전자우편 moonji@moonji.com
홈페이지 www.moonji.com

ⓒ ㈜문학과지성사, 2007. Printed in Seoul, Korea

ISBN 978-89-320-1807-2

차례

제1부 7

제2부 113

제3부 185

에필로그 310

옮긴이 후기 315

누이 이사벨에게

제1부

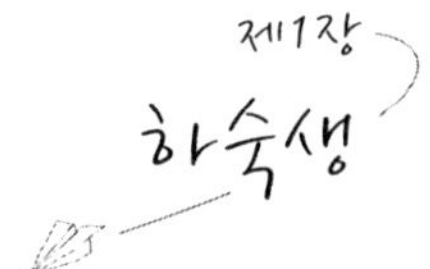

그는 189×년 어느 일요일에 우리 집에 왔다.

그 집은 이제 우리 소유가 아니지만 계속 '우리 집'이라고 부르 겠다. 우리는 15년 전에 고향을 떠나왔고 확실히 그곳에 다시는 돌아가지 않을 것이다.

우리는 생트아가트 학교의 상급반 건물에서 살고 있었다. 다른 학생들처럼 나도 쇠렐 선생님이라고 부르는 나의 아버지는 그곳 에서 교사자격증 시험을 준비하는 상급반과 함께 중급반에서 가 르치고 있었다. 어머니는 초급반을 가르쳤다.

담쟁이 넝쿨 아래 다섯 개의 유리문이 보이는 이 길고 붉은 건 물 한 채는 마을의 맨 끝에 있었다. 체육실과 세탁장이 있는 넓은 운동장은 커다란 교문을 통해 마을로 이어지고 있었다. 북쪽의 작은 문은 거기에서 3킬로미터 떨어진 역으로 이어지는 길로 향해 있었다. 남쪽과 그 너머로는 밭과 정원, 초원이 교외로 이어져 있었다. 내 인생에서 가장 괴로웠으면서도 가장 값진 시절이 흘러간 이 집의 간략한 도면은 이러했다. 우리의 모험은 황량한 바위에 부딪치는 파도처럼 이 집에서 밀려갔다가 되밀려와 부서지곤 했다.

우리가 그곳으로 가게 된 것은 우연이었다. 장학관이나 도지사의 결정에 따른 '교원 발령' 때문이다. 아주 오래전 방학이 끝날 무렵, 한 농부의 마차가 어머니와 나를 녹슨 조그마한 철책 앞에 내려주었다. 이삿짐이 미처 도착하기 전이었다. 정원에서 복숭아를 몰래 따던 꼬마들이 울타리 구멍으로 소리 없이 달아났다……어머니—우리가 밀리라고 부르고, 내가 알기에 가장 알뜰한 살림꾼인—는 곧바로 먼지투성이의 짚으로 가득 찬 방으로 들어가 우리 가구들이 그렇게 형편없이 지어진 집에는 맞지 않는다는 것을 실망스런 표정을 지으며 확인했다. 언제나 이사할 때마다 그러했던 것처럼 말이다. 그러고 나서는 밖으로 나와 내게 한탄을 늘어놓았다. 어머니는 내게 얘기하는 내내 여행으로 더러워진 내 얼굴을 손수건으로 부드럽게 닦아주었다. 이윽고 그녀는 그 건물을 살림집으로 만들려면 몇 개의 통로를 막아야 할 것인지 세어보기 위해 다시 들어갔다. 리본 달린 커다란 밀짚모자를 쓰고 있던 나는 그 낯선 운동장의 자갈 위에 서서 우물 주위와 창고 밑을 자세히 살피면서 기다리고 있었다.

어쨌든 내 마음속에 떠오르는 그날 도착지의 풍경은 이 정도뿐이다. 왜냐하면 내가 생트아가트의 운동장에서 기다리던 첫날 저녁에 관한 오래전 기억을 떠올리려고 하면, 그때마다 이미 다른 기다림의 순간들이 머릿속에 떠오르기 때문이다. 대문의 빗장을 두 손으로 잡고, 누군가 큰길을 내려오지 않을까 애타게 기다리던 내 모습이 바로 그것이다. 만약 내가 2층 다락방 한가운데서 보내야 했던 첫날밤을 상상하려고 하면, 다른 날 밤의 일들이 떠오른다. 기억 속의 그 방에는 나 혼자 있지 않다. 큰 그림자가 벽을 따라 왔다 갔다 하고 있었는데 왠지 불안하고 친근하게 느껴졌다. 이 모든 평화로운 풍경—학교와 호두나무 세 그루가 있는 마르탱 신부의 밭과 오후 4시면 동네 부인들이 찾아와서 점령해버리는 정원 등—은 내 기억 속에서 우리의 청년기를 뒤흔들어놓았던 존재, 그가 사라졌을 때조차 우리는 편안하지 못했고 그로 인해 영원히 동요되고 다른 모습으로 변했다.

그렇지만 몬느가 왔을 때는 우리가 그 지방에서 산 지 어느덧 10년이 되던 해였다.

나는 열다섯 살이었다. 겨울을 생각나게 하는 초가을 11월의 어느 추운 일요일이었다. 밀리는 라 가르 역에서 오는 마차를 온종일 기다리고 있었다. 추운 날씨에 쓸 모자가 배달되기로 했기 때문이다. 그날 아침에 어머니는 미사에 참석하지 않았다. 다른 아이들과 함께 성가대석에 앉은 나는 신부님이 설교할 때까지 새로운 모자를 쓰고 나타날 어머니를 보기 위해서 안절부절못하고 종각 쪽을 쳐다보았다.

오후에도 나는 저녁 기도에 혼자서 가야만 했다.

어머니는 나를 달래느라고 내 옷을 털어주면서 이렇게 말했다. "그 모자 말이다. 그게 도착한다고 하더라도 그걸 다시 고치려면 오늘 하루는 꼬박 걸리지 않겠니?"

겨울의 일요일은 종종 이렇게 흘러갔다. 아침만 되면 아버지는 멀리 안개 덮인 어느 연못으로 가서 작은 배를 타고 곤들매기 낚시를 했다. 어머니는 밤늦게까지 어두컴컴한 방에 틀어박혀 형편없는 야회복을 깁곤 했다. 어머니는 자기처럼 가난하지만 자존심 강한 친구 중의 한 사람이 갑자기 방문할까 봐 두려워 그렇게 칩거하곤 했다. 그리고 나는 저녁 기도가 끝난 뒤, 추운 식당에서 책을 읽으며 어머니가 문을 열고 들어오기를 기다리곤 했다. 어머니는 기운 옷이 얼마나 잘 맞는지 내게 보여주었기 때문이다.

바로 그 일요일 저녁 기도가 끝난 뒤 성당 앞에 사람들이 모여드는 것 같아서 나는 밖으로 나갔다. 꼬마들은 성당 입구 아래에서 거행되는 세례식을 구경했다. 광장에는 마을 사람 여러 명이 소방수 옷을 입고 있었다. 추위에 꽁꽁 얼어 발을 동동 구르며 무리를 형성한 그들은 반장인 부자르동이 열심히 지껄이고 있는 연설을 듣고 있었다.

세례식의 종소리는 마치 때와 장소를 가리지 못하고 울린 축제의 종소리처럼 갑자기 뚝 그쳤다. 소총을 어깨에서 허리로 비스듬히 멘 부자르동과 그의 대원들은 약간 빠른 속도로 펌프를 운반했다. 그들이 첫번째 골목으로 사라지는 것이 보였다. 나는 그 서리 내린 길을 감히 따라갈 엄두도 못 냈다. 그들이 두꺼운 구두 바닥으로 길에 떨어진 잔가지들을 짓밟으며 가고 있었는데 그 뒤를 꼬마들이 조용히 따라갔다.

이제 마을에서 인기척이 있는 곳이라고는 다니엘 카페뿐이었고, 거기에서 나는 높아졌다 낮아졌다 하는 술꾼들의 대화를 어렴풋이 들었다. 마을과 우리 집을 가르는 큰 운동장의 낮은 담을 끼고 돌아, 나는 너무 늦은 귀가를 약간 걱정하면서 작은 철문에 다다랐다.

철문은 반쯤 열려 있었고, 나는 뭔가 이상한 일이 일어났음을 금세 알아차렸다.

실제로 운동장으로 향한 다섯 개의 유리문 중 가장 가까운 식당 문에서 회색 머리의 한 부인이 허리를 구부리고 커튼 사이로 안을 들여다보려고 하고 있었다. 그녀는 검은색 벨벳으로 된 구식 모자를 쓰고 있었는데, 키가 작았다. 마르고 가녀린 얼굴이 걱정으로 초췌했다. 그녀를 보자 나는 왠지 모를 두려움에 사로잡혀 철문 앞 첫번째 계단에서 멈춰 섰다.

그녀는 나지막한 목소리로 말했다.

"어디로 갔지? 방금 전에도 나와 함께 있었는데, 그 애는 이미 집을 한 바퀴 다 둘러보았는데. 어쩌면 도망갔을지도 모르겠네……"

그리고 말끝마다 그녀는 겨우 들릴락 말락 하게 창문을 세 번씩 똑똑 두드렸다.

아무도 그 낯모르는 방문객에게 문을 열어주러 오지 않았다. 밀리는 분명 라 가르 역으로부터 온 모자를 받았으리라. 그리고 그녀는 붉은색의 방구석에 틀어박혀 아무 소리도 듣지 못한 채, 주름이 펴진 깃털과 낡은 리본으로 널린 침대 앞에서 그 보잘것없는 모자를 꿰맸다 풀었다 반복하고 있을 것이었다. 실제로 내가 식당을 지나서 들어가고 방문객이 내 뒤를 바짝 따라왔을 때, 어머니는 채 완성되지 않은 깃털과 리본, 구리줄을 두 손으로 머리에 대고 나타났다. 해질 때까지 일한 탓에 그녀는 피곤해진 눈으로 내게 미소를 지으면서 소리쳤다.

"보아라. 내게 보여주려고 기다리고 있었던 참이다."

그러나 식당 안쪽의 큰 안락의자에 앉아 있는 부인을 보고 어머니는 당황해서 말을 멈추었다. 어머니는 재빨리 모자를 벗고 새 집처럼 뒤집어서 가슴에 꼭 껴안고 있었다.

무릎 사이에 우산과 가죽 가방을 끼고 있던 그 모자 쓴 부인은 남의 집을 방문한 여자들이 흔히 그렇듯이 고개를 가볍게 흔들고 혀를 끌끌 차면서 설명하기 시작했다. 그녀는 아주 침착해졌다. 게다가 자기 아들에 대한 이야기를 시작하자마자 그녀는 거만하고 알 수 없는 태도를 보여 우리는 당황하지 않을 수 없었다.

그 모자(母子)는 생트아가트에서 14킬로미터 떨어진 라 페르테 당지옹에서 마차를 타고 왔었다. 과부―그녀가 우리에게 강조한 바에 따르면 대단히 부자―인 그녀에게는 아들이 둘 있었는데, 동생인 앙투안이 어느 날 저녁 형과 함께 학교 근처에 있는 더러운 연못에서 수영을 하다가 죽었다는 것이다. 그래서 그녀는 큰 아들 오귀스탱이 상급 학년을 마칠 수 있도록 우리 집에서 하숙을 시키기로 결정했다는 것이다.

그러고 나서 그녀는 우리 집에 데리고 온 그 하숙생을 칭찬하기 시작했다. 조금 전까지만 해도 문 앞에서 허리를 구부리고 마치

제 새끼 한 마리를 잃어버린 암탉처럼 애원하며 신경을 곤두세우고 있던 여인의 모습은 온데간데없었다.

그녀가 감탄을 하며 자기 아들에 관해서 이야기한 내용은 대단히 놀랄 만한 것이었다. 즉 그 아들은 그녀를 기쁘게 해주는 것을 좋아해서 때때로 물새나 들오리의 알을 그녀에게 가져다주기 위해서 맨발로 가시양골담초 속을 헤치며 강변을 따라 수십 킬로미터를 걷기도 했다는 것이다. 그는 또한 그물을 쳐놓기도 했는데, 어느 날 밤에는 숲에서 그물 올가미에 걸려든 꿩을 잡기도 했다는 것이다.

옷에 구멍 하나만 뚫려도 감히 집에 돌아갈 수 없었던 나로서는 놀라운 나머지 어머니 밀리를 쳐다보았다.

그러나 어머니는 더 이상 그 이야기를 듣고 있지 않았다. 그녀는 오히려 부인에게 조용히 하라는 표시까지 했다. 그리고 식탁 위에 그녀의 '새집'을 조심스럽게 놓고는 누군가를 깜짝 놀라게 하려고 가듯 조용히 일어섰다.

사실 우리 위쪽, 즉 지난 혁명 기념일에 사용했던 검게 그을린 폭죽들이 쌓여 있는 다락방에서 분명 알 수 없는 발걸음 소리가 천장을 울리며 왔다 갔다 하더니 2층의 어둡고 큰 창고들을 지나 참피나무를 말리고 사과를 익히기 위한 빈 골방 쪽으로 사라졌다.

"조금 전에 이미 아랫방에서 그 소리가 들렸는데, 프랑수아, 난 네가 들어오는 소린 줄 알았다." 밀리가 나지막이 말했다.

아무도 대답하지 않았다. 우리 세 사람은 식당 계단 쪽으로 나 있는 창고 문이 열릴 때까지 가슴을 졸이며 서 있었다. 누군가 계단을 내려와서 부엌을 지나 식당의 어두컴컴한 입구에 나타났다.

"너였구나, 오귀스탱?" 부인이 말했다.

열일곱 살쯤 되어 보이는 키가 큰 소년이었다. 그의 주위에 어둠이 깔려 있어서 뒤로 젖혀 쓴 농부들의 펠트 모자와 검은 셔츠만 보였는데, 초등학교 학생들처럼 검은색 윗도리를 허리띠로 졸라맨 차림이었다. 그는 미소 짓고 있었다.

그는 나를 보더니, 아무도 그에게 설명을 요구할 틈도 주지 않고 내게 말했다.

"운동장으로 나가지 않을래?"

나는 잠깐 동안 망설였다. 그러고 나서는 밀리가 나를 붙들지 않았기 때문에 모자를 쓰고 그에게 다가갔다. 우리들은 부엌문을 통해 밖으로 나와 이미 어두워진 체육실로 갔다. 나는 황혼의 어두운 빛 속을 걸으며 곧은 코와 솜털이 보송보송한 입술을 지닌 그의 각진 얼굴을 쳐다보았다.

"얘, 난 네 다락방에서 이걸 찾아냈다. 너 이게 거기 있는 줄 몰랐지?" 그가 말했다.

그의 손에는 나무로 만들어진 검은색의 작은 바퀴가 들려 있었다. 그 주위에는 풀어진 폭죽의 끈이 감겨 있었다. 그것은 해나 달 모양의 혁명 기념일용 폭죽이었을 것이다.

"터지지 않은 것이 두 개 있더라. 언제든 불을 붙일 수 있어."

그는 결과가 어떻게 될지 더 알고 싶다는 표정으로 조용하게 말했다.

그는 모자를 땅에 던져버렸다. 농부처럼 빡빡 깎은 머리가 보였다. 그는 타다 말고 새까매진 채 버려진 종이 심지가 붙어 있는 두 개의 폭죽을 내게 보여주었다. 그는 모래에다 그 바퀴의 핵을 꽂고 주머니에서 성냥 한 갑—우리가 성냥을 갖는 것이 엄격히 금지되어 있었기 때문에 나는 대단히 놀랐다—을 꺼냈다. 조심스럽게 몸을 구부리고 심지에 불을 붙였다. 그런 다음 내 손을 잡더니 그는 재빨리 나를 뒤로 끌어당겼다.

잠시 후, 몬느의 어머니와 내 어머니는 하숙비를 타진하고 문 밖으로 나와 하얀색과 빨간색의 두 불꽃 다발이 풀무 소리를 내며 체육실 밑에서 솟아오르는 것을 보았다. 그리고 다음 순간, 내가 새로 온 키 큰 소년의 손을 붙들고 멈칫거리지도 않고 그 마술의 불빛 속에 서 있는 것을 보았다.

이번에는 어머니가 아무 말도 하지 못했다.

저녁식사 테이블에서 그 친구는 자신한테 쏟아지는 우리 가족의 시선을 전혀 개의치 않고 말없이 고개를 숙이고 식사를 했다.

제2장

오후 4시 이후

나는 그 당시까지 동네 꼬마들과 거리에서 거의 뛰어놀지 않았다. 189×년경까지 앓았던 관절염은 나를 겁 많고 불행하게 만들었다. 한쪽 다리로 비참하게 껑충거리며, 집을 둘러싸고 있던 골목길에서 재빠른 초등학생들의 뒤를 쫓아가던 나의 모습이 아직도 눈에 선하다.

그래서 우리 가족은 나의 외출을 금했다. 나를 대단히 자랑스럽게 여기던 밀리가 동네 장난꾸러기들과 함께 한 발로 뛰어노는 나를 보자 사정없이 때리면서 여러 번 집으로 데려왔던 일이 생각난다.

오귀스탱 몬느가 바로 내 관절염이 치료될 무렵에 왔는데, 그것은 새로운 생활의 시작을 의미했다.

그가 오기 전에는 오후 4시에 수업이 끝나면 나에게는 외롭고 긴 저녁이 시작되곤 했다. 아버지는 교실의 난롯불을 우리 식당의 벽난로로 옮겨오곤 했다. 늦게까지 교실에 남은 꼬마들은 연기의 소용돌이에 묻힌 그 추운 교실을 하나하나 떠나가곤 했다. 그러고는 여전히 남아 운동장에서 달리기와 같은 놀이를 하기도 했다. 이윽고 밤이 되면 교실 청소를 했던 두 학생이 창고 밑에서 모자와 외투를 찾아 걸친 다음, 책보를 팔에 끼고 커다란 현관문을 열어놓은 채로 후다닥 가버리곤 했다.

그러면 나는 아직 햇빛이 남아 있는 동안에 죽은 파리들과 바람에 펄럭이는 포스터들로 가득 찬 자료실에 틀어박혀, 정원으로 향한 창가에 있는 낡은 흔들의자에 앉아 책을 읽었다.

날이 어두워지고 이웃 농가의 개들이 짖기 시작하고 우리 집 작은 부엌 창문에 불이 켜지면 그때야 돌아오곤 했다. 어머니는 이미 식사 준비를 시작했던 것이다. 나는 다락방의 세 계단을 올라갔다. 그러고는 아무 말도 하지 않고 앉아 난간의 차가운 손잡이에 머리를 기댄 채 촛불이 흔들리고 있는 좁은 부엌에서 불을 붙이고 있는 어머니를 쳐다보곤 했다.

그러나 누군가 우리 집에 오면서 평화로운 어린 시절의 그 모든 기쁨이 내게서 멀어진 것이다. 나를 위해서 한창 저녁식사 준비에 여념이 없는 어머니의 부드러운 얼굴을 밝혀주고 있던 촛불을 누군가 후 불어서 꺼버렸다. 아버지가 유리문에 나무 덧문을 달았던 날 밤에 우리의 행복한 가정을 비춰주던 램프를 누군가 꺼버렸다. 그가 바로 학생들 사이에서 '대장 몬느'로 불린 오귀스탱 몬느였다.

그가 우리 집의 하숙생으로 오자마자, 말하자면 12월 초순부터 학교는 4시 이후 저녁에도 텅 비지 않았다. 여닫히는 문 때문에 추웠음에도 불구하고 수업 후에 청소하는 애들의 물통 소리와 소란 속에서 마을과 시골에 사는 20여 명의 키 큰 애들이 몬느 주위에 항상 모여들었다. 긴 토론이나 끝없는 논쟁을 벌이느라고 그랬는데, 나는 불안하면서도 즐거워서 거기에 끼어들곤 했다.

몬느는 아무 말도 하지 않았다. 그러나 가장 말 많은 애 중의 하나가 매번 앞으로 나서서, 그에게 들려주기 위해 자기를 명확하게 증명해줄 친구들 하나하나를 차례차례 증인으로 내세우며 작물 서리에 관한 긴 이야기를 늘어놓았는데, 다른 애들은 모두 입을 벌리고 웃으며 잠자코 그 이야기를 들었다.

몬느는 책상 위에 걸터앉아 다리를 흔들면서 생각에 잠겨 있었다. 때때로 그는 피식 웃었는데, 마치 혼자만이 알고 있는 어떤 재미있는 이야기가 생각나 웃음을 터뜨리는 것 같았다. 이윽고 밤이 되어 교실 유리창의 희미한 빛이 어린 소년들의 뒤섞인 무리를 비추어주지 못하게 되면 몬느는 갑자기 일어나서 자기를 둘러싸고 있는 친구들을 뚫고 가며 말했다.

"자, 가자."

그러면 모든 아이가 그의 뒤를 따라 나섰고, 어둠이 짙게 깔려 있는 마을 언덕에서 그들의 외침 소리가 들려오곤 했다.

이제는 나도 그들과 함께 다니게 되었다. 암소 젖을 짜는 시간이면 몬느와 함께 나는 교외의 외양간 문 앞으로 가곤 했다……

또 우리들이 가게로 들어가면 어둠 속에서 베틀이 삐걱거리는 가운데 방직공이 말을 하곤 했다.

"학생들이 왔군."

보통 저녁식사 시간에 우리들은 학교 근처에 있는 대장장이며 목수인 데누 집에 가 있었다. 그의 가게는 항상 열려 있는 두 짝 문이 달린 옛날 객줏집이었다. 화덕의 쉭쉭 소리가 길에서도 들렸다. 컴컴한 가운데 윙윙 소리만 들리는 그곳에서는 이따금 숯 잉걸의 불빛에서 잠깐 이야기하려고 마차를 멈춘 시골 사람들이나 문에 등을 기대고 말없이 쳐다보고 있는 우리들과 같은 학생이 보였다.

크리스마스를 약 1주일 남겨두고 바로 거기에서 모든 것이 시작되었다.

제3장

나는 광주리 상점에 자주 드나들었다

온종일 쏟아지던 비가 저녁때가 되어서야 그쳤다. 낮에는 지루해서 죽을 지경이었다. 쉬는 시간에도 아무도 나가지 않았다. 교실에서는 끊임없이 아버지 쇠렐 선생님의 고함 소리가 들려왔다.

"이 녀석들아, 그렇게 딴청 부리지 말래도!"

우리가 '마지막 15분'이라고 말하는 마지막 쉬는 시간 뒤에 쇠렐 선생님은 잠깐 동안 뭔가 생각하며 왔다 갔다 하다가 멈춰 서서는 지루한 수업이 끝날 무렵의 그 웅성거림을 멈추게 하려고 커다란 자로 책상을 두드렸다. 잠시 조용해지자 그가 물었다.

"누가 내일 프랑수아와 함께 마차를 몰고 라 가르 역에 가서 샤르팡티에 부부를 모셔오겠느냐?"

그들은 나의 조부모님이었다. 할아버지는 은퇴한 삼림감시원이었다. 회색 양모로 된 후드 달린 망토를 입고, 당신이 장교 모자라고 부르는 토끼털로 된 모자를 쓰고 다녔다. 꼬마들은 그를 잘 알고 있었다. 아침마다 세수하기 위해 그는 물통을 꺼내 그 안에 물을 길어가지고 와서는 늙은 병정이 그렇듯이 공연히 턱수염만을 담그는 것이었다. 아이들은 뒷짐 진 채 호기심을 가지고 존경 어린 눈으로 그를 쳐다보곤 했다. 그 애들은 또한 할머니도 잘 알고 있었다. 밀리가 해마다 적어도 한 번은 할머니를 초급반에 모셔오곤 했기 때문이다. 시골 출신인 그녀는 키가 작고, 털실로 짠 모자를 쓰고 다녔다.

해마다 우리들은 크리스마스를 며칠 앞두고 4시 2분 기차로 오는 그들을 라 가르 역으로 마중 나가곤 했다. 그들은 우리를 보기 위해 크리스마스에 먹을 식료품과 밤을 보자기에 잔뜩 싼 짐을 들고 온 지역을 두루두루 거쳐서 오시곤 했다. 옷을 두툼하게 차려 입은 두 분이 약간 정신이 없는 표정으로 미소를 짓고 우리 집 문턱을 넘어서면 우리는 모든 문을 닫았고, 그때부터 즐거운 1주일이 시작되곤 했다.

그들을 모셔올 마차를 나와 함께 몰기 위해서는 도랑에 빠지지 않을 만큼 조심스럽고 대단히 공손한 사람이 필요했다. 왜냐하면 할아버지는 욕을 잘했고 할머니는 약간 수다스러웠기 때문이다.

쇠렐 선생님의 물음에 10여 명이 일제히 소리쳤다.

"대장 몬느요, 대장 몬느요!"

그러나 쇠렐 선생님은 못 들은 체했다.

그러자 아이들은 외쳤다.

"프로망탱이요!"

다른 애들이 외쳤다.

"자스맹 들루슈요!"

암퇘지를 타고 빠른 속도로 들판을 달리곤 하는 루아 가(家)의 막내둥이가 "저요! 저요!"라고 소리쳤다.

뒤트랑블레와 무슈뵈프가 수줍은 듯 손을 들었다.

나는 몬느가 지명되기를 바랐다. 그러면 당나귀가 끄는 마차를 타고 갈 이 작은 여행이 보다 중요한 사건이 될 것이었다. 그 친구 또한 그러고 싶었을 텐데도, 거만하게 입을 다물고 있었다. 키큰 아이들은 모두 쉬는 시간이나 즐거운 일이 있을 때 그렇듯이, 뒤에서 몬느처럼 의자 위에 발을 얹은 채 책상 위에 앉아 있었다. 셔츠가 올라가서 허리에 감겨 있는 코팽은 교실의 대들보를 떠받치고 있는 쇠기둥을 끌어안고 즐거운 표정으로 기어오르기 시작했다. 그러나 쇠렐 선생님이 다음과 같이 말하자 학생들은 모두 낙심했다.

"자! 무슈뵈프가 가거라."

모두들 조용히 제자리에 앉았다.

나와 몬느는 4시까지 빗물로 패어 반짝거리는 대운동장에서 함께 있었다. 우리 둘은 돌풍이 지나간 뒤 반짝이는 마을을 말없이 쳐다보고 있었다. 이윽고 모자를 쓴 어린 코팽이 손에 빵을 들고 집에서 나왔다. 그는 담을 스치며 대장간 문 앞으로 휘파람을 불며 갔다. 몬느가 교문을 열고 그를 불렀다. 우리 셋은 잠시 후, 차가운 돌풍이 지나간 뒤 빨갛고 따뜻한 그 가게 안에 자리를 잡았다. 코팽과 나는 진흙 묻은 발을 하얀 대팻밥 속에 묻은 채 화덕 옆에 앉았고, 몬느는 열린 입구 문에 등을 기대고 주머니에 손을 넣은 채 말없이 서 있었다. 이따금 길에는 푸줏간에서 나온 마을의 부인네가 바람 때문에 고개를 숙이고 지나갔다. 그때마다 우리는 고개를 들고 그게 누군지 살펴보았다.

아무도 말이 없었다. 대장장이와 그의 직공은, 한 사람이 풀무질을 하고 다른 사람이 쇠를 두드리며 벽에 커다란 그림자를 만들고 있었다. 그날 저녁은 내 청춘기의 가장 중요한 저녁 중의 하나로 기억한다. 내 마음속에는 기쁨과 불안이 한데 뒤섞였다. 내 친구가 내게서 마차를 타고 라 가르 역으로 가는 그 보잘것없는 기쁨을 빼앗아갈까 봐 두려웠다. 그러면서도 나는 그에게 그런 사실을 고백하지는 않았다. 하지만 그가 모든 것을 뒤집어놓을 만한 뭔가 비상한 일을 계획하기를 고대했다.

때때로 그 가게의 평화롭고 규칙적으로 이루어지는 노동이 잠깐씩 중단되었다. 대장장이는 망치로 철침을 육중하고 정확하게 두들겼다. 그는 두들긴 쇳조각을 가죽 앞치마 쪽으로 당겨서 살펴보았다. 그러더니 고개를 들고 잠시 숨을 돌리기 위해 우리에게 말을 했다.

"어이, 젊은이들, 잘 지내나?"

직공은 풀무질하던 손을 쉬고 왼쪽 주먹을 허리에 대며 웃는 얼굴로 우리를 쳐다보았다.

그러고는 작업을 다시 시작했는데, 귀 먹을 정도로 시끄러웠다.

이 잠깐의 휴지 동안, 열린 문 사이로 세찬 바람 때문에 목도리를 여민 어머니가 작은 보따리를 들고 지나가는 것이 보였다.

"샤르팡티에 씨가 곧 온다지?"

"할머니와 함께 내일 와요. 나는 마차를 타고 4시 2분 기차로 도착하는 그들을 맞으러 갈 거예요." 내가 대답했다.

"아마 프로망탱의 마차로 가겠지?"

나는 재빨리 대답했다.

"아니에요. 마르탱 신부님의 마차예요."

"아! 그러면 당일로 돌아오지 못할 텐데."

대장장이와 직공은 웃기 시작했다.

"프로망탱의 암말이라면 비에르종으로 그들을 마중 나갈 수 있어. 15킬로미터 지점에서 한 시간만 쉴 테니까. 마르탱 신부님의 당나귀가 마차를 달기도 전에 프로망탱의 말은 이미 돌아오고 있는 중일 거다."

"그건 걸어가는 말인 셈이지." 대장장이가 말했다.

대화는 여기서 끝났다. 다시 그 가게는 소음과 불꽃으로 가득찬 장소가 되었고, 각자 자기만의 생각에 잠겼다.

그러나 떠나야 할 시간이 되어 내가 대장 몬느에게 가자는 신호를 보내기 위해 일어섰을 때 그는 알아차리지 못했다. 문에 등을 기대고 고개를 숙이고 있는 그는 방금 주고받은 말에 깊이 몰두하고 있는 것 같았다. 생각에 잠겨, 일하고 있는 그 평화로운 사람들을 마치 안개를 통해서처럼 바라보는 그를 보면서 『로빈슨 크루소』의 한 장면이 갑자기 생각났다. 그것은 대항해를 떠나기 전에 광주리 상점에 자주 드나드는 영국 청년의 모습이었다.

그리고 그 뒤에도 나는 자주 이 장면을 다시 떠올리곤 했다.

제4장
탈주

그 다음날 오후 1시에 상급반의 교실은 바다에 떠 있는 한 척의 배처럼 차가운 풍경 속에 밝게 빛나고 있었다. 어선 위에서처럼 소금과 기름 냄새가 나는 것은 아니었지만, 거기에 들어서자마자 너무 가까이에서 불을 쬐는 학생들의 털옷 눈는 냄새와 프라이팬에 구워지는 정어리 냄새가 났다.

연말이 가까워져서 작문 공책을 나누어 받았다. 쇠렐 선생님이 칠판에 문제를 적고 있는 동안 불안한 침묵이 흐르는 가운데 간간이 옆의 친구를 놀라게 하기 위해 서두만 꺼내거나 숨 막히는 소리에 섞여 낮은 소리로 이야기하는 소리가 들렸다.

"선생님! 아무개가 나를……"

쇠렐 선생님은 문제를 베끼는 동안 다른 것을 생각하고 있었다. 그는 이따금 돌아서서 엄숙하면서 동시에 공허한 표정으로 학생들을 바라보았다. 그러면 그 은밀하게 이루어지는 소란이 잠시 완전히 중단되었다가는, 다시 아주 작은 소리로 소곤거리다가 모터 소리처럼 붕붕거린다.

그런 소란 속에서 나 혼자만이 입을 다물고 있었다. 가장 어린 애들과의 경계 지점에 있는 책상의 끝에 앉아서 나는 큰 유리 창문을 통해 정원과 저 밑의 개울과 들을 보기 위해 몸을 곧추세우고만 있었다.

때때로 나는 발끝을 세워 라 벨에투알 농장 옆을 불안한 마음으로 바라보았다. 수업이 시작되자마자 나는 몬느가 정오의 쉬는 시간 이후에 교실에 들어오지 않았음을 알아차렸다. 그의 짝꿍도 분명 그것을 잘 알고 있었을 것이다. 작문에 열중인 그는 아직 아무 말도 하지 않았다. 그러나 그가 고개를 쳐들기만 하면 그 소식은 이내 교실 안으로 퍼질 것이고, 보통 누군가 큰 소리로 첫마디를 이렇게 외칠 것이었다.

"선생님! 몬느가……"

나는 몬느가 이미 떠났다는 것을 알고 있었다. 더 정확하게 말하면 그가 도망쳤음을 짐작하고 있었다. 점심시간이 끝나자마자 그는 작은 담장을 넘어 비에유플랑슈에 있는 시내와 밭을 지나서 라 벨에투알로 달아났음에 틀림없었다. 그는 샤르팡티에 부부를 마중 간다고 하며 말을 빌렸을 것이다. 지금쯤 그는 말을 마차에 매고 있을 것이다.

라 벨에투알은 저쪽 시내 건너 언덕의 비탈에 자리 잡고 있는 큰 농장인데, 여름에는 느릅나무, 뜰의 참나무와 생나무 울타리로 덮여 있었다. 그곳은 한쪽으로는 라 가르 역으로 통하고, 다른 쪽으로는 우리 마을의 교외로 가는 두 길이 맞닿는 지점에 위치하고 있었다. 높은 담벼락은 버팀벽에 의해 받쳐지고 있었고, 그 아랫부분은 퇴비에 잠겨 있었으며, 담벼락으로 둘러싸인 영지의 큰 건물은 6월의 무성한 나뭇잎에 파묻혀 있어서, 학교에서는 어둠이 깔려야 마차 구르는 소리와 목동의 외침 소리가 들렸다. 그러나 오늘은 창문을 통해 잎이 떨어진 나뭇가지 사이로 뜰의 회색빛 도는 높은 벽과 출입문이 보였고, 울타리 사이로는 라 가르 역으로 통하는, 개천과 수평으로 뻗어 있는 서리 내린 하얀 길이 보였다.

겨울의 이 맑은 풍경 속에서 아직 아무것도 움직이지 않았다. 아직 아무것도 변하지 않았다.

그때 쇠렐 선생님은 두번째 문제를 다 옮겨 썼다. 그는 보통 때에는 세 문제를 내놓는다. 그런데 오늘 혹시라도 그가 두 문제만 숙제로 내준다면…… 그는 곧 교단 위로 다시 올라갈 것이고 몬느가 자리에 없다는 것을 알게 되리라. 그러면 그는 마을을 지나 몬느를 찾아오라고 두 녀석을 보낼 것이고, 그들은 말이 마차에 매어지기도 전에 그를 찾아낼지 모른다.

쇠렐 선생님은 두번째 문제를 베낀 다음에 잠깐 동안 지친 팔을 늘어뜨리고 있었다…… 이윽고 내가 안심한 것은 그가 줄을 바꾸어서 다음과 같이 말하며 다시 쓰기 시작했기 때문이다.

"지금 이 문제는 식은 죽 먹기다."

라 벨에투알의 벽을 지나가는 두 개의 줄, 마차를 붙들어 맨 두 개의 끌채임에 틀림없을 두 개의 줄이 사라져갔다. 나는 지금 거기에서 틀림없이 몬느가 떠날 준비를 하고 있다고 확신했다. 머리와 허리를 붙들어 맨 말이 입구의 두 기둥 사이로 들어간 다음 움직이지 않았는데, 몬느가 모셔올 여행객을 태우기 위해 마차의 뒤에 두번째 좌석을 마련하고 있을 것이다. 마침내 마차 전체가 천천히 마당으로부터 나와 잠깐 울타리 뒤로 사라졌다가는, 울타리의 나무 기둥 사이로 보이는 하얀 길 끝 쪽으로 천천히 다시 지나가고 있었다. 나는 그때 고삐를 쥐고 있는 어두운 형체에서, 농부처럼 한쪽 팔꿈치를 마차 옆에 태연하게 기대고 있는 내 친구 오귀스탱 몬느를 알아보았다.

또다시 잠깐 모든 것이 울타리 뒤로 사라졌다. 라 벨에투알의 현관에서 마차가 떠나는 것을 보며 서 있던 두 남자가 이제 열심히 뭔가 의논하고 있었다. 그들 중 한 사람이 입에 손나발 모양을 만들고 몬느를 부르다가 그가 사라진 방향으로 달려갔다. 그러나 마차가 천천히 라 가르 역으로 가는 길로 접어들어 작은 골목에서는 보이지도 않게 되자 몬느는 갑자기 자세를 바꾸었다. 한 발을 앞으로 내밀고 로마 시대 이륜마차의 마부처럼 몸을 곧추세우더니, 두 손으로 채찍을 흔들면서 전속력으로 말을 몰아 눈 깜짝할 사이에 다른 쪽 언덕길로 사라졌다. 길에서는 그를 부르던 사내가 다시 달리기 시작했다. 다른 사내는 밭을 가로질러 달려왔는데 아마 우리에게로 오는 것 같았다.

몇 분 뒤 쇠렐 선생님이 칠판에서 돌아서서 손에 묻은 백묵 가루를 털려고 하는 순간, 그리고 "선생님! 대장 몬느가 떠나버렸어요"라고 세 사람의 목소리가 한꺼번에 교실 뒤에서 들려오는 순간, 파란 와이셔츠 차림의 그 사내가 갑자기 문을 활짝 열고 모자를 벗으며 물어보았다.

"죄송합니다, 선생님. 선생님께서 그 학생한테 마차를 빌려 선생님의 부모님을 모시러 비에르종에 갔다 오라고 시키셨습니까? 너무 수상해서……"

"아니, 절대 그런 적 없어요!"

쇠렐 선생님이 대답했다.

그러자 교실 안이 굉장히 시끄러워졌다. 문가에서 가장 가까운 세 녀석이 서둘러서 문 쪽으로 달려갔다. 평소에 운동장 안에 들어와 화단의 '이베리스' 꽃을 뜯어 먹는 돼지와 양에게 돌을 던져 쫓아내는 책임을 맡았던 아이들이다. 그 아이들의 구둣발이 바닥에 깔린 돌에 부딪히는 소리가 났고, 뒤이어 운동장의 모래 밟는 발자국 소리가 열린 철문을 돌아 길 쪽으로 사라졌다. 교실에 남은 학생들은 정원 쪽의 창문에 몰려들었다. 어떤 녀석들은 더 잘 보려고 책상 위로 기어올라갔다.

그러나 너무 늦었다. 대장 몬느가 달아난 것이다.

쇠렐 선생님이 내게 말했다.

"그래도 너는 무슈뵈프와 함께 라 가르 역으로 가거라. 몬느는 비에르종의 길을 몰라. 그 애는 네거리에서 길을 잃고 말 거다. 그리고 3시 기차에도 못 닿을 거야."

초급반 문턱에서 밀리가 고개를 내밀고 물었다.

"무슨 일이에요?"

마을의 거리에는 사람들이 모이기 시작했다. 고집 센 그 농부
는 손에 모자를 들고 판결을 기다리는 사람처럼 움직이지 않고 거
기 서 있었다.

돌아온 마차

제5장

나는 라 가르 역에서 조부모님을 모시고 집으로 왔다. 우리는 모두 저녁식사를 마친 뒤 높은 벽난로 앞에 둘러앉아 지난 방학 이후 일어난 일에 관해 이야기를 하고 있었는데, 나는 그들의 이야기를 전혀 듣고 있지 않았다.

운동장의 작은 철문은 식당 문 아주 가까이에 있었다. 그 문이 열릴 때마다 삐걱거렸다. 보통 초저녁에 식사를 하는 동안 나는 그 철문의 삐걱거리는 소리를 남몰래 기다리곤 했다. 뒤이어 문턱을 스치는 구두 발자국 소리가 났고, 가끔 들어오기 전에 의논하는 것 같은 사람들의 속삭임 소리가 나기도 했다. 그러면 누군가 문을 두드리곤 했다. 그것은 대개 이웃 사람이거나 여선생님들, 혹은 그 긴 겨울밤의 무료함을 달래주려고 오는 어떤 사람이었다.

그런데 그날 저녁 나는 밖에서부터 기대할 것이 아무것도 없었다. 왜냐하면 내가 좋아하는 사람들은 모두 우리 집에 모여 있었기 때문이다. 그렇지만 나는 밤의 소리에 온통 귀를 기울였고 누군가 문을 열고 들어오기를 계속 기다렸다.

가스코뉴 지방의 위대한 목자(牧者) 같은 털북숭이의 늙은 할아버지는 두 발을 앞으로 내밀고 앉아 다리 사이로 지팡이를 짚고, 가끔씩 구두에 파이프를 두들기기 위해 어깨를 구부렸다. 할머니는 여행과 암탉, 그리고 이웃 사람들과 아직도 소작료를 지불하지 않은 농부들에 관해서 이야기하고 있었는데, 할아버지는 선량하고 촉촉이 젖은 눈으로 그 말에 동의하고 있었다. 그러나 내 마음은 그들과 함께 있지 않았다.

나는 마차 구르는 소리가 문 앞에서 갑자기 멈추는 것을 상상하고 있었다. 그 마차에서 몬느가 뛰어내릴 것이고, 그는 마치 아무 일도 없었다는 듯이 저벅저벅 걸어 들어올 것이다. 아니면 먼저 말을 되돌려주려고 라 벨에투알로 갔을지도 모른다. 그리고 곧 길에서 그의 발소리와 문 여는 소리가 들리리라……

그러나 아무 소리도 나지 않았다. 할아버지는 정면을 바라보고 있었고 깜빡거리던 눈꺼풀은 졸린 듯 오래 덮여 있었다. 할머니는 하던 이야기를 걱정스레 되풀이했는데 아무도 듣고 있지 않았다.

"너희들이 걱정하는 것은 그 소년이냐?" 마침내 할머니가 물었다.

사실 라 가르 역에서 내가 쓸데없이 그것을 물어보았던 것이다. 비에르종의 정거장에서 그녀는 대장 몬느와 닮은 사람은 아무도 보지 못했다고 했다. 내 친구는 도중에서 늦어졌을 것이다. 그의 시도는 실패했던 것이다. 돌아오면서 할머니가 무슈뵈프와 이야기하고 있는 동안 나는 마차 속에서 실망스런 마음을 곱씹고 있었다. 하얗게 서리가 내린 길에는 작은 새들이 종종걸음을 치고 있는 당나귀 주위를 선회했다. 얼어붙은 듯이 추운 오후의 고요함 속에서 때때로 멀리서 목동들의 외침 소리와, 한쪽 솔밭에서 다른 쪽 솔밭으로 친구를 부르는 소년들의 소리가 들려왔다. 매번 인적 없는 언덕을 향한 그 긴 외침이, 마치 멀리서 내가 자기를 따라올 것으로 확신한 몬느의 목소리인 것처럼 여겨져 나는 전율을 느꼈다.

내가 머릿속에서 이 모든 것을 다시 더듬고 있는 동안 잠잘 시간이 되었다. 할아버지는 벌써 붉은색 방으로 들어가신 뒤였다. 그 방은 응접실 겸 침실로 사용했는데, 지난겨울 이래로 잠가두었기 때문에 습기 차고 냉기가 감돌았다. 우리는 할아버지가 거기에서 주무실 수 있도록 레이스로 된 안락의자의 쿠션을 떼어내고 양탄자를 걸어 올렸고, 깨지기 쉬운 물건을 한쪽으로 치워놓았다. 그는 지팡이를 의자 위에 놓고 큰 구두를 안락의자 밑에 벗어놓은 다음 촛불을 껐다. 각자 자기 방으로 들어가기 위해 저녁 인사를 하며 서 있었는데, 그때 마차 소리가 들려 우리는 입을 다물었다.

마차 두 대가 앞뒤로 서서 종종걸음으로 느리게 오고 있는 것 같았다. 마차는 속도를 늦추더니, 마침내 식당의 창문 아래에서 멈추었다. 길 쪽으로 나 있지만 폐쇄해버린 창문이었다.

아버지가 램프를 들고 즉시 열쇠로 잠겨 있는 문을 열었다. 철문을 밀며 계단 쪽으로 나아가면서 그는 무슨 일인가 보려고 램프를 머리 위로 치켜들었다.

그것은 분명 말 한 마리가 다른 말이 이끄는 마차 뒤에 묶여 있는 두 대의 마차였다. 한 사내가 땅으로 뛰어내린 다음 머뭇거리다가 다가와서 말했다.

"여기가 면사무소입니까? 라 벨에투알에 사는 소작인 프로망탱 씨 집을 가르쳐주시겠어요? 저는 생루데부아로 가는 길 근처의 좁은 길에서 마차와 말이 마부도 없이 지나가는 것을 발견했습니다. 초롱을 비쳐보니 마차 판자에 프로망탱 씨의 이름과 주소가 씌어 있더군요. 마침 저와 같은 방향이어서 무슨 사고라도 날까 봐 여기까지 끌고 왔습니다. 그러나 그 때문에 저는 몹시 늦어졌습니다."

우리는 어리둥절한 채 거기 서 있었다. 아버지가 다가갔다. 그는 램프로 마차를 비추어보았다.

그 사내가 계속해서 말했다.

"마부의 흔적은 어디서도 없었습니다. 담요 한 장 없었어요. 말은 지쳐 있습니다. 다리를 약간 접니다."

나는 맨 앞으로 나아가 우리에게 돌아온 그 마차를 다른 사람들과 함께 살펴보았다. 그것은 넓은 바다가 돌려보낸 하나의 난파선, 아마도 몬느의 처음이자 마지막 모험의 난파선 같았다.

그 사내가 말했다.

"프로망탱 씨 집까지 너무 멀다면 마차를 여기다 맡겨놓고 가겠습니다. 저는 이미 많은 시간을 허비했거든요. 제 집에서 걱정하고 있을 거예요."

아버지가 승낙했다. 이렇게 해서 우리들은 그날 저녁에 무슨 일이 일어났는지 이야기하지 않고 라 벨에투알로 마차를 돌려보낼 수 있었다. 그런 다음 우리는 마을 사람들에게 이야기하고 몬느의 어머니에게 편지를 쓰기로 결정했던 것이다. 그리고 그 사내는 포도주 대접도 거절하고는 말에 채찍질을 가하며 가버렸다.

우리가 아무 말 없이 방으로 들어오고 아버지가 농장으로 마차를 돌려주러 간 사이 할아버지는 촛불을 다시 켠 그 방 안에서 우리에게 물었다.

"그래, 그 여행자는 돌아왔니?"

여자들은 잠깐 동안 눈짓으로 주고받더니 이렇게 말했다.

"그럼요. 그 애는 자기 어머니 집에 있었대요. 이제 주무세요. 걱정하지 마세요."

"그럼 잘됐군. 내가 생각한 대로군." 할아버지가 말했다.

안심한 할아버지는 불을 끄고는 침대로 돌아가서 다시 잠을 청했다.

우리가 마을 사람들에게 한 설명도 같았다. 도망간 친구의 어머니에게는 좀 기다려본 다음에 편지를 쓰기로 했다. 우리 가족만이 꼬박 사흘 동안 걱정을 해야 했다. 아버지가 11시쯤 밤이슬에 수염을 적시고 농장에서 돌아와 고민과 분노에 가득 차 낮은 목소리로 밀리와 다투었던 것이 나는 아직도 눈에 선하다.

제6장

누군가 창문을 두드리다

나흘째 되던 날은 그해 겨울 중 가장 추운 하루였다. 아침 일찍부터 운동장에는 먼저 온 학생들이 우물 주위에서 미끄럼을 타며 추위를 달래고 있었다. 그 애들은 어서 빨리 교실에 들어갈 수 있도록 난롯불이 피어지기를 기다리고 있었다.

현관 뒤에서 우리들은 시골 애들이 오기를 기다리고 있었다. 그들은 토끼들이 도망친 덤불숲과 얼어붙은 연못, 서리 내린 시골 풍경을 구경하며 지나온 것을 황홀해하며 도착했다. 그들이 벌건 난로 주위로 몰려들었을 때, 그들의 와이셔츠에서 나는 여물과 외양간 냄새로 인해 교실의 공기가 무거웠다. 그런데 그날 아침 그들 중의 하나가 길에서 얼어 죽은 다람쥐 한 마리를 발견해 가방 속에 넣어가지고 왔다. 그 친구가 사지를 뻣뻣하게 편 그 동물의 발톱을 체육실의 기둥에다 걸어놓으려고 애썼던 것이 기억난다.

이윽고 겨울날의 그 고통스런 수업이 시작되려고 했는데……

갑작스레 창문 두드리는 소리가 나서 우리는 고개를 들었다. 대장 몬느가 교실에 들어오기 전에 옷에 묻은 서리를 털며 고개를 쳐들고 넋이 나간 사람처럼 문에 기댄 채 꼿꼿이 서 있었다. 문에 가장 가까운 자리에 앉아 있던 학생 두 명이 문을 열어주려고 달려갔다. 그들은 교실 문 입구에서 우리가 알아들을 수 없는 이야기를 했다. 마침내 그 도망자가 교실로 들어오기로 결심했다.

인적 없는 운동장에서 불어오는 신선한 공기, 대장 몬느의 옷에 붙어 있는 지푸라기들, 특히 피곤하고 굶주렸지만 경이로움에 가득 찬 그 여행자의 모습, 그 모든 것 때문에 우리 마음속에는 기쁨과 호기심으로 가득한 야릇한 감정이 스쳐 지나갔다.

쇠렐 선생님은 교단에서 두어 걸음 내려왔다. 그는 우리에게 받아쓰기를 시키고 있던 중이었다. 몬느는 공격적인 태도로 그에게 다가갔다. 분명 밖에서 밤을 새운 탓에 충혈된 두 눈과 지친 표정이 역력함에도 불구하고 그 순간 내 친구가 얼마나 잘생겨 보였는지 지금도 생각난다.

그는 교탁 앞으로 나와서 어떤 보고를 하러 온 사람처럼 아주 또렷한 목소리로 다음과 같이 말했다.

"선생님, 돌아왔습니다."

쇠렐 선생님이 호기심 어린 눈빛으로 그를 쳐다보며 대답했다.

"잘 알겠다. 네 자리에 가 앉거라."

그는 불량 학생들이 벌을 받을 때 늘 그렇듯 비웃는 태도로 미소를 머금고 등을 약간 구부정하게 한 채 우리 쪽으로 돌아섰다. 그러고는 한 손으로 책상 모서리를 붙들고 자기 자리에 미끄러지듯 앉았다.

"네 친구들이 받아쓰기를 끝낼 때까지 너는 내가 정해주는 책을 읽어라." 선생님의 말에 모두들 몬느 쪽으로 고개를 돌렸다.

수업은 전과 같이 계속되었다. 때때로 대장 몬느는 내 쪽을 쳐다보았다. 그는 창문을 통해서 이따금 까마귀가 내려오는 황량한 들판과 얼어붙은 솜같이 하얀 정원을 바라보곤 했다. 난로가 벌겋게 달아오른 교실 안은 따뜻했다. 그는 고개를 양손에 파묻은 채 팔꿈치를 기대고 책을 읽기 시작했다. 나는 그의 눈꺼풀이 감기고 있는 것을 두 번씩이나 보았다. 그래서 그가 졸고 있다고 생각했다.

"선생님, 잠 좀 자야겠어요. 사흘 동안이나 잠을 못 잤거든요."

마침내 그가 팔을 반쯤 들고 말했다.

"가거라."

마찰을 피하고 싶은 쉬렐 선생님이 말했다.

모두들 펜을 쥔 채 고개를 들고 그가 나가는 것을 아쉬운 마음으로 쳐다보았다. 그의 윗도리는 등 쪽이 구겨졌고, 신발에는 흙이 묻어 있었다.

그날 아침은 왜 그렇게 시간이 느리게 갔던지! 정오가 가까웠을 때쯤 2층 다락방에서 그가 내려올 준비를 하는 소리가 들렸다. 점심시간에 시계가 12시를 치자 큰 애들과 꼬마들이 눈 내린 운동장에 흩어져서는 그림자처럼 식당 문 앞으로 줄지어 달려가는 동안 그는 난로 앞, 어리둥절해하는 조부모님 곁에 앉아 있었다.

그날 점심시간에 관해서는 내 기억 속에 침묵과 거북함만이 남아 있다. 모든 것이 얼어붙어 있었다. 냅킨 없이 밀랍만 바른 식탁보, 잔에 부어놓은 차가운 포도주, 빨간 타일 바닥…… 식구들은 그가 반항할까 봐 아무것도 묻지 않기로 했다. 그는 한 마디도 하지 않기로 한 그 휴전을 이용했다.

마침내 후식까지 끝나 우리 둘은 운동장으로 뛰어나올 수 있었다. 신발 자국이 눈을 없앤 오후의 운동장, 눈 녹은 물이 체육실의 지붕으로부터 떨어져 더러워진 운동장, 귀가 아픈 고함 소리와 장난질로 가득 찬 운동장! 몬느와 나는 달려서 학교 건물 끝으로 갔다. 이미 동네 친구 두세 명이 같이 놀던 친구들을 남겨두고 환성을 지르며 신발로 진창을 튀기면서 주머니에 손을 찌르고 목도리를 풀어헤친 채 우리를 향해 달려오고 있었다. 그러나 내 친구는 큰 교실로 달려갔고 나는 그 뒤를 따라갔다. 그리고 우리를 뒤따라온 친구들의 습격을 막기 위해 바로 그 순간 문을 닫아버렸다. 유리창을 격렬하게 흔드는 맑은 소리와 구둣발로 문턱을 긁는 소리가 들려왔다. 문을 밀어서 두 개의 고리를 붙들어 맨 쇠막대기가 휘어졌다. 몬느는 이미 부서진 고리가 완전히 망가질 순간에 자물쇠를 작은 열쇠로 잠가버렸다.

그러한 행동이 친구들을 대단히 화나게 만든다는 것을 우리는 잘 알고 있었다. 여름이면 그렇게 문밖에 쫓겨난 애들은 정원으로 달려가서 모든 창문을 닫기 전에 창문으로 기어들어 오곤 했다. 그러나 때는 12월이었다. 그래서 창문들은 모두 닫혀 있었다.

잠시 그들은 밖에서 문을 밀다가는 우리에게 욕설을 퍼부어댔다. 그런 다음 하나하나 돌아서며 고개를 숙이고 목도리를 고쳐 매고 는 가버렸다.

교실에는 책상을 옮겨놓는 청소 당번 두 명만 있었는데, 밤 굽 는 냄새와 포도주 냄새가 났다. 몬느가 선생님의 교탁과 책상에 서 무언가를 찾고 있는 동안, 나는 수업 시간을 기다리며 난롯가 로 다가가 가만히 불을 쬐었다. 그가 곧바로 작은 지도책을 찾아 내 교단 위에 서서 교탁에 팔꿈치를 기대고 두 손에 머리를 파묻 은 채 열심히 들여다보기 시작했다.

나는 그의 곁으로 갈 생각이었다. 그러면 나는 그의 어깨에 손 을 올려놓을 것이다. 그리고 우리는 틀림없이 지도 위에서 그가 한 여행 코스를 쫓아갈 것이다. 그때 갑자기 작은 교실로 통하는 문이 전력을 다해 미는 힘에 의해 활짝 열렸고, 자스맹 들루슈와 뒤따라온 마을 학생 한 명과 시골 통학생 세 명이 승리의 함성을 지르며 나타났다. 아마도 작은 교실의 창문 중의 하나가 잘못 닫 혀 있어 그곳을 통해 뛰어넘어 들어온 것이 틀림없었다.

자스맹 들루슈는 아직 키는 작았지만 상급반에서 가장 나이 든 학생 중의 하나였다. 그는 몬느의 친구로 자처했음에도 불구하고 대장 몬느를 상당히 질투하고 있었다. 우리의 하숙생이 오기 전 까지만 해도 자스맹 들루슈가 우리 반에서 가장 인기 있었다. 그 의 얼굴은 대단히 창백하고 멋이 없었고 머리에는 포마드를 바른 모습이었다. 여관업을 하는 과부 들루슈의 독자인 그는 어른인 체했다. 그는 베르무트주(酒)를 마시는 자들과 당구 치는 자들이 하는 말을 듣고 와서는 쓸데없이 그것을 되풀이했다.

그가 들어오자 몬느는 고개를 들었다. 그리고 눈살을 찌푸리면서 서로 떠밀려 난로 쪽으로 달려가는 꼬마들에게 소리쳤다.

"잠깐만 조용히 할 수 없어!"

"불만 있으면 네가 있던 곳으로 가면 될 거 아니야." 자스맹 들루슈가 함께 들어온 친구들을 믿고 고개도 들지 않은 채 대답했다.

오귀스탱이 몹시 피곤한 상태였기 때문에 말릴 수도 없을 만큼 화가 치밀어올랐다고 생각했다.

"너나 여기서 나가지 그래."

그는 약간 창백한 얼굴로 몸을 곧추세우고 지도를 덮으면서 말했다.

다른 녀석이 비웃듯이 말했다.

"아니, 사흘 동안 도망쳐 있었다고 이제 네가 선생님이라도 된 줄 아나 보지?"

다른 아이들도 들루슈의 편을 들었다.

"알다시피 네가 우리를 나가라 마라 할 처지는 아닐 텐데."

그러나 이미 몬느는 그 위에 올라타고 있었다. 처음에는 서로 밀고 밀리고 했다. 와이셔츠 소매들이 쭉 하고 찢어졌다. 들루슈와 함께 들어온 아이들 중 시골에서 통학하는 마르탱만이 싸움을 말렸다.

"이거 놔." 그는 콧구멍을 벌름거리며 숫양처럼 고개를 흔들면서 말했다.

몬느가 그를 거세게 밀자 그는 팔을 벌리고 뒤뚱거리며 교실 한

가운데로 넘어졌다. 몬느가 한 손으로는 들루슈의 목을 껴안고, 다른 손으로는 문을 열고 그를 밖으로 내던지려고 했다. 들루슈는 책상을 붙들고 징 박은 구두 바닥을 끌면서 밀려나갔다. 그동안 마르탱은 몸의 균형을 잡고 화가 나서 고개를 앞으로 내밀고 신중한 걸음으로 다시 덤벼들었다. 몬느는 그 바보 같은 녀석을 붙들려고 하다가 들루슈를 놓쳤다. 그가 불리한 자세가 되었다. 그때 교실 문이 반쯤 열렸다. 쇠렐 선생님이 들어오면서 누군가와 이야기를 하느라고 부엌 쪽으로 고개를 돌리고 나타났다.

곧 싸움은 끝났다. 애들은 싸움의 끝장을 보는 것을 피해 고개를 숙이고 난로 곁으로 모여들었다. 몬느는 터지고 주름이 펴진 소매 끝을 쥐고 제자리에 앉았다. 들루슈는 대단히 상기된 얼굴로 큰 자를 두들겨 수업 시작을 알리는 소리가 날 때까지 몇 초 동안 끙끙거리고 있었다.

"이제는 더 이상 못 참겠어. 녀석이 잘난 체한단 말이야. 자기가 간 곳을 아무도 모르는 줄 아는 모양이지."

"바보 같은 자식아! 나도 거기가 어딘지 모른단 말야." 몬느가 조용한 가운데 대답했다.

이윽고 그는 어깨를 으쓱한 다음 고개를 두 손에 묻고 학과 책을 들여다보기 시작했다.

제7장

비단 조끼

내가 이미 말했듯이 우리 방은 대단히 큰 다락방이었다. 반은 채광창이 나 있는 고미 다락방이었고, 반은 침실이었다. 그 집과 붙어 있는 다른 건물 쪽으로는 창문들이 있었다. 우리들은 왜 그 방에 천창(天窓)이 뚫려 있는지 알지 못했다. 천장 위가 닿아서 문을 완전히 닫는 것은 불가능했다. 다락방으로 올라갈 때면 큰 집에는 으레 있게 마련인 저녁 외풍으로 인해 촛불이 꺼질까 봐 우리는 손으로 가려가며 매번 문을 꼭 닫으려고 했지만 그때마다 소용없었다. 그러고는 밤새도록 우리 주위에서 침실까지 뚫고 들어오는 세 다락방의 침묵을 느끼곤 했다.

그와 같은 겨울날 저녁에 바로 거기에서 오귀스탱과 내가 만났던 것이다. 나는 눈 깜짝할 사이에 옷을 다 벗어 침대 머리맡에 있는 의자 위에 던져 무더기로 쌓아놓았다. 그동안 그 친구는 말없이 천천히 옷을 벗기 시작했다. 나는 포도나무 무늬로 된 무명 커튼이 둘러쳐진 쇠 침대에 이미 올라앉아 그의 모습을 쳐다보고 있었다. 그는 때로는 커튼이 없는 낮은 침대에 앉기도 하고, 때로는 일어나서 옷을 벗은 채로 왔다 갔다 했다. 그가 보헤미안산 버드나무 탁자 위에 놓았던 촛불이 벽 위에 크게 흔들리는 그의 그림자를 비추고 있었다.

나와는 정반대로 그는 방심하고 씁쓸한 표정으로, 그러나 정성스럽게 교복을 접어서 정돈했다. 그가 묵직한 허리띠를 의자 위에 내려놓는 것이 보였다. 그리고 몹시 더럽고 구겨진 검은색 와이셔츠를 의자의 등받이에 접어놓았고, 그 와이셔츠 위에 입었던 파란색의 품이 큰 겉옷을 벗어서는 나에게 등을 돌려 침대 발치에다 펴놓기 위해서 허리를 구부렸다. 그가 몸을 일으키고 내 쪽으로 돌아섰을 때 낯선 비단 조끼를 입고 있는 것이 보였다. 겉옷 밑에 유니폼으로 입는, 구리 단추가 달린 작은 조끼가 아니었다. 한 줄로 붙어 있는 진주 단추를 엉덩이까지 잠그는 대단히 넓은 조끼였다.

그 조끼는 1830년대의 무도회에서 우리 할머니들과 춤추던 젊은이들이나 입었음 직한 매력적인 옷이었다.

지금 생각하니 키가 큰 몬느는 모자를 쓰고 있지 않았다. 왜냐하면 그는 모자를 조심스럽게 다른 옷들 위에 놓았기 때문이다. 즉 그때의 모습은 대단히 젊고 꼿꼿했고 표정이 상당히 굳어 있었다. 자기 것이 아닌 그 신비한 옷의 단추를 끄르기 시작하면서 그는 방을 왔다 갔다 했다. 상당히 짧은 바지에 흙 묻은 구두를 신고

후작이나 입을 법한 조끼에 손을 대고서 웃옷을 벗고 있는 그를
보니 참으로 이상했다.

조끼에 손을 대자마자 갑자기 꿈에서 빠져나온 그는 나에게 고
개를 돌리고 불안한 눈으로 쳐다보았다. 나는 웃음이 약간 나왔
다. 그는 나와 동시에 미소를 지어 보였다. 그의 얼굴이 밝아졌다.

"와! 그게 뭔지 내게 말해줘. 그걸 어디서 구했지?"

나는 용기를 내어 나지막이 물었다.

그러나 그의 미소는 이내 사라졌다. 그는 묵직한 손으로 짧게
깎은 머리를 두 번 긁고는 갑자기 자기 욕망을 억제할 수 없는 사
람처럼 그 고급스런 조끼 위로 구겨진 와이셔츠와 상의를 걸쳐 입
었다. 이윽고 그는 나를 곁눈질하며 잠깐 머뭇거렸다. 마침내 그
는 침대 가에 앉아서 신발을 벗었는데, 그 신발이 요란하게 마룻
바닥으로 떨어졌다. 그는 마치 경계 구역에 있는 군인처럼 옷을
입은 채로 침대에 드러눕더니 촛불을 껐다.

한밤중에 나는 갑자기 잠을 깼다. 몬느가 모자를 쓰고 방 한가
운데에 서 있었다. 그는 외투걸이에서 뭔가―그가 등에 걸치는
짧은 외투였다―를 찾고 있었다. 방은 대단히 어두웠다. 이따금
비치던 하얀 눈의 반사광마저 비치지 않았다. 차가운 밤바람이
죽은 듯한 정원과 지붕 위로 불어왔다.

나는 몸을 약간 일으키고 그에게 나지막이 외쳤다.

"몬느야! 또 떠나려고?"

그는 대답하지 않았다. 그래서 나는 몹시 불안해하며 말했다.

"그러면 나도 너와 함께 떠날래. 나도 꼭 데리고 가줘."

나는 침대 밑으로 뛰어내렸다.

그는 다가와서 내 팔을 붙들고 나를 침대 모서리에 강제로 앉힌 다음 말했다.

"너를 데리고 갈 수 없어, 프랑수아. 내가 길을 잘 알고 있는 상태라면 너를 데리고 갈 테지만, 우선 지도 위에 있는 그곳을 다시 찾아야만 해. 그런데 못 찾았어."

"그러면, 너 역시 떠날 수 없잖아?"

"그렇군, 쓸데없는 짓이지…… 자, 다시 자도록 해. 너와 함께 떠나는 것이 아니라면 다시는 떠나지 않겠다고 약속할게." 그는 낙심한 듯 말했다.

그러고 나서 그는 다시 방 안을 왔다 갔다 했다. 나는 그에게 감히 아무 말도 할 수 없었다. 그는 걷다 서다 하다가 다시 더욱 빨리 걷곤 했다. 마치 머릿속에서 어떤 기억들을 찾거나 반추하고, 그것들을 대조해서 비교해보고 계산해보다가 갑자기 뭔가 찾아냈다고 생각하는 사람처럼 말이다. 그러나 이내 실마리를 다시 놓치고는 또다시 찾기 시작하는 것이다.

내가 그의 발자국 소리 때문에 새벽 1시경에 잠을 깬 것은 그날 밤만이 아니었다. 마치 당직 서는 습관을 버릴 수 없어서, 브르타뉴의 영지 안에서 밤에 경계 보초를 서기 위해 규정된 시각에 일어나서 군복을 입는 해병들처럼 그는 침실과 다락방을 왔다 갔다 했다.

나는 1월과 2월 중순 사이에 두세 번이나 그렇게 잠에서 깨곤 했다. 대장 몬느는 모든 장비를 갖추고 등에는 외투를 걸치고 떠날 준비가 되어 거기에 꼿꼿이 서 있었고, 그때마다 그는 이미 한 번 탈출했던 그 신비로운 세계의 가장자리에 멈추어 서서 머뭇거리고 있었다. 아무에게도 들키지 않고 계단 문에 있는 걸쇠를 벗기고 열어젖힌 부엌문을 통해 도망칠 순간에 그는 다시 한 번 뒷걸음질 치곤 했다. 그러고는 한밤중에 오랜 시간 열병에 사로잡힌 듯 그는 생각에 잠겨서 아무도 없는 다락방을 성큼성큼 왔다 갔다 했다.

마침내 2월 15일경 어느 날 밤, 몬느는 내 어깨에 가만히 손을 얹고 나를 깨웠다.

그날 낮에는 대단히 어수선했다. 몬느는 여러 가지 놀이에서 친한 친구들에게 완전히 소외되었다. 오후의 마지막 쉬는 시간이 되자 그는 제자리에 앉아서 그 신비로운 작은 지도를 펼쳐놓고 손가락으로 짚어가면서 세르 지방의 도면 위에서 오래오래 계산을 하는 데 열중해 있었다. 아이들은 끊임없이 교실과 운동장 사이를 오가고 있었다. 구두 소리가 삐걱거렸다. 그들은 의자를 건너뛰고 교단을 뛰어넘으며 이 책상에서 저 책상으로 쫓고 쫓기고 했다. 그들은 몬느가 그처럼 열중하고 있을 때는 가까이 가지 않는 게 상책이라는 것을 알고 있었다. 그런데 쉬는 시간이 길어져 마을의 두세 녀석이 살그머니 몬느에게 다가와서 그의 어깨너머로 보기 시작했다. 그중 한 명이 대담하게도 몬느에게 다른 녀석을 떼밀었다. 몬느는 갑자기 지도를 덮고 그것을 감춘 다음, 한 놈을 움켜잡았다. 그동안 두 녀석은 달아났다.

심술궂은 지로다였다. 그는 울먹이며 발길질을 하려다가 결국 대장 몬느에 의해 밖으로 쫓겨났다. 그는 골이 나서 몬느에게 외쳤다.

"비겁한 놈, 애들이 모두 너에게 싸움을 걸려고 하는 것은 당연해."

그래서 우리는 그가 무엇을 말하고자 하는지 알아듣지도 못한 채 역시 똑같은 욕사발로 대꾸해주었다. 더 큰 소리로 외친 것은 나였다. 왜냐하면 나는 대장 몬느의 편이었기 때문이다. 우리 사이에는 어떤 협약 같은 것이 맺어져 있었다. 다른 사람들처럼 '너는 걸어갈 수 없을 것이야'라고 나에게 말하지 않고 나를 데리고 가겠다고 한 약속이 그와 나를 영원히 결합시켜주었던 것이다. 그리고 나는 그의 신비로운 여행을 끊임없이 생각하고 있었다. 나는 그가 어떤 아가씨와 만났을 것이라고 생각했다. 그녀는 우리 마을의 모든 여자보다 훨씬 더 아름다울 것임에 틀림없었다. 열쇠구멍을 통해 수녀원 정원에서 본 잔보다도, 금발에 장밋빛 얼굴인 빵집 딸 마들렌보다도, 기가 막힌 미녀지만 미쳐서 늘 갇혀 있는 성주의 딸 제니보다도 더 아름다울 것이다. 그가 밤마다 소설의 주인공처럼 생각하고 있는 사람은 분명 그 처녀일 것이다. 그래서 나는 그가 나를 깨우기만 하면 용기를 내어 그녀에 관해서 이야기해달래기로 결심했었다.

새로운 싸움이 벌어진 그날 저녁, 4시 이후에 우리 둘은 구덩이를 파는 데 사용할 삽과 곡괭이, 정원의 연장들을 거두어들이는 데 열중해 있었다. 그때 거리에서 외치는 소리가 들렸다. 한 무리의 청년과 꼬마들이 들루슈, 다니엘, 지로다와 우리가 알지 못하는 다른 녀석의 지휘를 받으며 완전히 조직된 군단처럼, 네 명씩 종진(縱陣)을 펴고 발을 맞추어 기동하고 있었다. 그들은 우리를 알아보고 별의별 방법으로 소리를 질러 야유를 보내고 있었다. 이처럼 온 동네 아이들이 우리를 쫓아낼지도 모를 싸움판을 준비하고 있었다.

몬느는 아무 말 없이 어깨에 메고 온 삽과 곡괭이를 창고에다 내려놓았다.

자정에 그의 손이 내 팔에 와 닿는 것이 느껴졌다. 그래서 나는 깜짝 놀라 잠을 깼다.

"일어나. 떠나자." 그가 말했다.

"이제 그 길을 끝까지 다 알았니?"

"대부분은 알고 있어. 그러나 나머지는 찾아야 돼." 그는 이를 악물고 대답했다.

"들어봐, 몬느야. 우리가 할 일은 한 가지밖에 없어. 대낮에 우리가 찾지 못한 길을 네 지도를 보고 찾는 거야." 나는 자리에 앉은 채 말했다.

"그러나 그 부분은 여기에서 너무 멀어."

"그러면 올여름 해가 길어지면 마차를 타고 가기로 하지."

그가 동의한다고 말하고자 한 듯 오랜 침묵이 계속되었다.

"몬느야. 우리가 함께 힘을 모아 네가 사랑하는 그 여자를 찾아야 하니까 그 아가씨가 누구인지 말해줘. 그녀에 관해 얘기 좀 해봐." 마침내 내가 덧붙였다.

　그는 내 침대 발치에 앉았다. 어둠 속에서 그의 숙인 머리와 팔 짱 낀 두 팔과 무릎이 보였다. 이윽고 그는 오랫동안 마음 아픈 일이 있었던, 그리고 마침내 비밀을 고백하려는 사람처럼 격렬하 게 한숨을 몰아쉬었다.

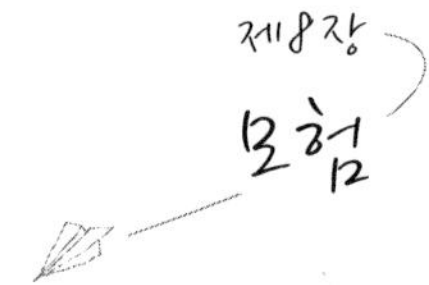

그날 밤에도 내 친구는 여정에서 일어났었던 모든 일을 나에게 이야기해주지 않았다. 내가 다시 그것에 관해서 말하겠지만 우울한 날이 계속되는 동안 그가 모든 일을 나에게 고백하기로 결심했을 때조차 그것은 오랫동안 우리 청춘의 큰 비밀로 남아 있었다. 그러나 모든 것이 끝난 지금,

그 큰 슬픔도, 그 큰 기쁨도,

이제 먼지밖에는 남아 있지 않으므로, 나는 그의 낯선 모험에 대해 이야기할 수 있다.

그 추운 날 오후 1시 반, 몬느는 비에르종으로 가는 길에서 말

에 채찍을 가해 빨리 달리게 했다. 왜냐하면 그는 자기가 빠르지 않다는 것을 알고 있었기 때문이다. 맨 먼저 그는 샤르팡티에 조부모님을 모시고 옴으로써 재미 삼아 우리를 놀라게 하는 것만을 생각했다. 그 순간에는 확실히 그가 다른 의도를 가지고 있지 않았다.

점점 추위가 뼛속까지 스며들자 그는 담요 속에 다리를 파묻었다. 처음에 그는 담요를 거절했지만 라 벨에투알의 사람들이 억지로 마차에 넣어주었다.

2시에 그는 라 모트 마을을 통과했다. 그는 수업 시간에 작은 마을을 통과해본 일이 없어서 인적이 없고 잠든 듯한 마을을 보는 것이 마냥 즐거웠다. 이따금 커튼이 걷히고 호기심 많은 한 부인의 머리가 보일 뿐이었다.

라 모트를 벗어나 학교 건물을 지나자마자 그는 두 갈림길 사이에서 망설이다가 비에르종으로 가기 위해서는 왼쪽으로 돌아야만 할 것이라고 생각했다. 거기에는 아무도 그에게 길을 가르쳐줄 사람이 없었다. 그는 자갈이 울퉁불퉁 깔려 있고, 점점 좁아지는 길로 속히 말을 몰았다. 얼마 동안 전나무 숲을 따라가다가 마침내 그는 한 마차꾼을 만나 그에게 손나발을 만들어 비에르종으로 가는 길이 맞는지 물었다. 말이 고삐를 당기는 대로 계속해서 달렸기 때문에, 그 사내는 몬느가 뭘 묻는지 알아듣지 못했던 모양이다. 그는 무슨 뜻인지 알 수 없다는 몸짓을 하며 뭐라고 소리질렀다. 몬느는 요행을 바라고 가던 길을 계속 달렸다.

다시 아무런 재미도 없고 변화도 없는 얼어붙은 들판이 나타났다. 이따금 마차 소리에 놀라 산까치가 날아올라 느릅나무 위의 높은 꼭대기에 앉았다. 몬느는 큰 담요를 망토처럼 어깨 주위에 둘렀다. 다리를 늘어뜨리고 마차의 한쪽에 팔꿈치를 기대고 그는 오랫동안 졸았던 모양이다.

담요를 뚫고 추위가 스며들어 제정신을 차렸을 때에는 풍경이 이미 바뀌어 있었다. 그의 시선을 사로잡았던 크고 파란 하늘도 먼 지평선도 아니었다. 높은 목책을 두른, 아직 푸른빛이 도는 작은 목장이 있었다. 좌우로는 얼음 밑으로 도랑물이 흐르고 있었다. 가까이에 강이 있는 것 같았다. 높은 울타리 사이로 큰길이 움푹 팬 좁은 길로 이어졌을 뿐이다.

조금 전부터 말이 달리지 못하고 있었다. 몬느는 빨리 달리게 하려고 채찍질을 가했다. 그러나 말은 아주 느릿느릿 걸어가고 있었다. 그가 두 손을 마차의 앞쪽으로 뻗치고 곁눈질로 보니 말의 뒤쪽 다리 하나가 절고 있었다. 곧 그는 대단히 불안해져 땅으로 뛰어내렸다.

'기차 시간에 맞춰 비에르종에는 결코 도착할 수 없겠군.' 그가 낮은 목소리로 중얼거렸다.

어쩌면 길을 잘못 들어섰을지도 모른다는 불안감이 엄습해왔다. 하지만 그는 비에르종으로 가는 길이 아니라는 생각은 하고 싶지 않았다.

그는 오랫동안 말의 발을 검사해보았으나 어떤 상처의 흔적도 발견하지 못했다. 몬느가 자세히 살펴보기 위해 만지려고 하자 말은 겁을 집어먹고 다리를 들어 어설프고 무거운 발굽으로 땅을 붉곤 했다. 마침내 말발굽에 자갈이 박혀 있음을 알아냈다. 가축을 다루는 능숙한 소년과 같은 태도로 그는 쭈그리고 앉아서 왼손으로 말의 오른쪽 다리를 쳐들어서 자기 무릎 사이에 끼우려고 시도했다. 그런데 마차 때문에 쉽지 않았다. 말은 두 번이나 그를 피해 몇 발 앞으로 걸어갔다. 그 바람에 발판이 그의 머리를 쳤고, 바퀴 때문에 무릎에 상처가 났다. 그러나 그는 끝까지 포기하지 않았고, 마침내 그 겁 많은 짐승을 이겨냈다. 그러나 자갈이 너무 깊게 박혀 있었기 때문에 완전히 빼내기 위해서 몬느는 농부들이 사용하는 칼을 빼들어야만 했다.

작업을 끝내고 반쯤 얼떨떨하고 시야가 흐려진 상태에서 그가 고개를 쳐들었을 때 밤이 된 것을 알아차리고는 깜짝 놀랐다.

몬느는 즉시 가던 길을 되돌아왔다. 그것이 더 이상 방황하지 않는 유일한 방법이었다. 그는 자신이 라 모트에서 대단히 멀리 떨어진 곳에 와 있을 것이라고 생각했다. 게다가 그가 졸던 사이에 말은 옆길로 들어섰을는지도 모른다. 그 길은 결국 어떤 마을로 이어져 있을 것이다. 이 모든 일에 덧붙여서 이 덩치 큰 녀석이 발판 위에 발을 올려놓고 참을성 없는 짐승의 고삐를 잡아당기는 동안, 마음속으로는 이 모든 장애물에도 불구하고 무엇인가 끝장을 봐서 어딘가에 도착하고자 하는 격렬한 욕망이 커져감을 느끼고 있다는 사실을 생각해보라!

그는 말이 옆으로 비켜서서 빨리 달리도록 채찍질을 가했다. 어둠이 더 짙어졌다. 움푹 팬 오솔길에는 마차 한 대가 지나갈 만한 넓이의 통로가 있었을 뿐이다. 때때로 울타리의 시든 나뭇가지가 바퀴 속에 끼어들어 메마른 소리를 내며 부서지곤 했다. 날이 완전히 어두워지자 몬느는 그 시간에 우리 모두가 모여 있을 생트아가트의 식당을 생각하니 갑자기 비통한 심정이 되었다. 그러자 화가 났다. 그러나 곧이어 의도한 바는 아니었지만 그렇게 일탈했다는 데 대한 깊은 환희와 자부심에 사로잡혔다.

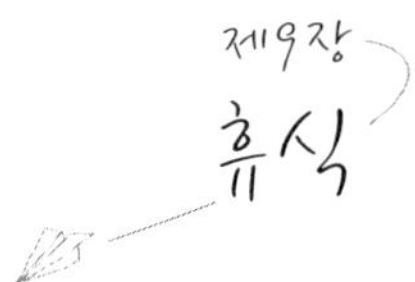

갑자기 말의 걸음걸이가 느려졌다. 어두운 곳에서 말발굽이 어딘가에 부딪친 것 같았다. 말이 두 번이나 머리를 숙였다 다시 들었다. 그리고 말은 갑자기 멈추었다. 콧구멍을 낮추고 무슨 냄새를 맡는 듯했다. 말발굽 주위에서 물 흐르는 소리 같은 것이 들렸다. 개울이 길을 가로지르고 있었다. 여름에는 걸어서 건너던 개울이었을 듯하다. 그러나 그때에는 흐름이 어찌나 센지 얼음이 얼지 않았고 더 이상 앞으로 말을 모는 것은 위험했다.

몬느는 천천히 고삐를 잡아당겨 몇 걸음 물러섰다. 그런 다음 아주 당황한 나머지 마차에서 몸을 일으켰다. 그때 나뭇가지들 사이로 불빛이 보였다. 마차가 있는 길에서 그 불빛이 있는 데까지 가려면 두세 목장만을 지나면 되었다.

그는 마차에서 내린 다음 말을 뒤로 끌고 갔다. 말이 무서워하며 갑자기 머리를 치켜드는 것을 멈추게 하려고 그는 이렇게 달랬다.

"자, 가자! 가자! 이제 우린 더 멀리 갈 수가 없어. 우리가 도착한 곳이 어딘지 곧 알게 될 거야."

그리고 길 쪽으로 향한 조그만 목장의 반쯤 열린 사립문을 밀고, 마차를 그곳으로 들여보냈다. 말의 발이 연한 풀 속에 빠졌다. 마차가 조용히 흔들렸다. 말의 머리와 그의 머리가 마주하고 있어서, 말의 열기와 헐떡이는 거친 숨소리가 느껴졌다. 말을 목장 끝까지 몰고 가서 등에 담요를 덮어주었다. 그리고 그는 울타리 안쪽의 가지들을 헤치면서 다시 불빛을 보았다. 그것은 외딴집의 불빛이었다.

하지만 거기까지 가려면 세 개의 목장을 지나가야 했고, 두 발이 모두 빠질 뻔했던 험한 개울을 뛰어넘어야 했다. 마침내 비탈의 꼭대기에서 마지막으로 뛰어내린 후 그는 시골집의 마당 안에 이르렀다. 돼지 한 마리가 우리 속에서 꿀꿀거리고 있었다. 언 땅 위를 걷는 발소리에 개가 맹렬하게 짖어대기 시작했다.

덧창문은 열려 있었다. 몬느가 본 희미한 불빛은 벽난로에서 타고 있는 나뭇단의 빛이었다. 그 불 이외에 다른 불빛은 없었다. 집 안에서 한 부인이 두려워하는 기색 없이 일어나서 문으로 다가왔다. 바로 그때 시계가 7시 반을 쳤다.

"부인, 죄송합니다. 제가 당신의 국화밭을 밟은 것 같은데요." 몬느가 말했다.

그녀는 손에 사발을 들고 멈추어 선 채 그를 바라보았다.

"마당이 너무 어두워 밟을 수밖에 없었을 거예요." 그녀가 말했다.

침묵이 흘렀다. 그러는 동안 몬느는 꼿꼿이 선 채 방을 둘러보았다. 벽에는 마치 주막집처럼 삽화들이 그려진 신문들이 붙어 있었고, 탁자 위에는 남자 모자가 놓여 있었다.

"주인이 계시지 않는군요?" 그가 앉으며 물었다.

"곧 돌아올 거예요. 땔나무를 구하러 갔거든요." 부인이 안심하는 태도로 대답했다.

"그를 만나러 온 것은 아닙니다. 우리 같은 사람은 잠복하고 있는 사냥꾼들이죠. 제게 빵을 조금 주실 수 있나 해서요." 그는 의자를 난롯가에 가까이 갖다 놓으면서 말을 이었다.

몬느는 시골 사람들의 집에서는, 특히 외딴 농가에서는 매우 신중하고 공손한 태도로 말해야 하고, 특히 그 지방 출신이 아니라는 것을 나타내 보이면 안 된다는 사실을 알고 있었다.

"빵이요? 어쩌죠. 그걸 드릴 수 없네요. 화요일마다 지나가는 빵장수가 오늘은 오지 않았거든요." 그녀가 말했다.

조금 전까지도 마을 가까이에 있기만을 간절히 바랐던 몬느는 겁이 덜컥 났다.

"어느 지방의 빵장수 말예요?" 그가 물었다.

"물론 비외낭세의 빵장수 말이지요." 그 부인이 놀란 표정으로 대답했다.

"정확하게 비외낭세는 여기서 얼마나 떨어진 곳에 있습니까?" 몬느는 대단히 불안해져 말을 이었다.

"큰길로는 정확히 말씀드릴 수 없습니다만 지름길로는 약 12킬로미터쯤 됩니다."

그리고 그녀는 딸이 그곳에서 직장을 다니고 있는데, 매월 첫째 일요일마다 자기를 보기 위해 걸어서 오며, 그리고 그 주인들은…… 하며 얘기를 하기 시작했다.

그러나 몬느는 너무나 당황한 나머지 말을 중단시키고야 말았다.

"비외낭세가 여기서 가장 가까운 마을인가요?"

"아니에요, 5킬로미터 떨어진 곳에 있는 레 랑드가 가장 가까운 마을이에요. 그러나 그곳에는 상인도 빵장수도 없어요. 그곳에는 매년 성(聖) 마르탱 축제일에 사람들이 조금 모일 뿐이죠."

레 랑드 마을에 관해서는 전혀 들어본 적이 없었다. 그는 길을 잃을 정도로 재미만 추구했던 것이다. 그러나 개수대에서 그릇을 씻고 있던 부인은 그의 모습에 호기심을 가지고 돌아보았다. 그리고 그녀는 그를 똑바로 쳐다보면서 천천히 말했다.

"당신은 이 지방 출신이 아니죠?"

그때 문에 나무를 한 아름 안은 나이 든 농부가 나타났다. 그는 바닥에다 그것을 내려놓았다. 부인은 마치 귀머거리에게 얘기하듯 농부에게 아주 큰 소리로 그 젊은이가 요구한 것을 설명했다.

"그래, 그건 쉬워. 하여튼 가까이 오십시오. 당신은 불을 쬐지 않는군요." 그가 간단하게 말했다.

잠시 후 두 사람은 난로의 장작 받침쇠 곁에 자리를 잡고 있었다. 그 늙은이는 나무를 난로 속에 넣기 위해 쪼개고 있었고, 몬느는 그가 준 빵과 우유 한 잔을 먹었다. 몬느는 좀 전까지만 해도 그렇게 불안했었는데, 이 초라한 집에나마 머물 수 있게 된 것이 기뻤다. 그는 이제 이상한 모험이 끝났다고 생각하면서 친구들과 함께 이 친절한 사람들을 다시 보러 올 계획까지 세우고 있었다. 그는 그것이 단지 잠깐의 휴식에 불과하며, 그가 곧 가던 길을 계속 가게 되리라는 사실을 몰랐다.

그는 곧 늙은 농부에게 라 모트로 가는 길을 물어보았다. 그리고 점점 사실대로 말했다. 다른 사냥꾼들과 헤어졌으며, 지금은 완전히 길을 잃었다고 말했다.

그런데 그 농부 부부가 오늘은 자고 낮에 다시 출발하자고 고집해서 몬느는 알았다고 대답하고는 외양간에 말을 붙들어 매기 위해서 밖으로 나갔다.

"오솔길에 팬 구멍을 조심하시오." 농부가 그에게 말했다.

몬느는 오솔길로 오지 않았다고 감히 고백하지 못했다. 하마터면 그는 그 친절한 남자에게 함께 가자고 부탁할 뻔했다. 그는 문지방에서 잠시 머뭇거렸다. 결단을 내리지 못하고 심히 주저했다. 결심이 동요되었기 때문이다. 그러고 나서 그는 컴컴한 마당으로 나갔다.

거기가 어디쯤인지 분간하기 위해서 그는 자신이 뛰어내렸던 비탈 위로 기어올랐다.

천천히, 그리고 힘겨운 발걸음으로 그는 이곳에 올 때처럼 버드나무로 된 울타리를 지나서 풀과 냇물 사이를 따라갔다. 그리고 마차를 놓아두었던 목장의 끝으로 갔다. 마차는 이미 그곳에 없었다. 가만히 서서 머리를 가로저으며, 가까운 곳에서 말방울 소리가 들릴 것으로 생각하고 밤에 들려오는 모든 소리에 귀를 기울였다. 아무 소리도 나지 않았다…… 그는 목장을 한 바퀴 돌았다. 위로 마차가 지나간 듯, 울타리는 반쯤 기울어져 있고, 반쯤 열려 있었다. 말은 틀림없이 혼자 그곳을 통해 도망쳤을 것이다.

길을 다시 거슬러서 그는 몇 걸음 내디뎠다. 담요가 발길에 걸렸다. 말 잔등에서 땅으로 미끄러졌을 것이 틀림없었다. 말이 이

방향으로 달아났다고 결론 내린 그는 달리기 시작했다.

그는 마차를 다시 잡겠다는 일념 외에는 아무 생각도 없었다. 의지는 굳지만 어리석은 생각이었다. 얼굴이 빨개질 만큼 두려움 비슷한 공포에 사로잡혀 달리고 달렸다…… 때때로 그의 발이 수레바퀴 자국에 부딪혔다. 칠흑 같은 어둠 속에서 모퉁이에 이르자 그는 울타리에 부딪혔다. 너무 지친 나머지 멈춰야 할 순간에 멈추지 못해 팔을 내민 채 가시나무에 넘어졌다. 그 바람에 얼굴을 감쌌던 손이 찢어졌다. 이따금 그는 멈추어 서서 귀를 기울이다가 다시 달리곤 했다. 한순간 그는 마차 소리를 들은 것도 같았다. 그러나 그것은 왼쪽으로 아주 멀리 있는 길을 지나가는 덜거덕거리는 짐마차였다.

발판에 긁힌 무릎이 너무 아파 어쩔 수 없이 멈추어야만 했고, 다리가 뻣뻣해져왔다. 그때 그는 말이 전속력으로 달아나지 않았다면 한참 전에 찾았을지도 모른다고 생각했다. 또한 마차를 잃어버린 게 아니라 누군가 그것을 잘 붙들어두었을 것이라고도 생각했다. 결국 지치고 화가 난 그는 간신히 다리를 이끌며 발걸음을 옮겼다.

마침내 그는 떠났던 지점에 다다랐다고 생각했다. 이윽고 그가 찾던 그 집의 불빛이 보였다. 깊숙한 오솔길이 울타리 안으로 트여 있었다.

'저것이 그 늙은 농부가 나에게 말했던 오솔길이군.' 몬느가 중얼거렸다.

그리고 울타리와 고갯길을 더 넘지 않아도 된 것이 기뻐 그는 그 길로 접어들었다. 조금 후에 오솔길이 왼쪽으로 굽어 있어서 불빛이 오른쪽으로 스며 나오는 것처럼 보였다. 길의 교차점에 도달한 몬느는 그 초라한 집에 빨리 돌아가려는 생각에 거기로 곧장 이어지는 것처럼 보이는 오솔길을 아무 생각도 없이 따라갔다. 그러나 그가 그 방향으로 10여 보 걸어가자 금세 불빛이 사라졌다. 그 불빛은 울타리로 인해 숨은 것 같기도 하고, 기다림에 지친 농부 부부가 덧창문을 닫아 안 보이는 것 같기도 했다. 그는 용기를 내 밭을 가로질러 방금 전 불빛이 반짝이던 방향으로 똑바로 걸었다. 그리고 또 한 번 울타리를 건너니 새로운 오솔길이 나왔다……

그리하여 점점 몬느는 길을 잃었고, 그가 떠나온 사람들과의 관계는 끊어졌다.

낙담하고 거의 기진맥진해진 그는 절망적인 심정으로 그 오솔길을 끝까지 따라가보기로 했다. 그는 거기서 100보쯤 걸어가 커다란 푸른 초원으로 빠져나갔다. 그곳에서 이따금 한 번씩 노간주나무임에 틀림없을 그림자들과 계곡에 있는 희미한 건물을 알아보았다. 몬느가 다가갔다. 그것은 목축장이거나 버려진 양 우리의 일종이었다. 문은 삐걱거리는 소리를 내며 열렸다. 바람이 구름을 몰고 가자 달빛이 울타리 틈새로 흘렀다. 곰팡이 냄새가 코를 찔렀다.

몬느는 더 이상 찾아보지도 않고 땅에 팔꿈치를 대고 머리는 손에 파묻은 채 축축한 짚 위에 길게 누웠다. 그는 배에 무릎을 대고 허리띠를 풀어 웃옷에 구겨넣었다. 그때 그는 길에 내버려둔 말에게 씌웠던 담요를 생각했다. 그는 대단히 불행하다고 느끼고 자신에 대해 화가 많이 나 너무나 울고 싶은 심정이었다.

그래서 그는 다른 것을 생각하려고 애썼다. 골수까지 얼어붙은 그는 어떤 꿈—아주 어렸을 때 가졌던 누구에게도 이야기한 적이 없는 어떤 환상— 을 생각했다. 가령 어느 날 아침, 반바지와 웃옷을 걸어놓은 그의 방에서 잠을 깬 것이 아니라, 나뭇잎과 같은 벽지로 된 초록색의 긴 방에 있는 자기 자신을 발견했던 일이다. 그 장소에는 아주 부드러운 불빛이 흐르고 있었는데, 그는 그 불빛을 맛볼 수 있는 것이라고 생각했다. 첫번째 창문 옆에는 한 젊은 처녀가 등을 돌린 채 그가 깨기를 기다리는 듯 바느질을 하고 있었다. 그는 이 마법의 장소에서 걷기 위해 침대 밖으로 빠져나올 힘이 없었다. 그는 다시 잠이 들었다. 그러나 곧 다음번에는 꼭 일어날 것을 다짐했다. 아마도 내일 아침에는……

제11장

신비의 영지

새벽이 되자마자 그는 다시 걷기 시작했다. 그러나 부풀어오른 무릎이 아파와서 그는 고통이 심할 때마다 멈추어서 앉아야만 했다. 그가 있었던 장소는 더구나 솔로뉴에서 가장 황량한 곳이었다. 오전 내내 그는 지평선에서 양떼를 몰고 가는 목녀(牧女)를 보았을 뿐이다. 그가 아무리 소리쳐 그녀를 부르고 뛰어가려고 했지만 소용이 없었다. 그녀는 그것을 듣지 못하고 사라졌다.

그렇지만 그는 딱하리만큼 느린 걸음으로 가던 방향으로 계속해서 걸어갔다. 지붕 하나도 사람 하나도 보이지 않았다. 늪의 갈대 속에서 마도요의 소리조차 들리지 않았다. 완전히 인적이 끊어진 곳에 맑고 쌀쌀한 12월의 태양이 빛나고 있었다.

마침내 그가 소나무 숲 위로 회색 망루의 뾰족탑을 발견했을 때는 오후 3시쯤이었을 것이다.

‘오랫동안 버려진 성이거나 사람이 살지 않는 어떤 뾰족탑이겠지!’ 하고 그는 중얼거렸다.

그는 걸음을 재촉하지 않고 가던 길을 계속 걸어갔다. 숲 모퉁이에서 두 개의 하얀 기둥 사이에 오솔길이 불쑥 나와 있었다. 몬느는 그 길로 접어들었다. 그곳에서 몇 걸음 가다가 놀라움과 형언할 수 없는 감정의 혼란으로 가득 차서 멈추었다. 그렇지만 그는 여전히 지친 발걸음으로 터벅터벅 걸었다. 차가운 바람 때문에 입술이 트고 이따금 숨이 막혔다. 그렇지만 어떤 야릇한 만족감에 흥분되었고, 거의 완벽하게 평온을 되찾았다. 목적을 이루었고 그래서 이제는 행복한 일만이 남아 있다는 확신이 들었다. 옛날에, 여름의 대축제 전날 저녁, 마을의 거리에 심은 전나무 때문에 그의 방 창문이 그 나뭇가지들로 가로막혔을 때 느꼈던 감정도 아마도 이처럼 기운 빠졌던 기분이었을 것이다.

‘올빼미와 찬바람으로 가득 찬 이 낡은 뾰족탑에 도착했으니 너무나 기쁘군!’ 하고 그는 중얼거렸다.

그리고 그는 자신에 대해 화가 나 멈추었다. 길을 되돌아가서 차라리 가까운 마을까지 가는 편이 낫지 않을까 생각했다. 그는 조금 전부터 고개를 숙이고 생각에 잠겨 있었다. 그때 그는 갑자기 오솔길에 큰 원을 그리며 규칙적으로 비질 자국이 나 있는 것을 알아보았다. 축제 때면 그의 집에서 사람들이 했던 것과 같았다. 그는 성모승천일 아침 라 페르테의 큰길과 비슷한 길로 들어섰다. 그는 오솔길의 에움길에서 6월처럼 먼지를 일으키며 축제일의 옷차림을 한 사람들이 무리 지어 가고 있는 것을 보았다. 하지만 그것을 보고 크게 놀라지는 않았다.

'이 적막한 곳에 축제가 벌어진 것일까?' 하고 그는 궁금했다. 첫 에움길까지 나아가니 다가오는 사람들의 목소리가 들렸다. 그는 옆에 있는 어린 전나무 숲에 폴짝 뛰어들어 몸을 웅크리고 숨을 죽인 채 귀를 기울였다. 어린애들의 목소리였다. 어린애들이 무리를 지어 그의 바로 곁을 지나갔다. 그중의 어린 소녀 하나가 아주 얌전하고 또렷한 목소리로 말했다. 무슨 말인지는 거의 알아들을 수 없었지만 미소 짓지 않을 수 없었다.

"나는 딱 한 가지만 불안해. 말에 관한 문제 말이야. 예를 들면 다니엘이 노란색의 큰 조랑말을 타는 것은 결코 막을 수 없을 거야" 하고 소녀가 말했다. "결코 나를 막을 수 없지! 우리는 모든 것을 하기로 허락받지 않았어? 우리 맘에 드는 일이라면 우리에게 나쁜 것까지도 말이야……" 하고 소년은 놀리는 듯한 목소리로 대답했다. 그리고 그들의 목소리는 멀어져갔고 그 순간에 이미 다른 어린애들이 무리 지어 다가오고 있었다.

"얼음이 녹으면 내일 아침 우리는 뱃놀이를 갈 거야" 하고 조그만 소녀가 말했다.

"근데 우리가 그렇게 하는 것을 허락할까?" 하고 다른 소녀가 말했다.

"우리 마음대로 축제를 주관한다는 것을 잘 알잖아."

"만약 프란츠가 약혼녀와 함께 오늘 저녁에 돌아오면?"

"그러면 그는 우리가 원하는 대로 할 거야."

'결혼에 관한 문제임이 틀림없어. 그런데 여기서는 법을 만드는 것이 어린애들인가? 이상한 곳도 다 있군!' 하고 몬느는 생각했다.

그는 숨은 곳에서 나와 그들에게 어디서 술을 마시고 음식을 먹게 되는지 물어보고 싶었다. 그는 일어서서 마지막 무리들이 멀어져가는 것을 보았다. 무릎까지 오는 꼭 맞는 원피스를 입은 세 소녀였다. 그녀들은 턱에 끈을 건 예쁜 모자를 쓰고 있었다. 목에는 하얀 깃 하나가 각각 길게 늘어져 있었다. 그녀들 중의 하나가 반쯤 돌아서서 약간 몸을 구부린 채 손가락을 들고 중요한 설명을 하는 친구의 말에 귀를 기울이고 있었다.

'내가 그들을 놀라게 하겠군.' 몬느가 찢어진 농부의 겉옷과 생트아가트 학교 학생의 바로크풍 혁대를 보면서 중얼거렸다.

어린애들이 오솔길로 돌아올 때 마주칠까 봐 걱정하면서 그는 그곳에서 무엇을 물어볼까 깊이 생각하지도 않고 전나무 숲을 가로질러 뾰족탑 쪽을 향해 계속 걸어갔다. 이윽고 그는 이끼 긴 조그만 담벼락 때문에 숲의 가장자리에 멈추어 섰다. 반대쪽으로 벽과 영지의 부속 건물들 사이에는 좁고 긴 마당이 있었는데, 장날의 주막처럼 마차들로 가득 차 있었다. 각종 모양의 마차들이었다. 좌석이 네 개 달린 멋있고 조그마한 포장마차들, 긴 의자가 있는 달구지들, 쇠시리로 된 좌석이 있는 유행에 뒤떨어진 부르보네 마차들, 유리창이 열린 낡은 대형 사륜마차까지도 있었다.

몬느는 누군가에게 들킬까 봐 전나무 뒤에 숨어서 무질서하게 늘어진 장소를 살펴보고 있었다. 그때 그는 마당의 반대편에서 부속 건물의 창문 하나가 열려 있는 것을 발견했다. 창문은 긴 의자가 붙은 높은 달구지의 마부석 바로 위에 있었다. 두 개의 쇠창살이 창구를 가로막고 있었음에 틀림없다. 영지의 뒤에 항상 닫혀 있는 외양간의 덧창에서 볼 수 있는 것처럼 말이다. 그러나 오랜 세월이 흐른 탓인지 이제는 열려 있었다.

'저기 들어가 건초 속에서 자고, 그 예쁜 소녀들을 놀라게 하지 말고 새벽에 떠나야지' 하고 몬느는 생각했다.

그는 다친 무릎 때문에 겨우 담을 넘었다. 그리고 이 마차에서 저 마차로, 긴 의자가 달린 달구지의 마부석에서 대형 사륜마차의 지붕으로 해서 그는 그 창문의 높이까지 다다랐다. 그는 마치 출입문처럼 소리 없이 창문을 밀었다.

그가 들어간 곳은 건초를 넣어두는 다락방이 아니었다. 천장은 낮았지만 분명히 침실이었을 것이다. 겨울 저녁의 희미한 어둠 속에서 탁자와 벽난로가 뚜렷하게 보였다. 안락의자에는 큰 꽃병과 값나가는 물건들, 옛 문장(紋章)들이 얹혀 있기까지 했다. 방 안쪽에 커튼이 드리워져 있었는데, 알코브(침대를 놓기 위해 만들어진 움푹 들어간 곳: 옮긴이)를 가리기 위한 것이었다.

몬느는 창문을 닫았다. 춥기도 했고 밖에 있는 사람들에게 들킬까 봐 두려웠기 때문이다. 그는 안쪽에 있는 커튼을 걷으러 갔다. 그리고 나지막하고 큰 침대 하나를 발견했는데, 그 위에 금박을 입힌 낡은 책들과 현이 끊어진 비파, 뒤죽박죽이 된 채 던져진 촛대들이 널려 있었다. 그는 모든 것을 알코브 안쪽으로 밀어넣고 침대에 드러누운 다음 휴식을 취하며 자신이 뛰어든 이상한 모험에 대해 좀 생각하기 시작했다.

영지 위에 깊은 침묵이 깔려 있었다. 이따금 12월의 바람 소리만이 윙윙거리며 들려왔다.

그리고 자리에 누운 몬느는 그 이상한 만남에도 불구하고, 오솔길에서 들려온 어린애들의 목소리에도 불구하고, 무질서하게 모여 있는 마차에도 불구하고, 처음에 생각했던 것처럼 그 낡은 건물은 단순히 겨울의 적막 속에 버려진 것일지 모른다고 생각하기에 이르렀다.

곧이어 바람 소리가 그에게는 잃어버린 어떤 음악 소리처럼 느껴졌다. 매혹과 회한으로 가득 찬 추억과도 같은 음악이었다. 그는 그 시절을 회상했다. 아직 젊은 어머니가 오후면 거실에서 피아노를 치고 있었고, 자기는 정원으로 나 있는 문 뒤에서 밤이 깊도록 말없이 그 소리를 듣고 있었다.

'누군가 어디서 피아노를 연주하고 있는 것 같군.' 그는 생각했다.

그러나 그는 자신의 의문에 대답해볼 여력도 없이 피로로 기진맥진해져 곧 잠이 들어버렸다.

제12장

웰링턴의 침실

그가 잠에서 깨어났을 때는 밤이었다. 추위에 떨며 그는 검은색 상의를 밑에 깔고 뭉개면서 이리저리 돌아누웠다. 청록색의 희미한 불빛이 알코브의 커튼을 비추고 있었다.

침대 위에 앉은 그는 커튼 사이로 머리를 내밀었다. 누군가 창문을 열고 벽의 움푹 들어간 곳에 초록색 베네치아 등불을 두 개 매달아 놓아둔 것이었다.

몬느는 간신히 쳐다볼 수 있었는데, 층계참에서 둔한 발자국 소리와 나지막이 대화하는 소리가 들렸다. 그는 알코브 속으로 뛰어들었다. 벽으로 밀어넣었던 청동으로 된 물건들 중의 하나가 징 박힌 그의 구두와 부딪쳐 소리가 났다. 순간적으로 몹시 불안해진 그는 숨을 죽였다. 발걸음 소리가 가까워졌고, 두 사람의 그림자가 방으로 미끄러지듯 들어왔다.

"소리 내지 마." 한 사람이 말했다.

"아! 그래도 그가 깰 시간인데!" 하고 다른 사람이 대답했다.

"그의 방에 필요한 물건들을 가져다 놓았니?"

"물론, 다른 방들과 마찬가지로."

바람이 불어 열린 창문이 덜컹거렸다.

"아니, 너 창문을 닫지 않았구나. 바람 때문에 벌써 등불 하나가 꺼졌네. 다시 불을 켜야겠어." 첫번째 사람이 말했다.

"뭐라구! 이런 시골에서, 아무도 없는 곳에서 불을 켜서 뭘 하려고? 그것을 볼 사람은 아무도 없다구." 게으름에 젖어 있는 사람이 갑자기 의기소침해지며 말했다.

"아무도 없다고? 그래도 밤에 도착할 사람들이 있단 말이야. 그들이 저기 길에서 마차 안에 앉아 우리들이 켜놓은 불빛들을 보고 아주 만족해할 거야!"

성냥 긋는 소리가 들렸다. 방금 말한, 두목처럼 보였던 그 사람이 셰익스피어 연극의 무덤 파는 인부처럼 느린 목소리로 다시 말했다.

"너는 초록색 초롱들을 웰링턴의 침실에 켜놓아. 붉은색 초롱들도 켜놓고…… 너는 나만큼은 여길 잘 몰라!"

침묵이 흘렀다.

"웰링턴이라니, 그게 미국인이었던가? 그래, 초록색은 미국의 빛깔인가? 희극배우인 네가 여행해봤으니 그걸 알겠지."

"맙소사! 여행이라구? 그래 여행은 했지! 하지만 난 아무것도 보지 못했어! 마차 속에서 무얼 볼 수 있단 말이냐?" '희극배우'

가 대답했다.

몬느는 조심스럽게 커튼 사이로 바라보았다.

결정을 내리는 사람은 모자를 쓰지 않고 커다란 외투 속에 파묻힌 것 같은 뚱뚱한 남자였다. 그는 손에 여러 색깔로 된 등불이 달린 긴 막대기를 들고 있었다. 그리고 다리를 꼬고 앉아 동료가 일하는 것을 조용히 바라보고 있었다.

그 희극배우로 말할 것 같으면 상상할 수 있는 한 가장 초라한 몸집이었다. 키가 크고 마른 체형으로 벌벌 떨고 있는 모습, 사팔뜨기인 청록색 눈, 이가 빠진 입에 흘러내린 콧수염 등은 바닥에 물을 뚝뚝 흘리고 있는 물에 빠진 사람의 얼굴을 생각나게 했다. 그는 속옷 차림이었고, 이빨이 부딪치는 소리가 났다. 그의 말과 행동에서 자기 자신에 대해 지나치게 경멸하고 있는 것이 드러났다.

그는 잠시 동안 씁쓸하면서도 우스꽝스러운 생각을 깊이 하는 것 같더니 동료에게 다가가서 거리낌 없이 비밀을 털어놓았다.

"내 말을 듣고 싶니? 나는 사람들이 이와 같은 축제를 축하하기 위해 우리처럼 밥 맛 없는 녀석들을 찾으러 갔다는 것을 이해할 수가 없어! 이게 내가 하고픈 말이야!"

그러나 그 뚱뚱한 사내는 크게 동요하지 않는 눈치였다. 다리를 포개고, 하품을 하고, 조용히 코를 훌쩍거리며 동료가 일하는 모습을 계속해서 바라보았다. 이윽고 등을 돌려 어깨에 막대를 걸치고 다음과 같이 말하면서 가버렸다.

"자, 가자! 저녁식사를 위해 옷을 바꿔 입을 시간이야."

그 보헤미안은 뒤를 따라갔다. 그러나 알코브 앞을 지나가면서

"주무시는 분, 당신은 나처럼 가련한 분이더라도 잠에서 깨어나 후작의 옷을 입기만 하면 됩니다. 그리고 가장 무도회에 내려오십시오. 왜냐하면 그것은 어린 신사들과 어린 아가씨들에겐 대단한 즐거움이니까요" 하고 그는 공손하지만 냉소적인 목소리 톤으로 말했다.

그는 마지막으로 공손하게 떠돌이 광대의 말투로 덧붙였다.

"부엌에 배치된 우리의 동료 말루아요가 당신에게 어릿광대로 분장한 사람과 함께 나 자신인 위대한 피에로를 소개할 것입니다."

제13장

이상한 축제 1

그들이 사라지자마자 몬느는 숨어 있던 곳에서 나왔다. 발은 꽁꽁 얼어붙어 있었고 관절이 뻣뻣했다. 하지만 휴식을 취한 탓인지 무릎이 나은 것 같았다.

'저녁식사에 내가 빠질 수야 없지. 나는 단지 모든 사람이 내 이름을 잊었을 뿐인 초대받은 손님이 되어야지. 게다가 나는 여기서 불청객이 아니야. 말루아요 씨와 그의 친구가 나를 기다리고 있는 것은 틀림없으니까……' 하고 그는 생각했다.

어두컴컴한 알코브에서 나오자 푸른색 초롱불로 밝혀진 방 안에서 모든 것이 아주 똑똑히 보였다.

그 보헤미안이 방에 필요한 물건들을 가져다 놓았던 것이다. 외투들이 양복걸이에 걸려 있었다. 대리석이 깨진 무거운 화장대 위에는 양의 우리에서 전날 밤을 보낸 소년이 멋쟁이로 변신하는

데 필요한 것들이 놓여 있었다. 벽난로 위에는 커다란 촛대 옆에 성냥이 있었다. 그러나 마룻바닥은 왁스로 닦여 있지 않았다. 그리고 구두 바닥 밑에서 모래와 흙 부스러기가 구르는 것이 느껴졌다. 또다시 몬느는 오랫동안 내버려진 집에 있는 듯한 인상을 받았다. 벽난로 쪽으로 가면서 그는 커다란 종이 상자와 조그만 상자들의 더미에 부딪혀 넘어질 뻔했다. 그래서 팔을 내밀어 촛불을 켰다. 그런 다음 상자 뚜껑을 열고 몸을 기울여 들여다보았다.

옛날 젊은이들이 입었던 옷들이 있었다. 벨벳으로 된 깃 높은 프록코트들, 앞이 완전히 트인 멋진 조끼들, 수많은 하얀 넥타이, 그리고 금세기 초엽에 유행하던 왁스 칠을 한 구두들이었다. 그는 어떤 것에도 감히 손 끝 하나 댈 수가 없었다. 그러나 그는 덜덜 떨면서 몸의 먼지를 털어낸 다음, 구겨진 칼라를 떼어낸 큰 외투 하나를 교복 위에 걸쳐 입고, 징 박은 구두를 왁스 칠 한 무도화로 바꾸어 신고 모자를 쓰지 않은 채 내려갈 준비를 했다. 그는 아무에게도 들키지 않고, 어두운 마당 안쪽으로 나 있는 나무 계단 아래에 이르렀다. 차가운 밤바람이 얼굴에 스쳤고 외투자락이 펄럭였다.

몇 걸음 내딛자 그는 하늘의 희미한 빛을 통해 그곳의 지형을 곧 알아볼 수 있었다. 그는 부속 건물들로 둘러싸인 조그만 마당 한가운데에 있었다. 모든 것이 낡고 파괴된 것 같아 보였다. 층계 아래에 있는 출입구들은 열려 있었다. 문들이 오래전부터 떨어져 나갔던 것이다. 벽에 뚫린 검은 구멍 같은 창문에도 유리가 끼워 있지 않았다. 그렇지만 모든 건물에서 축제의 신비스런 분위기가 풍겼다. 들판 쪽을 비추도록 초롱들을 켜놓은 그 낮은 방 안에는 형형색색의 반사 광선이 가득 차 있었다. 마당은 비질이 되어 있었고, 우거진 잡초들이 뽑혀 있었다. 마침내 몬느가 귀를 기울여 보았더니 저 아래 나뭇가지들이 바람에 흔들리고 있고, 그 어렴풋한 건물들 쪽에서 아이들과 소녀들의 목소리와 노랫소리 같은 것이 들려오는 듯했다.

그는 큰 외투를 입고 마치 사냥꾼처럼 몸을 약간 구부리고 귀를 기울이면서 서 있었다. 그때 키가 유난히 작은 젊은이가 아무도 없을 것 같은 옆 건물에서 불쑥 나왔다.

그는 마치 은으로 만든 듯 어둠 속에서도 반짝거리는 둥그스름한 형태의 높은 모자를 쓰고 있었다. 머리카락까지 올라오는 칼라가 달린 옷차림이었는데, 조끼는 가슴 부분이 많이 파였으며, 바지는 발밑까지 내려와 있었다. 열다섯 살쯤으로 보이는 그 우아한 사람은 마치 바지의 탄력으로 몸을 지탱하는 것처럼, 발끝으로 그러나 대단히 빠른 속도로 걸어갔다. 그는 몬느를 보자 멈추지도 않고 걸어가면서 기계적으로 공손하게 인사를 하고는 어둠 속으로, 오후에 그를 끌어들인 성곽인지 수도원인지 농장인지 모를 그 탑이 있는 중심 건물 쪽으로 사라졌다.

잠깐 망설인 다음에 우리의 주인공은 호기심을 끌던 그 키 작은 사람의 뒤를 따라갔다. 그들은 커다란 뜰을 지나서 큰 건물들 사이를 통과해 울타리를 쳐놓은 양어장과 우물을 돌아 중앙 건물의 문턱에 다다랐다.

사제관의 출입문처럼 위가 둥글고 못이 쳐진 무거운 나무문이 반쯤 열려 있었다. 그 멋쟁이는 그곳으로 들어갔다. 몬느도 뒤따라 들어갔다. 복도에 발을 들여놓자마자 그는 아무도 볼 수 없는 상태에서 웃음소리와 노랫소리, 그리고 누구를 부르는 소리와 환성을 지르는 소리에 둘러싸였다.

복도 맨 끝에 비스듬한 통로가 나 있었다. 몬느는 안까지 들어갈 것인지, 아니면 목소리가 들려오는 문 하나를 열 것인지 망설였다. 그때 두 소녀가 안쪽으로 들어가는 것이 보였다. 그는 그들을 놓치지 않고 따라가기 위해서 무도화를 신은 발끝으로 조심스럽게 달려갔다. 문 열리는 소리가 들렸고, 열다섯 살가량의 소녀 두 명이 나타났는데, 쌀쌀한 밤공기를 쐬며 달려온 탓인지 끈 달린 모자 밑으로 발그레한 얼굴이 보였다. 모든 것이 갑자기 밝아진 불빛 속으로 사라지려고 했다.

잠시 그녀들은 장난하느라고 서로 상대편을 향하여 돌아섰다. 헐렁하고 가벼운 스커트가 들렸다가 부풀어올랐다. 재미있는 속바지의 레이스가 보였다. 그렇게 마주 본 다음 그녀들은 그 방으로 뛰어 들어가서는 문을 닫아버렸다.

몬느는 잠시 넋을 잃고 어두컴컴한 복도에 서 있었다. 그는 이제 들킬까 봐 겁이 났다. 머뭇거리는 서투른 거동 때문에 그를 도둑으로 생각할 게 틀림없었다. 그는 결심한 듯 출구 쪽으로 돌아갔다. 그때 다시 복도의 안쪽에서 어린이들의 목소리와 발자국 소리가 들렸다. 두 명의 소년이 이야기하며 다가오고 있었다.

"곧 저녁식사를 하게 될까?" 몬느는 태연자약하게 물었다.

"우리와 함께 가자. 널 그곳으로 안내할 테니" 하고 키 큰 소년이 대답했다.

그리고 큰 축제 전날 어린이들이 갖게 되는 우정과 신뢰 어린 태도로 그들은 각각 그의 손을 잡았다. 그들은 아마 농부의 아들들일 것이다. 식구들이 그들에게 가장 좋은 옷을 입혔을 것이다. 양모 스타킹을 신고, 무릎 중간까지만 내려온 반바지를 입어 장화가 보이도록 했고, 타이트한 푸른색 벨벳 상의와 같은 색의 모자를 쓰고 하얀 넥타이를 맨 차림이었다.

"너 그녀를 아니?" 하고 한 아이가 물었다.

"엄마가 그러시는데, 그녀는 검은색 원피스에 장식깃을 달고 있고, 예쁜 피에로를 닮았대." 동그란 얼굴에 순진한 눈을 가진 키 작은 애가 말했다.

"그게 누구 이야긴데?" 하고 몬느가 물었다.

"누구라니! 프란츠가 데리러 간 약혼녀 말이야."

몬느가 무슨 말을 하기도 전에 그들 셋은 불꽃이 타오르고 있는 큰 방의 문에 다다랐다. 식탁 대신에 큰 판자가 사각대(四角臺) 위에 놓여 있었다. 하얀 식탁보가 펴 있는 판자 위에서 여러 계층의 사람이 격식을 차리고 식사를 하고 있었다.

제14장

이상한 축제 2

천장이 낮은 커다란 식당 방에서의 식사는 시골의 결혼식 전날 밤에 아주 멀리서 온 친척들에게 대접하는 것과 같았다.

그 두 어린애는 몬느의 손을 놓고서 어린애들의 목소리와 접시에 숟가락 부딪히는 소리가 들리는 대기실로 뛰어 들어갔다. 대담해진 몬느는 거리낌 없이 두 늙은 농부 옆의 의자 위에 걸터앉았다. 그는 곧 왕성한 식욕으로 먹기 시작했다. 그가 고개를 들고 같은 회식자들을 쳐다보며 그들의 얘기를 듣게 된 것은 잠시 후의 일이었다.

더구나 사람들은 거의 얘기를 나누지 않았다. 그 사람들은 겨우 서로 안면이 있는 정도인 듯했다. 어떤 사람들은 시골 벽지에서 온 것 같았고, 어떤 사람들은 먼 도시에서 온 것 같았다. 식탁에는 구레나룻을 기른 노인 몇 사람과 옛날 선원들처럼 수염을 완전히 깎아버린 사람들이 여기저기 앉아 있었다. 그들 곁에는 비슷하게 생긴 노인들이 식사를 하고 있었다. 똑같이 탄 얼굴, 짙은 눈썹 아래 생기 있는 눈, 구두끈처럼 가느다란 넥타이를 매고 있는 것까지 똑같았다. 하지만 그 사람들이 그 지방이 아닌, 더 먼 곳으로 여행한 적이 없다는 것을 쉽게 알 수 있었다. 그리고 만약 그들이 비바람을 맞으며 수천 번 이상 몸이 흔들린 일이 있다면, 그것은 고단한 여행 때문이었다. 여행은 밭고랑을 판 다음에 쟁기질을 하는 것과 같은 위험은 없다. 여자들은 거의 없었다. 농부의 아낙네가 몇 명 있는 것 같았는데, 둥글고 주름 잡힌 모자 밑으로 사과처럼 둥근 주름진 얼굴이 보였다.

몬느에게 편하고 믿음직하게 느껴지는 사람은 한 사람도 없었다. 그는 나중에 여기에서 받은 인상을 이렇게 설명했다. 사람이 용서받을 수 없는 큰 잘못을 저질렀을 때는 굉장히 괴로워하면서 다음과 같이 생각한다는 것이다. '그렇지만 사람들 중에는 나를 용서할 사람들도 있을 것이다.' 당신이 한 일을 모두 잘했다고 생각하는 관대한 할아버지와 할머니, 노인들이 있을 것이라고 상상한다. 그 방에서 식사하고 있는 이들은 그 착한 사람들 가운데서 뽑힌 사람들이었다. 그들 말고는 청소년들과 어린애들뿐이었다.

그러는 동안 몬느 곁에서는 늙은 부인 두 명이 얘기를 하고 있었다.

"모든 게 아무리 잘되어도 약혼자들은 내일 3시 전에는 도착하지 못할 거야." 나이 많은 부인이 부드럽게 말한다는 것이 오히려 별나게 날카로운 목소리로 말했다.

"입 좀 다물어. 정말 짜증나게 하는구먼?" 다른 부인이 아주 조용한 목소리로 말했다.

그녀는 뜨개질한 모자를 이마에까지 내려쓰고 있었다.

"계산해봐! 부르주에서 비에르종까지 기차로 한 시간 반, 그리고 비에르종에서 여기까지 마차로 28킬로미터……" 처음에 말했던 사람이 조금도 수그러질 기세를 보이지 않고 다시 말했다.

말다툼은 계속되었다. 몬느는 한 마디도 놓치지 않고 듣고 있었다. 덕택에 어떤 상황인지 희미하게나마 밝혀졌다. 이유인즉 성주의 아들인 프란츠 드 갈레―그가 학생인지 선원인지 혹은 해군 지망생인지는 알 수 없었다―가 결혼할 처녀를 데리러 부르주에 간 것이었다. 이상한 일은 이 젊디젊고 훌륭한 청년이 제멋대로 영지를 다스린다는 것이었다. 그는 약혼녀가 들어올 집이 축제 중의 궁전처럼 보였으면 했다. 그리고 그 젊은 아가씨의 도착을 축하하기 위해서 그는 어린이들과 온후한 늙은이들을 초대했던 것이다. 두 부인이 말다툼한 내용은 분명 이러했다. 그 밖의 이야기는 아리송한 상태로 놓아두고 끊임없이 약혼자들이 돌아오는 문제를 얘기했다. 한 사람은 그 다음날 아침이라고 주장했고, 다른 사람은 그날 오후라고 했다.

"불쌍한 무아넬, 넌 여전히 어리석어" 하고 좀더 젊은 부인이 조용히 말했다.

"불쌍한 아델, 너는 여전히 고집이 세. 4년 전과 비교해 하나도 변한 게 없어" 하고 상대방이 어깨를 으쓱하면서, 그러나 아주 조용한 목소리로 대답했다.

그리고 그녀들은 조금도 화를 내지 않고 서로 우기기만 했다. 몬느는 좀더 자세한 사정을 알고 싶어 대화에 끼어들었다.

"프란츠의 약혼녀는 사람들이 말하는 것처럼 예쁩니까?"

그녀들은 당황스러워하며 그를 바라다보았다. 프란츠 이외에는 아무도 그 처녀를 보지 못했던 것이다. 프란츠도 툴롱에서 돌아오던 어느 날 저녁에 '마레'라고 불리는 부르주의 한 공원에서 비탄에 잠겨 있는 그녀를 만났던 것이다. 방직공인 아버지가 그녀를 집에서 쫓아냈다는 것이었다. 그녀가 어찌나 아름다웠던지 프란츠는 그 즉시 그녀와 결혼하기로 결심했다. 참 이상한 이야기였다. 그러나 아버지 갈레 씨와 여동생 이본은 전혀 동의하지 않았던 것이다.

몬느는 조심스럽게 다른 질문들을 하려고 했다. 그때 매력적인 한 쌍의 남녀가 문에 나타났다. 벨벳 상의에 팔랑거리는 스커트를 입고 있는 열여섯 살의 소녀와, 칼라가 높은 상의에 신축성 있는 바지 차림의 젊은이였다. 그들은 발을 맞추어 방을 가로질러 갔다. 다른 사람들이 그들을 따라갔다. 소매 긴 옷에 검은 모자를 쓰고 이 빠진 입으로 웃고 있는, 키 큰 창백한 광대에 뒤이어 또 다른 사람들이 소리를 지르며 달려갔다. 그 광대는 어색하게 성큼성큼 달리고 있었는데 발걸음을 뗄 때마다 마치 깡충거리면서 속이 빈 긴 소매를 펄럭거리는 것 같았다. 젊은 처녀들은 그에게 약간 겁을 집어먹었고, 젊은이들은 그와 악수를 했다. 그는 찢어지는 듯한 소리를 지르며 뒤따라오는 어린이들을 기쁘게 하려는 것처럼 보였다. 몬느 앞을 지나가면서 그는 게슴츠레한 눈으로 쳐다보았다. 머리를 빡빡 깎은 것으로 보아 그가 조금 전에 등을 달아준 보헤미안 말루아요 씨의 친구라는 것을 알 수 있었다.

식사가 끝났다. 모든 사람이 일어났다. 복도에서는 원을 그리며 파랑돌 춤판이 벌어졌다. 어디선가 미뉴에트 리듬의 음악이 들려왔다. 외투 깃으로 반쯤 얼굴을 가린 몬느는 주름 장식 옷을 입었을 때처럼 마치 다른 사람이 된 것 같았다. 그 역시도 즐거운 나머지 키 큰 피에로를 따라다니기 시작했다. 그 피에로는 마치 막 오른 무언극이 여기저기서 벌어지고 있는 극장의 무대와 흡사한 성곽의 복도들을 지나갔다. 그는 밤새도록 이상한 옷을 입고 즐거워하는 사람들 틈에 섞여 있었다. 가끔 그는 문을 열고 마법의 초롱이 비치고 있는 방 안에 들어가기도 했다. 어린애들은 큰 소리로 환성을 올렸다. 때때로 그는 사람들이 춤을 추고 있는 거실의 한구석에서 어떤 멋쟁이와 이야기를 나누기도 했고, 그 다음날 입을 의상에 관해서 급히 정보를 제공받기도 했다.

시간이 경과함에 따라 그는 이 모든 즐거움에 약간 싫증이 났고, 반쯤 벌어진 외투 사이로 교복 상의가 보일까 봐 그 집에서 가장 평화롭고 어두운 곳으로 가 잠깐씩 휴식을 취하곤 했다. 거기에서는 피아노 소리만이 희미하게 들려왔다.

그는 예전에 식당이었던 조용한 방으로 들어갔는데, 매달아놓은 램프가 그 방 안을 밝히고 있었다. 거기에서도 어린애들을 위한 축제가 벌어지고 있었다.

아이들은 방석에 앉아 무릎 위에 앨범을 펼쳐놓고 한 장 한 장

넘기고 있었다. 다른 아이들은 의자 앞에 쪼그리고 앉아서 자못 진지한 표정으로 의자 위에 그림을 펼쳐놓고 있었다. 또 다른 애들은 난롯가에 앉아서 말없이 아무것도 하지 않고서, 그 넓은 저택 저 멀리서 들려오는 축제의 소란스런 소리에 귀를 기울이고 있었다.

식당 문 하나가 활짝 열려 있었다. 바로 옆방에서 피아노 치는 소리가 들려왔다. 몬느는 호기심이 일어 고개를 내밀었다. 조그마한 응접실이었다. 부인인지 처녀인지 모를 한 여자가 어깨 위에 밤색 외투를 걸치고 등을 돌린 채 아리아나 짤막한 가곡을 매우 감미롭게 연주하고 있었다. 아주 가까운 의자 위에는 예닐곱 명의 소년 소녀들이 얌전하게 줄을 지어 앉아 피아노 연주를 듣고 있었다. 아이들은 밤이 깊었을 때 흔히 조용해지듯이 말이다. 이따금 그 애들 중의 하나가 주먹으로 땅을 짚고 일어나서 미끄러지듯 식당으로 들어가곤 했다. 그러면 그림을 다 본 애들 중의 하나가 그 자리에 가서 앉았다.

모든 것이 매혹적이면서 광적인 흥분에 휩싸이게 하는 축제였다. 몬느 자신도 미친 듯이 키 큰 피에로의 뒤를 쫓아다닌 후에 이 세상에서 가장 평온한 행복감에 젖어들었다.

그 처녀가 피아노를 계속해서 치고 있는 동안 그는 소리 없이 식당으로 돌아와 앉았다. 그러고는 식탁 위에 흩어져 있는 붉은 빛깔의 두꺼운 책 하나를 펼쳐 정신없이 읽기 시작했다.

곧바로 바닥에서 놀던 꼬마 중의 하나가 다가와 그의 팔을 붙들고, 그의 한쪽 무릎에 앉아서 함께 책을 보았다. 다른 아이가 다른 쪽 무릎에 올라앉았다. 그 순간 그는 옛날에 꾸었던 꿈같은 장면이라고 생각했다. 그는 결혼해서 어느 날 저녁 자기 집에 있는 것이고, 그리고 곁에서 피아노를 치고 있는 그 미지의 매력적인 존재가 자기 부인이라는 상상을 한참 동안 할 수 있었다.

제15장
만남

그 다음날 아침 몬느는 제일 먼저 준비를 한 사람 중의 하나였
다. 누군가 그에게 충고해준 대로 그는 옛날에 유행한 검은색의
단조로운 예복을 입었다. 허리 부분이 꽉 죄고 어깨 부분이 부푼
재킷과 앞자락을 겹쳐 입는 조끼, 멋진 구두를 덮을 정도로 긴 나
팔바지와 실크해트 차림이었다.

그가 마당으로 내려왔을 때에는 아직 아무도 없었다. 몇 걸음
을 옮겨놓자마자 마치 봄날로 옮겨진 듯한 기분을 느꼈다. 그날
아침은 사실 그해 겨울 중 가장 따뜻했다. 햇볕은 4월 초순과 같
이 따뜻했다. 서리가 녹아서 축축해진 풀잎은 이슬을 머금은 듯
반짝였다. 나뭇가지에서는 작은 새들이 노래하고 있었고, 때때로
미풍이 산책하는 몬느의 얼굴을 스치곤 했다.

그는 초대받은 손님처럼 주인보다 먼저 일어나서 영지의 마당

으로 나갔다. 자기 등 뒤에서 다정하고 즐거운 목소리가 다음과 같이 소리쳐주었으면 하고 끊임없이 생각했다.

'오귀스탱, 벌써 일어났어?'

그러나 그는 오랫동안 정원과 마당에서 홀로 산책을 했다. 저쪽 중앙 건물에서는 창문에도 뾰족탑에도 아무런 움직임이 없었다. 그러나 이미 누군가 둥그런 두 짝의 나무 현관문을 열어놓은 상태였다. 꼭대기의 한 창문에는 여름날처럼 이른 아침의 햇살이 비치고 있었다.

몬느는 처음으로 밝은 햇빛 속에서 영지의 내부를 바라보았다. 황폐한 정원과 마당은 벽의 잔해들로 구분되어 있었는데, 그곳을 방금 누가 모래를 뿌려놓고 갈퀴질을 한 것 같았다. 그가 유숙한 부속 건물의 끝에는 여기저기 관목들과 개머루가 무성한 곳에 외양간들이 있었다. 성곽 꼭대기까지 솟아 있는 전나무 숲은 동쪽을 제외하고는 그 어디에서도 보이지 않게 영지를 둘러싸고 있었고, 그 동쪽으로는 바위와 전나무로 덮인 푸른 언덕이 보였다.

정원에서 몬느는 잠시 양어장을 둘러싸고 있는 흔들거리는 나무 울타리에 기대어 있었다. 양어장 가장자리에는 거품처럼 주름 잡힌 얼음이 엷게 얼어 있었다. 마치 하늘을 향해 서 있는 듯 로맨틱한 교복 차림의 자기 모습이 물속에 반사되고 있는 것이 보였다. 그리고 그는 또 다른 몬느를 보는 것 같았다. 농부의 마차를 타고 도망친 학생이 아니라 값비싼 아름다운 책에서 나오는 매력적이고 낭만적인 소설의 주인공 같은 존재를……

그는 중앙 건물로 서둘러 걸어갔다. 배가 고팠기 때문이다. 전날 밤에 식사를 했던 큰 홀에서는 한 시골 여자가 식탁에 식사 준비를 하고 있었다. 몬느가 식탁 위에 차려놓은 찻잔 앞에 앉자, 그녀가 커피를 따라주면서 말했다.

"당신이 첫번째 손님입니다."

그는 갑자기 이방인이라는 사실이 알려질까 봐 아무런 대답도 하고 싶지 않았다. 그는 이미 예고한 바 있는, 아침 산책을 위한 배가 몇 시에 떠나는지만 물어보았다.

"30분 전에는 떠나지 않을 겁니다. 아직 아무도 내려오지 않은 걸요."

그래서 그는 배가 뜰 장소를 찾으면서 교회 건물처럼 측면이 비대칭인 긴 성곽 주위를 계속해서 돌아다녔다. 남쪽 성곽 부근을 돌아갔을 때 그는 갑자기 끝없이 펼쳐진 아름다운 갈대밭 풍경에 매료되었다. 늪의 물은 벽 아랫부분을 적시고 있었다. 여러 개의 출입문 앞에는 출렁거리는 물결 위로 작은 나무 발코니들이 튀어 나와 있었다.

몬느는 예인로(曳引路)처럼 모래 깔린 강가를 오랫동안 한가하게 왔다 갔다 하며 산책을 했다. 그는 호기심 어린 눈으로 먼지가 뿌옇게 쌓인 큰 유리문들을 살펴보았다. 그 유리문은 사용하지 않고 폐허된 방으로 통했는데, 의자들, 녹슨 연장들, 깨진 꽃병들이 가득한 잡동사니 방이었다. 그때 갑자기 그 건물의 저쪽 끝에서 모래를 밟고 오는 발자국 소리가 들렸다.

여자 두 명이었다. 한 사람은 허리가 굽은 대단히 늙은 여자였고, 다른 여자는 금발의 날씬한 처녀였다. 몬느는 전날 밤 온갖 분장을 본 터여서 그녀의 매력적인 옷이 처음에 이상하게 느껴졌다.

그녀들은 잠깐 멈추어 서서 경치를 감상하고 있었다. 그러는 동안 몬느는 놀랍게도 이런 생각을 하고 있었다. 훗날 생각하면 너무 지나친 것 같았지만 말이다.

'사람들이 특별한 처녀라고 부르는 여자가 틀림없어. 아마 축제를 위해 불러온 여배우겠지.'

그동안 두 여자는 그의 곁을 지나갔다. 몬느는 움직이지 않고 서서 젊은 여인을 쳐다보았다. 훗날 그는 자주, 잊혀진 그 아름다운 얼굴을 필사적으로 떠올리고 나서 잠이 들면, 꿈속에서 그녀와 닮은 처녀들이 줄지어 지나가는 것을 보곤 했다. 그녀처럼 모자를 쓴 여자, 몸을 약간 기울인 자세의 여자, 눈빛이 맑은 여자, 허리가 가는 여자, 눈이 파란 여자 등등. 그러나 그 여자들 중 어느 누구도 정확히 그 처녀는 아니었다.

묵직한 금발 아래로 보이는 그녀의 얼굴은 작지만 이목구비가 뚜렷했는데, 어딘지 모르게 슬퍼 보였다. 그리고 이미 그녀가 그의 앞을 지나쳤기 때문에 그는 옷차림새를 보았는데, 너무나 소박하고 얌전했다.

난처해진 그는 그녀들을 따라갈지 말지 생각하고 있었다. 그때 그 처녀가 눈치 채지 않을 정도로 그를 향해 돌아서면서 같이 가던 여자에게 말했다.

"지금 생각으로는 배가 지체하지는 않을 것 같은데요."

그래서 몬느는 그녀를 따라갔다. 쇠약한 탓인지 몸을 떠는 늙은 부인은 쉬지 않고 즐겁게 이야기하며 웃었다. 처녀는 부드럽게 대답해주었다. 그리고 선착장에 닿았을 때 그녀는 때 묻지 않은 엄숙한 눈빛으로 쳐다보았는데, 이렇게 말하는 것 같았다.

'당신은 누구시죠? 여기서 당신은 무엇을 하죠? 난 당신을 모르겠는데요. 그렇지만 당신이 아는 사람처럼 느껴져요.'

다른 초대 손님들은 기다리느라고 나무 사이 여기저기에 흩어져 있었다. 놀잇배 세 척이 손님 맞을 준비를 한 채 바싹 붙어서 정박하고 있었다. 성의 여주인과 딸처럼 보이는 두 여자가 지나가자 청년들 한 사람 한 사람이 정중히 인사를 했고, 그녀들도 고개를 숙였다. 이상한 아침이었다. 이상하게 즐거운 놀이 계획이었다. 겨울 해가 내리쬐는데도 날씨는 쌀쌀했다. 여자들은 그 당시 한참 유행하던 긴 모피 목도리를 두르고 있었다.

늙은 부인이 강가에 서 있었다. 어찌 된 영문인지는 몰라도 몬느는 성주의 딸과 같은 배에 타고 있었다. 그는 한 손으로는 세찬 바람에 펄럭이는 모자를 붙들고, 다른 손으로는 난간에 팔꿈치를 기댔다. 그리고 그는 편안하게 그 처녀를 바라볼 수 있었다. 그녀는 바람막이가 되어 있는 좌석에 앉아 있었다. 그 여자 또한 몬느를 쳐다보았다. 그녀는 친구들의 이야기에 미소를 짓거나 대꾸하기도 하고, 입술을 약간 깨물며 파란 눈으로 그를 그윽하게 바라보기도 했다.

가까워진 강둑에는 무거운 침묵이 깔려 있었다. 배는 조용한 기계 소리와 물소리를 내며 달려갔다. 한여름으로 착각될 정도였다. 배는 시골집 몇 채가 있는 아름다운 정원에 정박할 예정인 것 같았다. 그 처녀는 그곳에서 하얀 우산을 쓰고 산책을 할는지도 모른다. 저녁때까지 산비둘기들의 울음소리가 들리리라. 그러나 갑자기 불어온 차가운 돌개바람은 그 이상한 축제에 초대받은 사람들에게 12월을 생각나게 했다.

전나무 숲 앞에 배를 대어놓았다. 선착장에서 사공 한 사람이 울타리의 걸쇠를 벗기는 동안 사람들은 서로 밀고 밀리며 잠깐 동안 기다려야 했다…… 그리고 연못가에서 처녀의 얼굴을 가까이서 마주하게 된 그 순간을 회상할 때마다 몬느는 얼마나 가슴이 벅차올랐는지 모른다! 지금은 잊어버렸지만 말이다. 그는 눈물이 가득 고일 때까지 눈을 크게 뜨고서 그 맑은 옆모습을 바라보았다. 그녀가 고백했던 미묘한 비밀처럼 그녀의 뺨 위에 남아 있던 약간의 분 자국을 그는 자주 떠올리곤 했다……

그 강가는 꿈속에서처럼 모든 것이 질서정연했다. 어린애들이 기쁨의 환성을 지르며 달려가는 동안, 많은 사람이 무리를 지어 숲속으로 흩어지는 동안, 몬느는 열 발짝쯤 앞에서 처녀가 걸어가고 있는 오솔길로 들어섰다. 그는 생각할 여지도 없이 그녀 곁으로 갔다.

"당신은 아름답군요." 그는 다만 이렇게 말했을 뿐이다.

그러나 그녀는 빨리 걸었다. 그리고 아무런 대꾸도 하지 않고 옆길로 들어섰다. 다른 사람들은 큰길에서 뛰어놀고 있었고, 모두들 제멋대로 왔다 갔다 하며 자유롭게 행동했다. 몬느는 자신의 실수와 무례함과 어리석음을 질책했다. 그는 아름다운 그녀를 다시는 못 볼 것이라고 생각하며 되는대로 쏘다녔다. 그때 뜻밖에도 그녀가 자기 쪽으로 오고 있는 것이 보였고, 길이 너무 좁아 비켜가기가 힘들다는 것을 깨달았다. 그녀는 장갑을 끼지 않은 손으로 넓은 외투자락을 여몄다. 그녀는 발을 드러낸 까만 구두를 신고 있었는데, 발목이 어찌나 가는지 똑 부러질 것만 같아 걱정될 정도였다.

이번에 몬느는 인사를 하고 나지막하게 말했다.

"저를 용서해주시겠습니까?"

"그러지요. 한데, 지금 전 어린애들을 만나야 합니다. 오늘은 그 애들의 날이니까요. 안녕히 가세요." 그녀는 근엄하게 말했다.

몬느는 다시 그녀에게 잠깐만 있어달라고 간청했다. 그는 그녀에게 서투른 목소리로 말했다. 목소리가 어찌나 떨리고 부끄러워 보이던지 그녀는 걸음을 늦추고 그의 이야기에 귀를 기울였다.

"전 당신이 누구인지조차 모릅니다." 마침내 그녀가 말했다.

그녀는 단조로운 어조로 한 마디 한 마디를 뱉어냈지만 말끝은 무척 부드러웠다. 이윽고 그녀는 입술을 약간 깨물며 얼굴 표정이 굳어졌다. 그녀의 파란 눈은 먼 곳을 뚫어져라 쳐다보고 있었다.

"저도 당신의 이름을 모릅니다." 몬느가 대답했다.

그들은 가로수도 없는 길을 따라가고 있었다. 멀리서 초대 손님들이 들판 한가운데 있는 외딴집 주위로 달려가고 있는 것이 보였다.

"여긴 '프란츠의 집'이에요. 이제 전 가봐야겠습니다." 처녀가 말했다. 그녀는 잠시 머뭇거리다가 미소를 지으며 덧붙였다.

"제 이름은요? 이본 드 갈레예요."

그리고 그녀는 달아나버렸다.

그 당시 '프란츠의 집'에는 사람이 살고 있지 않았다. 그러나 몬느는 초대 손님들이 그 집의 다락방까지 가득 차 있는 것을 보았다. 그런데 그가 서 있는 그곳을 살펴볼 틈이 없었다. 사람들은 배에서 가져온 음식을 서둘러서 먹었는데, 그것은 계절에 맞지 않게 찬 음식이었다. 틀림없이 어린애들이 그렇게 정했을 것이다. 그리고 곧 다시 출발했다. 몬느는 갈레 양이 나오는 것을 보자마자 그녀에게 다가가서 조금 전에 그녀가 한 말에 대해 대답을 했다.

"제가 당신에게 지어줄 이름이 더 예쁠 겁니다." 그가 말했다.

"뭐라고요? 그 이름이 뭔데요?" 여전히 근엄한 태도로 그녀가 물었다.

그러나 그는 자신이 어리석은 말을 했을까 봐 걱정되었다. 그래서 대답하지 않았다.

"제 이름은 오귀스탱 몬느입니다. 그리고 저는 학생입니다." 그가 말했다.

"그래요? 공부하고 계시는군요?" 그녀가 말했다. 그래서 그들은 또다시 잠깐 동안 이야기를 주고받았다. 그들은 행복하고 우정 어린 마음으로 천천히 이야기를 주고받았다. 그녀는 전보다는 덜 오만하고 덜 근엄한 태도였지만 오히려 더 불안해 보였다. 그녀는 몬느가 말하려고 하는 것을 짐작하고 있는 듯했고, 미리 겁을 집어먹은 것 같았다. 그녀는 잠시 땅에 앉은 제비가 그새 다시 날아가려고 떠는 것처럼 그의 곁에서 떨고 있었다.

"그게 무슨 소용이 있어요? 그걸 어디에 쓰게요?" 그녀는 몬느의 제의에 부드럽게 대답했다.

그러나 몬느가 언젠가 아름다운 영지에 다시 찾아올 수 있게 허락해달라고 부탁했을 때 그녀는 간단하게 대답했다.

"전 당신을 기다리겠어요."

그들은 선착장에 도착했다. 그녀가 갑자기 걸음을 멈추고 생각에 잠겨 말했다.

"우리들은 아직 어려요. 근데 어리석은 짓을 했어요. 이번에는 우리가 같은 배에 타면 안 돼요. 나를 따라오지 마세요. 안녕."

몬느는 그녀가 떠나는 것을 보며 잠시 어리둥절해한 채 서 있었다. 이윽고 그는 다시 걷기 시작했다. 멀리서 초대 손님들 사이로 또다시 사라지려던 그 처녀가 걸음을 멈추고 몬느를 향해 돌아서서 처음으로 오래오래 그를 쳐다보고 있었다. 그게 이별의 마지막 신호였을까? 그에게 자기를 따라오지 말라는 뜻이었을까? 아니면 혹시 그녀가 그에게 아직도 할 말이 남아 있었던 것일까?

영지에 돌아오자마자 농장 뒤에 있는 비탈진 큰 초원에서는 조랑말 경주가 시작되었다. 축제의 마지막 놀이였다. 모든 사람의 예상대로라면 약혼자들은 그 시간에 도착해서 거기에 참석했어야만 한다. 그리고 프란츠가 모든 것을 지시했어야 할는지도 모른다.

그렇지만 그가 도착하지 않은 채로 시작해야만 했다. 기수 복장을 한 소년들과 승마복을 입은 소녀들이 리본을 단 날쌘 조랑말과 아주 순한 늙은 말을 이끌고 나왔다. 어린이들의 웃음소리와 환성, 내기를 거는 소리와 긴 종소리가 울리는 가운데, 사람들은 푸른 목장으로 이동한 듯한 기운을 느꼈다. 그 목장은 잔디를 깎아 소규모의 경기장으로 사용되었다.

몬느는 다니엘과 깃 달린 모자를 쓴 소녀들을 대번에 알아보았다. 전날 밤 숲길에서 그들이 이야기하는 소리를 들었기 때문이다. 그에게 다른 광경은 들어오지 않았다. 그는 군중들 틈에서 커다란 밤색 외투를 걸치고 우아한 장밋빛 모자를 쓴 그녀를 찾고 있었기 때문이다. 그러나 갈레 양은 나타나지 않았다. 종소리와 환성이 마지막 경기임을 알렸을 때에도 그녀의 모습은 보이지 않았다. 늙은 백마를 탄 소녀가 1등을 했다. 그녀는 의기양양해하며 말을 타고 지나갔고, 그녀의 모자 깃털이 바람에 나부꼈다.

이윽고 갑자기 모든 것이 잠잠해졌다. 경기는 끝났고 프란츠는 돌아오지 않았던 것이다. 사람들은 잠시 머뭇거렸다. 그들은 당황한 나머지 수군거렸다. 마침내 그들은 짝을 지어 건물로 들어가 침묵과 불안 속에서 약혼자들이 돌아오기를 기다렸다.

제16장

프란츠 드 갈레

경주는 너무 일찍 끝났다. 4시 반이어서 아직 대낮이었다. 그때 몬느는 방으로 돌아왔다. 머릿속에는 이상한 하루의 사건들로 가득 차 있었다. 그는 한가로이 테이블 앞에 앉아 저녁식사와 계속될 축제를 기다리고 있었다.

초저녁의 세찬 바람이 다시 불었다. 급류처럼 윙윙거리거나 폭포에서 나는 쏼쏼거리는 바람 소리가 들려왔다. 벽난로 앞의 철판이 이따금 뚝뚝 소리를 냈다.

처음으로 몬느는 마음속에서, 흔히 너무 아름다운 하루의 마지막에 엄습하게 되는 가벼운 공허감을 느꼈다. 잠시 그는 불을 피울까 생각했다. 벽난로 앞의 녹슨 철판을 들어올리려고 했으나 소용없었다. 그래서 그는 방 안을 정돈하기 시작했다. 그는 자신의 아름다운 옷을 옷걸이에 걸어놓고 마치 거기에 오래 머물 준비

　를 하듯 흩어진 의자들을 벽에 붙여 정리했다.

　그렇지만 항상 떠날 채비를 갖추고 있어야 한다는 생각을 하며 여행복을 준비해두듯이 그는 의자 등받이에 조심스럽게 상의와 교복을 걸쳐놓았다. 의자 밑에는 아직도 흙투성이인 징 박은 구두를 놓아두었다.

　그러고 나서 그는 자리에 앉아 방금 정리해놓은 조용한 방을 둘러보았다.

　마차가 있는 마당과 전나무 숲이 보이는 유리창에는 가끔씩 빗방울이 줄을 긋고 있었다. 방 안을 정돈한 뒤 마음이 안정된 몬느는 더할 나위 없이 행복했다. 자신이 고른 그 방에서 그는 미지의 세계 한가운데 있는 신비한 이방인 같았다. 그는 기대 이상의 것을 얻었다. 그리고 그는 이제 바람 부는 이곳에서 자기를 향해 몸을 돌렸던 그 처녀의 얼굴을 떠올리는 것으로도 충분히 기뻤다.

　황홀한 꿈에 젖어 불을 켤 생각조차 하지 않는 사이에 밤이 왔다. 바람에 뒷방 문이 덜컹거렸다. 그 방은 몬느의 방과 연결되고, 마차가 있는 마당 쪽에 창문이 나 있었다. 몬느는 그 문을 닫으러 갔다. 그때 그는 그 뒷방에서 탁자 위에 켜놓은 촛불과 같은 불빛을 보았다. 그는 방문 사이로 고개를 내밀었다. 누군가 창문을 통해 들어온 것이 분명했다. 그는 소리 내지 않고 걸으며 왔다 갔다 하고 있었다. 누구나 그렇게 볼 만큼 아주 젊은 사람이었다. 모자를 벗고 어깨에 여행용 코트를 걸친 채 그는 마치 견딜 수 없는 고통에 제정신이 아닌 사람처럼 쉬지 않고 왔다 갔다 했다. 그 남자가 활짝 열어놓은 창문으로 바람이 들어와 코트가 펄럭거렸고 그가 불 가까이 지나갈 때마다 그 멋진 프록코트에 붙어 있는 금 단추가 번쩍거렸다.

그는 어떤 노래를 휘파람으로 불고 있었다. 항구의 카바레에서 선원들과 여자들이 마음을 달래기 위해 부르는 노래와 같은, 일종의 뱃노래였다.

그렇게 왔다 갔다 하다가 한순간 남자는 걸음을 멈추고 탁자 위로 몸을 굽히더니, 상자 속에서 종이 여러 장을 꺼냈다. 촛불의 희미한 불빛 속에 매부리코를 가진 수염 없는 얼굴과 옆 가르마를 탄 숱 많은 머리가 보였다. 그는 계속 휘파람을 불고 있었다. 마음에 심한 상처를 받은 사람처럼 입술을 반쯤 벌린 채 한숨을 쉬는 것 같았다.

몬느는 그냥 물러갈 것인가, 아니면 다가가서 친구처럼 다정하게 어깨 위에 손을 얹고 말을 걸 것인가 망설였다. 그러나 그가 먼저 고개를 들고 쳐다보았다. 그는 몬느를 한참 동안 자세히 보았다. 그런 다음 놀라지 않고 다가와 목소리를 가다듬고 말했다.

"이봐요. 당신은 네가 모르는 분인데…… 어쨌든 만나서 반갑소. 당신이 여기 있으니 내가 설명하겠소. 사실은요……"

그는 완전히 어찌할 바를 모르겠다는 표정이었다. "사실은요……"라고 말할 때 주의를 끌려는 듯 몬느의 재킷 뒤를 붙잡았다. 이윽고 그는 무슨 말을 해야 할지를 깊이 생각하기 위한 듯 창문 쪽으로 고개를 돌리고 눈을 깜박거렸다. 몬느는 그가 울고 싶은 심정이라는 것을 눈치 챘다.

그는 대번에 슬픔을 억눌렀다. 창문을 뚫어지게 쳐다보며 그는 목소리를 바꾸어 말했다.

"사실 말이죠, 끝났습니다. 축제는 끝났어요. 당신이 그들에게 내려가 알려주십시오. 나는 혼자 돌아왔습니다. 내 약혼녀는 오지 않을 겁니다. 불안감 때문에, 두려움 때문에, 믿음이 없기 때문에…… 게다가 여보세요, 당신에게 이유를 말해드리죠."

그러나 그는 얘기를 꺼내지 못했다. 얼굴 전체가 일그러졌다. 그는 아무것도 얘기할 수 없었다. 갑자기 그는 몸을 돌려 어둠 속에서 옷과 책으로 가득 찬 서랍을 열었다 닫았다 했다.

"나는 다시 떠날 준비를 해야겠어요. 아무도 나를 막지 못해요." 그가 말했다.

그는 탁자 위에 세면도구와 권총 등 여러 가지 물건을 놓았다.

몬느는 당황해서 그에게 한마디 말도 못하고 악수도 청하지 못한 채 밖으로 나왔다.

아래층에서는 이미 모든 사람이 뭔가 알아챈 듯했다. 거의 모든 소녀가 옷을 바꿔 입고 있었다. 중앙 건물에서는 이미 저녁식사가 시작되었지만 곧 출발할 것처럼 혼란스러운 가운데 서두르고 있었다.

큰 식당 방에서부터 꼭대기 방과 외양간에 이르기까지 사람들이 계속 분주하게 오갔다. 떠날 준비를 끝낸 사람들은 작별 인사를 하기 위해 떼를 지어 있었다.

"무슨 일이지?" 몬느가 펠트 모자를 쓰고 냅킨을 조끼에 걸고

서 급히 식사를 끝내고 있는 시골 소년에게 물었다.

"떠나는 거예요. 갑자기 결정되었나 봐요. 5시가 되었는데도 우리만 유일하게 남아 있었어요. 우리는 마지막까지 기다렸어요. 약혼자들은 이제 올 수 없나 봐요. 누군가 '우리가 떠나면……' 하고 말했어요. 그래서 모든 사람이 떠날 준비를 하고 있는 겁니다." 그가 대답했다.

몬느는 대꾸를 하지 않았다. 그도 이제 떠나야 했다. 그는 모험의 끝까지 가지 않았던가? 이번에는 자신이 원했던 모든 것을 얻지 않았는가? 그는 이제 그날 아침에 있었던 그 아름다운 대화를 편안하게 회상할 수 없었다. 당장에 떠나는 것만이 문제였다. 곧 그는 돌아오는지도 모른다. 이번에는 속이지 않고 말이다……

"우리와 함께 가려면 가서 빨리 옷을 입으세요. 곧 마차가 떠날 겁니다." 같은 또래로 보이는 다른 소년이 말했다.

그는 방금 시작한 식사를 그대로 놓아두고 자신이 알고 있는 사실을 초대 손님들에게 알리는 것도 잊어버리고 뛰어나갔다. 정원과 뜰, 마당은 이미 어둠 속에 깊이 잠겨 있었다. 그날 저녁에는 창문에 초롱불도 비치지 않았다. 결국 그날 저녁식사는 결혼식이 끝난 마지막 피로연과 같았다. 술을 마신 듯한 손님들이 점잖지 못하게 노래를 부르기 시작했다. 몬느는 점점 더 그 집에서 멀어져갔다. 이틀간 황홀하고 매혹적이었던 그 집 정원에서 카바레와 같은 노랫소리가 들려왔다. 사람들은 어지럽게 흩어지기 시작했다. 그는 그날 아침 자기 모습이 비쳤던 양어장 옆을 지나갔다. 단편적으로 들려오는 되풀이되는 합창 소리와 함께 모든 것은 이미 변해 있는 듯했다.

　귀여운 탕녀여, 너 어디에서 돌아오고 있느냐?
　네 모자는 찢어졌고
　네 머리는 헝클어졌고……

또 다른 노래도 들려왔다.

　내 구두는 빨간색이야……
　잘 있어, 내 사랑이여……
　내 구두는 빨간색이야!
　잘 가요, 돌아오지 말고!

그가 쓸쓸한 방의 계단 아래로 내려왔을 때 어둠 속에서 누군가 내려오다가 그와 부딪치며 말했다.
"잘 가요, 선생!"
그는 몹시 추운 듯 외투 속에 몸을 파묻고 사라졌다. 프란츠 드 갈레였다.

프란츠가 방 안에 놓아둔 촛불은 아직 타고 있었다. 아무것도 흩어지지 않았다. 눈에 띄는 곳에 편지 한 장이 있었을 뿐인데 거기에는 다음과 같이 씌어 있었다.

내 부인이 될 수 없다고 말하기라도 하는 듯 내 약혼녀는 사라졌습니다. 그녀는 공주가 아니라 재봉사였습니다. 나는 어떻게 될지 알지 못합니다. 나는 떠나버릴 것입니다. 더 이상 살고 싶지도 않습니다. 내가 작별 인사를 하지 못하더라도 이본은 나를 용서해주기를. 그녀는 지금의 나를 위해 아무것도 해줄 수 없을 테니까……

촛불이 다 타고 있었다. 불꽃이 가물거리며 잠깐 밝아지더니 꺼져버렸다. 몬느는 방으로 들어가서 문을 닫아버렸다. 어둠 속에서도 그는 몇 시간 전, 행복에 가득 차서 자신이 정리해놓았던 물건들 하나하나를 알아볼 수 있었다. 그는 단화에서부터 버클이 붙어 있는 굵은 가죽 허리띠에 이르기까지 보잘것없는 옷 하나하나를 충실히 찾아냈다. 그는 재빨리 옷을 벗고 바꿔 입었다. 그러나 빌려 입은 옷을 멍하니 의자 위에 접어놓으면서도 조끼는 벗지 않은 것이다.

창문 아래 마차가 있는 마당에서는 야단법석이었다. 마차가 붙들려 풀려나올 수 없는 혼란 속에서 마차를 끌어내려고 모두들 서로 잡아당기고 밀고 소리 지르고 난리도 아니었다. 때때로 어떤 사나이가 마차의 의자 위로 기어올라가기도 했고, 짐마차의 방수포 위로 올라가기도 했으며, 마차의 초롱을 돌려놓기도 했다. 마차의 큰 등불이 창문에 부딪혔다. 몬느의 주위에서 한순간, 이제 그에게는 모든 것이 친근하게 보이는 눈에 익은 방이 살아 숨 쉬고 있었고, 생기를 되찾고 있었다. 조심스럽게 문을 닫은 그는 다시는 볼 수 없을 그 신비로운 장소를 이렇게 해서 떠났던 것이다.

제17장
이상한 축제 3

이미 어두워진 가운데 마차들이 한 줄로 숲의 철책을 향해 천천히 굴러가고 있었다. 선두에는 손에 램프를 들고 염소 가죽을 걸친 남자가 첫 수레에 맨 말의 고삐를 잡고 몰고 있었다.

몬느는 자기를 태워주겠다고 했던 사람을 서둘러 찾았다. 그는 몹시 떠나고 싶었다. 마음속으로는 그 영지에서 갑자기 홀로 남고, 속임수가 들통 날까 봐 두려웠다.

그가 중앙 건물 앞에 이르자 마부들은 마지막 마차에 실을 사람들을 고르게 배정하고 있었다. 의자를 당기거나 뒤로 물리기 위해서 마차꾼들이 모든 여행자를 일어나게 하자, 숄을 걸치고 있던 젊은 아가씨들이 당황하며 일어났고 담요들이 발치에 떨어졌다. 그리고 커다란 초롱 쪽으로 머리를 낮추는 그녀들의 얼굴에는 불안함이 역력했다.

그 마차들 중의 하나에 조금 전에 데려다 주겠다고 한 젊은 농부가 앉아 있었다.

"타도 될까요?" 몬느는 그에게 소리쳤다.

"어디로 가는데?" 그를 몰라보는 농부가 대답했다.

"생트아가트 쪽이에요."

"그러면 마리탱에게 자리를 하나 부탁해야 돼."

그래서 몬느는 늦어진 여행자들 틈에서 알지도 못하는 마리탱을 찾았다. 어떤 사람이 부엌에서 노래를 부르고 있는 술꾼들 틈에 있는 그를 가리켰다.

"그 사람은 농땡이꾼이지. 새벽 3시까지도 거기에 그대로 있을 걸" 하고 다른 사람이 말했다.

몬느는 잠깐 동안 영지에서 불안에 떨며 슬픔에 젖어 한밤중까지 술 취한 농부들의 노래를 듣고 있어야 할 그 처녀를 생각했다. 그녀는 어느 방에 있을까? 이 신비스러운 건물들 안에서 그녀의 방 창문은 어디일까? 그러나 몬느로서는 지체해봤자 아무 소용없을는지도 모른다. 일단 생트아가트에 다시 돌아가면 모든 것이 더 명확해지리라. 말하자면 그는 도망자의 신세를 끝내고, 또다시 큰 별장의 젊은 아가씨에 대해서 생각할 수 있을 것이다.

마차들이 하나씩 하나씩 가버렸다. 큰길 모래 위에서 마차 바퀴들이 삐걱거렸다. 그리고 어둠 속에서 숄을 덮어쓰고 이미 잠든 아이들과 포근히 몸을 감싼 여자들을 실은 마차들이 커브 길을 돌아 사라지는 것이 보였다. 커다란 짐수레와 긴 의자에 여자들이 빽빽이 들어찬 마차 하나가 지나갔다. 어리둥절한 몬느를 그 집 입구에 내버려둔 채. 오래지 않아 셔츠 입은 농부가 모는 낡은 대형 사륜마차밖에 남지 않게 될 것이었다.

"타요, 우리도 그 방향으로 가니까." 몬느의 설명에 그가 대답했다.

몬느는 간신히 낡은 사륜마차의 문을 열었다. 마차의 창유리는 흔들리고 경첩이 삐걱거렸다. 마차 구석의 긴 의자에는 어린애 두 명이 자고 있었는데, 사내아이와 계집애였다. 그 애들은 소음과 추위에 잠이 깨어 축 늘어진 채 어렴풋이 쳐다보다가 떨면서 구석에 처박혀 다시 잠이 들었다.

낡은 마차는 이미 출발하고 있었다. 몬느는 살며시 문을 닫고 조심스럽게 다른 쪽 구석에 자리를 잡았다. 그리고 그는 창유리를 통해 이제 막 떠나려고 하는 그 장소와 자신이 왔던 길을 알아내려고 애썼다. 밤이기는 했지만 마차가 마당과 정원을 가로질러 그가 머물던 방의 계단 앞을 지나 철책을 뛰어넘고 영지를 벗어나 숲속으로 들어가는 것을 알 수 있었다. 마차의 창유리를 통해 그는 오래된 소나무 둥치들이 재빨리 지나가는 것을 어렴풋이 알아보았다.

몬느는 '어쩌면 프란츠 드 갈레를 만나게 될지도 몰라'라고 생각하니 가슴이 고동쳤다.

좁다란 길에서 마차는 장애물과 부딪치지 않으려고 갑자기 옆으로 비켜섰다. 어둠 속에서 커다란 형체를 짐작해보건대, 큰 마차가 거의 길 한복판에 멈추어 서 있는 것 같았다. 축제를 전후한 최근 며칠 동안 그곳에 있었을 것이다.

말들은 그 장애물을 지나서 다시 빠른 걸음으로 떠났다. 몬느가 주변의 어둠을 꿰뚫어보려고 애썼지만 잘 보이지 않아 유리를 통해 바라보는 것도 지루해졌을 무렵, 그때 갑자기 깊은 숲속에서 섬광이 번쩍였고, 뒤이어 폭발음이 들렸다. 말들이 달리기 시작해서 처음에 몬느는 셔츠 입은 마부가 그 말들을 진정시키려고 애쓰는 것인지, 아니면 반대로 빨리 달리도록 채찍질을 가했는지 모를 정도였다. 그는 창문을 열고 싶었다. 유리창을 내리려고 했으나 손잡이가 바깥에 달려 있어 소용없는 짓이었다. 그래서 그것을 흔들었다……

어린애들은 두려움에 휩싸인 채 아무 말도 하지 않고 서로를 꼭 껴안았다. 그리고 그가 얼굴을 창에 붙이고 창유리를 흔들고 있는 동안에, 길모퉁이에서 하얀 물체가 달리고 있는 것이 보였다. 축제에서 본 얼이 빠지고 몹시 불안해하는 커다란 피에로였다. 가장 무도회 차림의 그 보헤미안은 사람의 몸뚱이를 끌어안고 있었다. 그러고는 모든 것이 사라졌다.

어둠 속을 가로질러 아주 빠른 속도로 달리고 있는 마차 안에서 두 아이가 다시 잠들었다. 이틀간의 미스터리한 사건들에 대해 이야기를 나눌 사람은 아무도 없었다. 오랫동안 마음속으로 보고 들은 것을 모두 곰곰이 생각해본 후에, 몬느는 몹시 지치고 서글퍼져서 침울한 어린애처럼 잠에 빠져들었다.

마차가 길에 멈추어 선 채, 어떤 사람이 유리를 두드려서 몬느를 깨웠을 때는 아직 동트기도 전이었다. 마부가 간신히 문을 열고 소리쳤다. 찬 밤바람 때문에 몬느는 뼛속까지 얼어붙을 지경이었다.

"여기서 내려야 돼요. 해가 뜨고 있어요. 우린 지름길로 갈 겁니다. 생트아가트는 아주 가까운 곳에 있소."

몬느는 반쯤 몸을 웅크린 채 시키는 대로 했다. 그리고 무의식적인 동작으로 어렴풋이 모자를 찾았다. 마차의 제일 어두운 한구석, 잠든 두 아이의 발치에 굴러 떨어져 있었다. 그는 모자를 주워 들고는 몸을 구부리고 밖으로 나왔다.

"그럼 잘 가요. 6킬로미터만 걸으면 돼요. 자, 이정표가 저기 길가에 있어요." 그 남자가 마차에 오르면서 말했다.

아직 잠이 덜 깬 몬느는 몸을 움츠린 채 무거운 발걸음으로 이정표 있는 데까지 걸어가서, 다시 자려는 듯 팔짱을 낀 채 머리를 숙이고 그곳에 주저앉아버렸다.

"안 돼요, 여기서 잠들면 안 돼요. 날씨가 너무 추워요. 자, 일어나서 조금 걸으시오." 마부가 소리쳤다.

그는 마치 술 취한 사람처럼 비틀거리면서 주머니에 손을 넣고 어깨를 움츠린 채 생트아가트로 가는 길로 천천히 걸어갔다. 그러는 사이 그 미스터리한 축제의 마지막 잔해인 낡은 사륜마차는 자갈길을 벗어나 지름길의 풀밭 위에서 조용히 덜거덕거리면서 멀어져갔다. 철책 위에서 나풀거리는 마부의 모자는 더 이상 보이지 않았다.

제 2 부

제1장
굉장한 게임

몬느와 내가 오랫동안 찾으려고 했음에도 찾을 수 없었던 사실과, 지독한 바람과 추위, 비나 눈, 이런 이유 때문에 우리는 겨울이 다 가도록 그 잃어버린 지방에 대해서 다시 말할 수 없었다. 2월의 짧은 낮 동안에는 거센 바람이 불고 오후 5시경에는 규칙적으로 우울한 찬비가 내리곤 해서 우리는 중요한 일을 아무것도 시작할 수 없었다.

그가 돌아온 오후 이래로 우리에게는 이제 친구가 없다는 이상한 사실 외에는 몬느의 모험을 생각나게 하는 것은 아무것도 없었다. 쉬는 시간에 이전과 똑같은 게임을 했지만 들루슈는 결코 대장 몬느에게 말을 걸지 않았다. 저녁때 교실 청소가 끝나자마자 마당은 몬느가 오기 전처럼 텅 비어 있었다. 나는 내 친구 몬느가 정원에서 창고로 또 운동장에서 식당으로 왔다 갔다 하는 것을 보았다.

목요일 아침마다 우리는 각자 책상 위에 자리를 잡고 앉아 루소와 폴 루이 쿠리에의 작품을 읽곤 했다. 그 책들은 우리가 벽장 속에서 영어 교본들과 함께 정교하게 베껴 쓴 악보들 틈에서 힘들게 찾아낸 것이었다. 오후에 어떤 손님이 오면 우리는 집을 나와 다시 교실로 돌아와야 했다. 이따금 키 큰 학생 군단이 커다란 현관 앞에 마치 우연인 것처럼 잠깐씩 멈추어 서는 소리가 들렸는데, 그들은 알 수 없는 군대 놀이를 하면서 그 문을 두드리고 가버리곤 했다…… 이런 우울한 생활은 2월 말까지 계속되었다. 몬느가 모든 것을 잊어버렸다고 나는 생각하기 시작했다. 그때 내 생각이 틀렸다는 것과 이런 우울한 겨울 생활의 표면 아래 격렬한 위기가 도사리고 있다는 것을 증명이라도 해주듯 뜻밖의 사건이 일어났다.

그 이상한 영지의 첫 소식, 즉 우리가 다시는 애기하지 않았던 그 모험의 여파가 우리에게까지 미친 것은 그달 말경 어느 목요일 저녁이었다. 그때 우리는 완전히 깨어 있었다. 조부모님은 떠나셨고 밀리와 아버지만이 우리와 함께 있었다. 우리는 학급이 양편으로 갈라질 불화가 은밀하게 준비되고 있음을 전혀 짐작하지 못했다.

8시에 저녁식사 찌꺼기를 밖에 버리려고 문을 열었던 밀리가 "아!" 하며 소리를 질렀다. 그 목소리가 어찌나 또렷한지 우리들은 무슨 일인가 보러 갔다. 문턱에는 눈이 쌓여 있었다. 너무나 어두웠기 때문에 나는 운동장 쪽으로 몇 발짝 앞으로 내디뎌 눈이 많이 쌓였는지를 살폈다. 내 얼굴 위에 미끄러지듯 내렸다가 곧

녹아버리는 가벼운 눈송이를 느낄 수 있었다. 식구들은 어서 빨리 다시 들어오라고 했고 밀리는 추운 듯이 문을 닫았다.

9시에 우리는 잠자러 갈 준비를 했다. 어머니는 벌써 램프를 들고 계셨다. 그때 마당 반대편 끝에 있는 현관문 너머에서 크게 울릴 정도로 힘껏 돌팔매질하는 소리가 두 번씩이나 아주 선명하게 들렸다. 어머니는 테이블 위에 램프를 다시 놓았다. 그리고 우리 모두는 귀를 기울이며 긴장한 채 서 있었다.

무슨 일이 일어났는지 보러 갈 생각은 아예 하지 말았어야 했다. 마당 중간까지도 가기 전에 램프가 꺼지고 유리가 깨질 것이 뻔했기 때문이다. 잠깐 침묵이 흘렀다. "이건 분명히……" 아버지가 말하기 시작했을 때, 라 가르 역으로 가는 길 쪽에 있는 식당의 창문 바로 아래에서 귀청이 떨어져나갈 듯한 호루라기 소리가 났다. 날카롭고 아주 길게 끄는 그 소리는 성당으로 가는 길까지 들렸을 것이다. 그리고 이어 겨우 유리 한 장으로 가려져 있는 창문 뒤에서 날카로운 외침이 터져나왔다. 그들은 바깥의 창틀을 손잡이로 사용해 올라왔음에 틀림없었다.

"그를 데려와! 그를 데려와!"

건물의 반대쪽 끝에서 똑같은 소리가 대답했다. 그들은 아마 마르탱 신부의 밭으로 해서 왔을 것이다. 즉 그 밭과 우리의 마당을 갈라놓고 있는 낮은 벽 위로 기어올라왔음에 틀림없었다. 이윽고 여덟 명 내지 열 명에 이르는 알 수 없는 사람이 변조한 듯한 목소리로 고래고래 소리를 질렀다. "그를 데려와!"라고 외치는 고함 소리는 창고——그들은 안쪽 벽에 기대어놓은 불쏘시개 더미를 계단으로 삼고 올라왔음에 틀림없었다―의 지붕 위에서도, 헛간과 현관을 연결시켜주는 둥근 꼭대기가 올라타기에 편리한 작은 담장 뒤에서도, 사람들이 손쉽게 오를 수 있는 라 가르 역으로 가는 길의 철책의 담벼락 위에서도 들렸다. 마침내 정원 안에 뒤늦게 도착한 무리가 이번에는 "돌격!" 하고 소리치면서 똑같이 법석을 떨었다.

그리고 그들이 열어놓은 창문을 통해 우리는 빈 교실 안에서 울려 퍼지는 그들의 고함 소리를 들었다.

몬느와 나는 그 큰 건물의 통로와 모퉁이를 너무도 잘 알고 있었으므로 그 낯모르는 사람들이 공격하고 있는 모든 지점을 지도를 보듯 훤히 꿰고 있었다.

사실을 말하면 우리는 처음 순간만 무서웠다. 호루라기 소리에 우리들은 모두 부랑자와 보헤미안의 습격이라고 생각했다. 바로 보름 전부터 성당 뒤 광장에는 키 큰 부랑배와 붕대로 머리를 싸맨 어린 소년이 있었다. 또 수레 만드는 목수 집과 제철소에는 이 지방 출신이 아닌 직공들도 있었다.

그러나 침략자들의 외침 소리를 듣자마자 우리들은 마을 사람들―아마도 젊은이들―과 관계가 있음을 알아챘다. 마치 배가 상륙할 때처럼 우리의 주거지를 습격한 무리 속에는, 어린애들의 찢어질 듯한 고함 소리도 확실히 섞여 있었다.

"아, 저 근데 말이야……" 아버지가 외쳤다.

"아니, 왜 그러는데요?"라고 밀리가 기어들어가는 목소리로 물었다. 그때 갑자기 정원 입구의 울타리와 철책이 쳐진 벽과 창문에서 들리던 고함 소리가 멎었다. 십자형의 유리창 뒤에서 호루라기 소리가 두 번 났다. 창고 위로 기어올라온 사람들의 고함 소리와 정원으로 뛰어든 자들의 목소리가 점차로 줄어들더니 멎었다. 그 무리가 식당 벽을 따라서 급히 후퇴하고 있는 소리가 들렸다. 그들의 발걸음 소리는 눈 때문에 작아졌다.

누군가 분명히 그들을 해산시켰을 것이다. 모두가 잠든 이 시각에 그들은 마을 입구에서 떨어져 외진 곳에 있는 이 집을 조용히 공격하려고 생각했을 것이다. 그러나 그들의 전투 계획에 차질이 생긴 것이다.

우리가 겨우 정신을 가다듬고—왜냐하면 잘 짜인 상륙작전처럼 공격이 갑자기 이루어졌기 때문이다—밖으로 나갈 채비를 하자마자, 작은 철책 사이로 귀에 익은 목소리가 들려왔다.

"쇠렐 선생님! 쇠렐 선생님!"

푸줏간 주인인 파스키에 씨가 부르는 소리였다. 뚱뚱하고 키 작은 그는 문턱에 신발을 문지르고 짧은 셔츠에 묻은 눈을 털고 들어왔다. 그는 수수께끼 같은 일의 모든 비밀을 알고 있다는 듯 음흉하고 섬뜩한 표정을 지어 보였다.

"저는 카트르루트 광장 쪽에 있는 우리 집 마당에 있었어요. 염소 외양간을 막 잠그려는 참이었죠. 갑자기 눈 위에 뭐가 우뚝 서 있었어요. 키 큰 소년 두 명이 보초를 서고 있거나 뭔가를 노리고 있는 것처럼 보였지요. 그들은 십자가를 향하고 있었어요. 제가 앞으로 두어 발짝 다가가자 그들이 선생님 댁을 향해 달아나버렸지요. 아! 그래서 전 서둘러 초롱을 챙겨들고 '쇠렐 선생님께 말씀드리러 가야겠다'고 생각했지요."

그리고 그는 이야기를 다시 시작했다.

"제가 우리 집 뒷마당에 있었는데……" 그때 그에게 술 한 잔을 권했고, 그는 술을 받아 들었다. 그에게 자세한 내용을 물었지만 대답하지 못했다.

그는 우리 집에 오면서 아무것도 보지 못했다. 그가 쫓아 보낸 보초 소년들에게서 경고의 신호를 받은 사람들이 모두 곧 자취를 감추어버렸던 것이다. 그 전령들이 누구인지를 말할 것 같으면……

"보헤미안들이 틀림없어요. 그들은 근 한 달 전부터 희극을 공연할 가장 좋은 시기를 기다리면서 광장에 있었거든요. 하여튼 나쁜 일을 도모하지 않고서는 살 수 없는 사람들이지요."

이 모든 것이 별로 도움이 되지 않아 우리들은 아주 난감해하며 서 있었다. 그동안 그는 술을 마시고 다시 중얼거렸다. 그때까지 아주 주의 깊게 듣고 있던 몬느가 땅바닥에 내려놓은 푸줏간 주인의 초롱을 들고는 결심한 듯 말했다.

"가봐야겠어요."

그가 문을 열었고, 아버지와 파스키에 씨, 나도 그 뒤를 따랐다.

어머니는 침입자들이 가버린 탓에 이미 안심한 눈치였다. 꼼꼼하고 정리 정돈 잘하는 모든 사람이 흔히 그렇듯 밀리는 별로 호기심이 없는 천성 그대로 다음과 같이 말했다.

"가고 싶거든 가봐요. 하지만 문이나 잠그고 열쇠를 가져와요. 난 자야겠어요. 램프를 켜둘게요."

제2장

함정에 빠지다

우리는 완전한 정적이 흐르는 가운데 눈길을 떠났다. 몬느는 틀을 씌운 초롱의 불빛을 부채꼴로 비추면서 앞장서서 걸었다. 우리가 막 큰 현관문을 나서자마자 체육실 벽에 기대놓은 저울 뒤에서 마치 놀란 자고새처럼 후드코트를 입은 두 사람이 불쑥 튀어나왔다. 조롱하는 것인지, 거기서 하던 이상한 놀이가 재미있어서인지, 발작적인 흥분 때문인지, 다시 마주칠까 봐 두려워서인지, 그들은 달려가면서 웃음 섞인 두세 마디 말을 던졌다.

몬느는 눈 속에 초롱을 내려놓고 내게 소리쳤다.

"날 따라와! 프랑수아!"

몬느와 나는 그렇게 빨리 달리기에는 역부족인 두 어른을 그곳에 내버려둔 채 두 그림자를 쫓아 달려갔다. 그들은 마을 아래쪽에서 잠시 돈 다음 비에유플랑슈의 길을 따라 일부러 성당 쪽으로 다시 올라갔다. 그들이 너무 빠르지 않게 일정한 속도로 달렸기 때문에 우리는 힘들이지 않고 뒤를 쫓아갈 수 있었다. 그들은 모두가 잠들어 조용한 성당의 길을 가로질렀다. 그러더니 묘지 뒤에 있는 좁은 골목들과 막다른 골목들의 미로로 접어들었다.

그곳은 날품팔이꾼들과 재단사, 방직공들이 사는 구역으로 '작은 모퉁이 동네'로 불렸다. 우리는 그 동네를 잘 몰랐고, 밤에 간 적은 더더욱 없었다. 그 동네에는 낮에도 인적이 뜸했다. 날품팔이꾼들은 나가고 없고, 방직공들은 틀어박혀 있었기 때문이다. 그리고 오늘같이 아주 조용한 밤에는 다른 동네보다도 더 사람이 살고 있지 않는 것 같아 보였고 잠든 듯했다. 그래서 누군가 갑자기 나타나서 우리를 도와줄 어떤 요행도 바랄 수 없었다.

나는 종이상자처럼 제멋대로 들어선 작은 집들 사이에 있는 길 하나밖에 몰랐는데, 일명 '벙어리'로 불리는 여자 재봉사의 집 쪽으로 가는 길이었다. 맨 먼저 군데군데 포석이 깔린 아주 가파른 경사면을 올라간 다음 방직공들의 작은 마당과 빈 외양간 사이에서 두세 번 커브를 돌고 나면 넓은 막다른 골목에 이르는데, 그곳은 오래전부터 버려진 농가의 마당에 의해 막혀 있다. 벙어리네 집에서 그녀가 손가락을 재빨리 놀리면서 내 어머니와 대화를 나누며 이따금 장애인의 짧은 소리를 지르고 있는 동안, 나는 십자형의 창유리를 통해 마을의 제일 끝 집인 그 농가의 큰 벽과 아무것도 지나가지 않는, 지푸라기 하나 없이 메마른 안뜰의 항상 잠겨 있는 울타리를 볼 수 있었다.

누군지 모르는 그 두 사람이 달려간 곳은 바로 그 길이었다. 모퉁이를 돌 때마다 그들을 놓쳐버릴까 봐 걱정했으나 놀랍게도 우리는 항상 그들이 그다음 모퉁이로 돌아가기 전에 앞의 모퉁이에 이르곤 했다. 내가 왜 '놀랍게도'라고 말했느냐 하면, 그 골목들이 얼마나 짧았던지 그들이 우리에게 안 보일 때 매번 속도를 늦추지 않았다면 그들을 뒤쫓는 일이 불가능했기 때문이다.

마침내 그들은 망설일 것도 없이 벙어리네 집으로 가는 길로 접어들었다. 나는 몬느에게 소리쳤다.

"우리가 그들을 잡았어. 막다른 골목이야!"

사실대로 말하면 그들이 우리를 잡은 것이었다. 그들이 자기들의 원하는 곳으로 우리를 유인한 것이었다. 담벼락에 이르자 그들은 단호하게 우리 쪽으로 돌아섰고, 둘 중의 하나가 그날 저녁 이미 우리가 두 번이나 들었던 바로 그 호루라기를 불었다.

곧바로 빈 농가의 안뜰에서 10여 명의 소년이 나왔는데, 거기서 매복한 채 우리를 기다리고 있었던 것 같았다. 그들은 모두 모자를 쓰고 머플러로 얼굴을 가리고 있었다.

우리는 진작부터 그게 누구인지를 알고 있었다. 그러나 우리는 쇠렐 선생님에게 아무 말도 하지 않기로 했다. 그는 그 사건과 아무런 상관도 없었다. 거기에는 들루슈와 드니, 지로다와 다른 애들이 있었다. 우리는 싸우면서 그들의 결투 방식과 그들의 목소리가 간간이 끊기는 것을 알 수 있었다. 그러나 한 가지 염려스러운 점이 있었다. 그곳에 대장처럼 보이는 사람이 있었는데, 몬느가 두려워하는 것 같았기 때문이다.

그는 몬느를 건드리지 않았다. 그는 자기 부하들이 눈 속을 뒹

굴며 온통 누더기가 된 채 헐떡거리는 키 큰 소년에게 악착같이
덤벼드는 것을 지켜보고 있었다. 그중의 둘은 나를 맡았는데, 나
를 꼼짝 못하게 만드는 데 힘깨나 썼다. 내가 아주 큰 소리로 발
버둥을 쳤기 때문이다. 나는 땅바닥에 무릎을 꿇고 주저앉았다.
그들은 내 손을 뒤로 모아 붙들고 있었다. 공포스런 와중에도 나
는 강렬한 호기심이 일어 싸움을 지켜보았다.

　몬느는 같은 반 친구 네 명을 해치우고 있었는데, 그들은 빙빙
돌면서 눈 속에 힘껏 내던져지는 바람에 옷 단추가 이미 떨어져나
갔다. 그 낯선 사람은 두 다리를 버티고 아주 꼿꼿이 서서 흥미롭
게, 그러나 아주 침착하게, 때론 또랑또랑한 목소리로 "자! 용기
를 내! 다시 붙어! 계속해, 애들아"라고 되풀이하면서 싸움을 지
켜보고 있었다.

　싸움을 지휘하고 있는 사람은 확실히 그였다. 그는 어디에서
왔을까? 어디서, 또 어떻게 그는 아이들을 싸움에 끌어들였을까?
바로 그것이 우리에게는 수수께끼로 남아 있었다. 그 또한 다른
애들처럼 머플러로 얼굴을 감싸고 있었다. 적들을 해치운 몬느가
그를 위협하며 다가갔을 때, 대단히 분명히 보이기 위해서, 그리
고 그 사태에 대처하기 위해서 그가 취한 행동은 붕대를 감은 듯
머리를 감싸고 있던 하얀 천 조각을 벗는 것이었다.

　내가 몬느에게 소리친 것은 바로 그때였다. "뒤를 조심해. 한
놈 더 있어." 그가 몸을 돌릴 새도 없이, 등 뒤에 있던 울타리에
서 키 큰 놈이 하나 불쑥 튀어나와 머플러로 손쉽게 목을 감으면
서 몬느를 뒤로 넘어뜨렸다. 눈 속에 거꾸로 처박혔던 네 명의 적

이 몬느를 다시 덮치며 그의 팔다리를 꼼짝 못하게 만든 다음 밧줄로 손을 꽁꽁 묶고, 머플러로 다리를 묶었다. 머리에 붕대를 감은 그 젊은이는 몬느의 주머니를 뒤졌다. 맨 나중에 나타난 올가미를 가진 사나이가 조그만 촛불을 켜서 꺼지지 않게 손으로 가리고 있는 동안, 새로운 종이를 발견할 때마다 그 대장은 내용을 검토하느라고 희미한 불빛 옆으로 가곤 했다. 그는 마침내 몬느가 돌아온 이후 애써 표시를 해놓은 지도를 펼치고는 기쁘게 외쳤다.

"이제야 찾았구나. 지도가 여기 있어! 안내서가 여기 있다고! 내가 상상한 곳에 이 친구가 정말 갔었는지를 알아보자."

그의 부하가 촛불을 껐다. 모두들 모자와 허리띠를 줍더니 내 친구를 풀어줄 수 있도록 먼저 나를 풀어준 다음 조용히 사라졌다.

"그 지도를 가지고 아주 멀리 가진 못할 거야." 몬느가 일어서면서 말했다.

그리고 우리는 천천히 출발했다. 몬느가 다리를 약간 절고 있었기 때문이다. 성당으로 가는 길에서 쇠렐 선생님과 파스키에 아저씨를 다시 만났다.

"너희들 아무것도 보지 못했지? 우리도 못 봤어!" 그들이 말했다.

칠흑같이 어두웠기 때문에 그들은 아무것도 눈치 채지 못했다. 푸줏간 주인은 떠났고 쇠렐 선생님은 재빨리 침실로 들어갔다.

그러나 우리들은 위층 다락방에서 마치 패잔병처럼 낮은 목소리로 그날 일에 관해서 의논하며, 밀리가 두고 간 램프 불빛 아래서 오랫동안 찢어진 옷을 깁고 있었다.

제3장

학교에 온 보헤미안

다음날은 간신히 일어났다. 8시 반, 쇠렐 선생님이 들어오라는 신호를 주자 우리들은 헐레벌떡 달려갔다. 그날은 늦었기 때문에 아무 자리에 슬그머니 앉았는데, 보통 때 같으면 대장 몬느는 맨 앞에 앉아 책, 공책, 그리고 펜대 등 학용품 검사를 받곤 했다.

나는 중간쯤에 우리의 자리를 마련해준 그들의 말없는 배려에 놀랐다. 수업 시간에 몇 분 지각한 쇠렐 선생님이 대장 몬느의 학용품을 검사하고 있는 동안, 나는 전날 밤에 싸운 적들을 보기 위해 머리를 내밀고 주의 깊게 둘러보았다.

처음에 발견한 녀석은 내가 항상 생각해왔던 바로 그놈이지만 그 자리에 있을 줄은 꿈에도 몰랐다. 그는 평소 몬느 자리인 맨 앞자리에 한 발을 출입구의 계단 위에 올려놓고, 한쪽 어깨에 가방을 둘러멘 채, 문틀에 등을 기대고 있었다. 날카롭고 아주 창백하며 주근깨가 약간 있는 얼굴의 그는 일종의 경멸과 즐기는 듯한 호기심 어린 눈으로 우리 쪽을 향해 몸을 기울였다. 머리와 얼굴 한쪽에는 온통 하얀 붕대가 감겨 있었다. 그가 바로 어젯밤에 우리 지도를 훔쳐갔던 바로 그 젊은 보헤미안이며, 그 무리의 우두머리라는 것을 알 수 있었다.

그러나 이미 우리들은 교실에 들어가 각자 제자리에 앉았다. 새로 온 학생은 긴 걸상의 왼쪽 기둥 옆에 앉았고, 몬느는 바로 그 의자의 오른쪽 첫번째 자리를 차지하고 있었다. 지로다, 들루슈와 첫 줄에 앉은 다른 세 명은 그에게 자리를 만들어주기 위해서 좁혀 앉았다. 마치 모든 것이 미리 계획되었던 것처럼……

가끔 겨울날 운하에 언 얼음 때문에 발목 묶인 선원들, 눈 때문에 꼼짝 못하는 여행자들, 견습공의 자제들이 이렇게 우연히 우리들과 같이 공부를 하곤 했다. 그들은 이틀 내지 한 달쯤 학교에 나오곤 했지만 그 이상 머무르는 일은 드물었다. 그들은 첫 수업 시간에만 호기심의 대상이 되었지 이내 관심을 끌지 않았고, 여느 학생들과 아주 빨리 어울렸다.

그러나 그 친구는 금세 잊혀지지 않았다. 나는 아직도 그 특이한 친구가 등에 짊어지고 있던 가방 속에서 나온 온갖 낯선 물건을 기억하고 있다. 맨 먼저 '눈에 띈' 것은 그가 받아쓰기를 하려고 꺼낸 펜대였다. 또 한쪽 눈을 감고 상자의 구멍 속을 들여다보면 루르드 대성당 혹은 알 수 없는 어떤 건축물이 흐려졌다 뚜렷하게 나타나는 것을 볼 수 있었다. 그가 그중 하나를 고르면 곧바로 이 손 저 손으로 옮겨갔다. 다음은 컴퍼스와 신기한 도구들로 가득 찬 중국식 필통이었는데, 그것은 쇠렐 선생님이 보실 수 없도록 공책 밑으로 소리 없이 은밀하게 손에 손을 거쳐 왼쪽 의자 쪽으로 건네졌다.

새 책들도 전달되었는데, 우리 도서관에서도 보기 드문 책 표지의 제목들을 나는 선망의 눈으로 읽었다. 『티티새가 나는 황야』 『갈매기떼가 앉는 바위』『내 친구 브누아』 등등이었다. 어떤 학생들은 어디서 온 것인지도 모르는, 어쩌면 훔친 것인지도 모르는 이 책들을 무릎 위에 올려놓고 한 손으로는 책장을 넘기고 다른 손으로는 받아쓰기를 하고 있었다. 다른 학생들은 사물함 서랍의 바닥에서 컴퍼스를 돌리고 있었다. 쇠렐 선생님이 등을 돌린 채 교탁에서 창문까지 왔다 갔다 하며 계속 받아쓰기를 불러주고 있는 동안, 다른 학생들은 재빨리 한쪽 눈을 감고 파리 노트르담 사원의 푸르고 구멍 뚫린 풍경을 보고 있었다. 그 이방인 학생은 펜을 쥐고 주위에서 일어나는 그 비밀스런 놀이에 아주 흡족한 듯 회색 기둥에 날카로운 옆얼굴을 기대고서 눈을 껌벅거렸다.

그러는 사이 교실 전체에는 조금씩 불안한 기운이 감돌았다. 손에 손으로 옮겨진 물건들이 하나하나 몬느의 수중에 들어왔는데, 그는 본체만체하고 관심 없다는 듯 옆에 그냥 놔두는 것이었다. 어느새 그 옆에는 가지각색의 물건 한 무더기가 쌓였는데, 마치 알레고리적인 회화 작품에서 과학을 상징하는 여성의 발밑에 놓인 물건들 같았다. 마침내 쇠렐 선생님이 이상한 물건들을 발견했고 낌새를 알아차렸다. 한편 그는 우선 간밤의 사건을 조사하려고 생각했을 것이다. 보헤미안이 있어서 일이 쉽게 풀릴 텐데……

쇠렐 선생님은 깜짝 놀라며 곧바로 대장 몬느 앞에서 걸음을 멈추었다.

"이게 모두 누구 것이냐?" 그는 집게손가락으로 움켜쥔 책 표지의 '그 모든 것'을 가리키며 물었다.

"전 아무것도 모릅니다." 몬느가 고개도 쳐들지 않고 무뚝뚝하게 대답했다. 그때 낯선 그 학생이 불쑥 나섰다.

"제 겁니다." 그가 말했다.

그리고 그는 곧바로 젊은 귀족처럼 크고 우아한 몸짓을 하면서 그 늙은 선생님이 맞설 수도 없게 덧붙였다.

"선생님, 그것들이 보고 싶으시다면 맘대로 하세요."

그래서 잠깐 동안 새로운 분위기를 깨뜨리지 않으려는 듯 모든 학생이 조용히 호기심 어린 눈으로 선생님과 그 친구를 쳐다보았다. 반쯤 벗겨지고 반고수머리인 선생님은 그 이상한 물건에 몸을 기울이고 있었고, 얼굴이 창백한 그 친구는 의기양양한 태도로 침착하게 설명해주었다. 그러는 동안 모든 것에 무심한 채 자리에 가만히 앉아 있던 몬느는 연습장을 펴고는 눈살을 찌푸리며 어려운 문제들을 풀어나가고 있었다.

우리는 이러한 상태로 15분을 보냈다. 받아쓰기는 끝나지 않았고, 교실 안은 어수선했다. 사실대로 말하면 그날 아침부터 계속 휴식 시간이었던 것이다.

그래서 10시 반에 어둡고 진흙투성이의 운동장이 학생들로 가득 차 있을 때, 새로 온 지도자가 놀이를 이끌어나가고 있다는 것을 재빨리 알아차렸다.

그날 아침부터 보헤미안이 우리들에게 가르쳐준 새로운 놀이들 중에서 가장 무자비한 것만이 기억난다. 예를 들면 큰 학생들이 말이 되고 그들의 어깨 위에 가장 작은 학생들이 올라타는 일종의 말 타기 놀이였다.

두 팀으로 나뉘어 운동장의 양끝에서부터 출발한 그들은 거칠게 부딪쳐서 상대 팀을 땅바닥에 쓰러뜨리려고 애쓰면서 서로서로 꽉 매달려 있었다. 머플러를 올가미로 사용하거나 아니면 창처럼 팔을 뻗어 상대편을 말에서 떨어뜨리려고 애썼다. 개중에는 충돌을 용케 피하는 아이도 있었고, 몸의 균형을 잃은 채 발아래로 떨어지며 진흙 속에 뒹구는 아이도 있었다. 말이 다리를 붙잡아서 반쯤 떨어지려고 하는 아이도 있었다. 이때 기수들은 다시 어깨 위로 기어올라 싸움에 열중하곤 했다. 팔다리가 상당히 긴 들라주 위에는 귀가 불쑥 튀어나오고 다갈색 머리에 붕대를 감은 깡마른 기수가 올라타 싸우는 두 패거리를 흥분시키기도 하고, 또 큰 소리로 웃으면서 심술궂게 말을 몰기도 했다.

교실 문턱에 서 있던 몬느는 처음에는 기분 나쁜 표정으로 말 타기 놀이를 바라보았다. 나는 곁에서 어정쩡하게 서 있었다.

"교활한 녀석이군. 오늘 아침에 이곳에 온 것부터가 의심받지 않으려는 수작이었어. 그리고 쇠렐 선생님이 깜빡 속아 넘어가신 거구." 호주머니에 손을 넣은 채 그가 어물거리며 말했다.

몬느는 짧게 깎은 머리를 바람에 날리며 그곳에 오랫동안 서 있었다. 어디서 희극배우 같은 녀석이 나타나 얼마 전까지만 해도 자기를 대장으로 여긴 녀석들을 서로 싸우게 만든다는 사실이 짜증나 투덜거렸다. 조용히 있던 나도 공감하는 바였다.

운동장 곳곳에서 선생님이 안 계신 틈을 타 싸움은 계속되었다. 키 작은 아이들은 기어코 서로 올라타려고 했고 뛰어가서 상대편과 부딪치기도 전에 쓰러지곤 했다. 오래지 않아 운동장 한가운데에는 노는 데 열중해서 맴도는 한 패거리 외에는 아무도 서 있지 않았다. 그곳에서 때때로 붕대를 감은 새로 온 대장이 얼핏 보였다.

그때 대장 몬느는 더 이상 참을 수 없었는지 머리를 숙이고 넓적다리에다 손을 얹은 채 내게 소리쳤다.

"가자, 프랑수아."

나는 갑작스런 결심에 놀랐지만 주저하지 않고 그의 어깨 위에 덥석 올라탔고, 순간적으로 우리들은 그 얽히고설킨 곳으로 뛰어들었다. 그때 싸우던 학생들의 대부분은 미친 듯이 소리를 지르며 도망쳤다.

"몬느다! 대장 몬느가 나타났다!"

남아 있었던 아이들 한가운데에 이르자 그는 나를 향해 말했다.

"팔을 뻗어, 어젯밤 내가 했던 것처럼 그들을 움켜잡아."

승리의 확신을 가지고 싸움에 도취된 나는 서로 싸우던 그들 곁을 지나가며 잡아당겼다. 그들은 큰 애들의 어깨 위에서 잠깐 비틀거리다가 진흙탕에 나뒹굴었다. 순식간에 들라주 위에 타고 온 기수 외에는 아무도 서 있지 않았다. 그러나 몬느와 싸우고 싶지 않았던 들라주는 허리를 뒤로 힘껏 젖히고 힘을 주면서 벌떡 일어나 하얀 붕대를 맨 기수를 내려놓았다.

그 젊은 친구는 말에 재갈을 물리듯, 자기 말의 어깨에다 손을 얹고 땅 위에 서서 약간의 충격을 받고 감탄해 마지않으며 대장 몬느를 바라보았다.

"좋아 잘됐군!" 그가 말했다.

하지만 곧 종이 울렸다. 그래서 흥미진진한 장면을 기다리며 우리들 주위에 모여들었던 학생들은 흩어졌다. 적수를 땅바닥에 내동댕이치지 못한 데 대해 화가 난 몬느는 기분 나쁜 표정으로 이렇게 말하면서 돌아섰다.

"다음에 보자!"

수업은 정오까지 계속되었다. 마치 방학이 가까워질 무렵처럼 막간을 이용해 재미있는 얘기를 나누었는데, 그 희극배우 학생의 얘기가 중심을 이루었다.

그는 자기 일행이 왜 광장에서 추위 때문에 꼼짝 못하고 있는지, 그리고 아무도 오지 않을 야간 공연을 준비할 생각조차 못하고 있는지를 설명했다. 그는 자기 동료들이 서인도산 새들과 영리한 염소를 보살피고 있는 동안에 낮에 기분전환 겸 학교에 다니기로 결심했다는 것이었다. 그러고 나서 또 그는 그 주변 일대를 여행한 이야기며, 소나기가 마차의 형편없는 양철 지붕 위로 쏟아질 때면 마차 바퀴를 밀어올리기 위해서 옆으로 내려서야 했던 이야기도 했다. 뒤쪽에 앉은 애들은 좀더 가까이에서 얘기를 들으려고 자리를 옮겼다. 이야기에 별 관심이 없는 아이들은 이 틈을 이용해 난로를 쬐러 갔다. 그러나 곧 그 애들도 호기심이 발동해 자기 자리를 지키기 위해 한 손을 난로 뚜껑 위에 놓은 채 이 떠들썩한 무리 쪽으로 귀를 기울였다.

"너희들은 무엇을 먹고 사니?" 쇠렐 선생님이 학교 선생으로서는 다소 유치한 호기심을 가지고 여러 가지 질문을 던졌다. 그는 마치 그런 사소한 문제는 걱정해본 적이 없다는 듯이 잠깐 망설였다.

"지난가을에 벌어둔 것을 먹고 살지요. 가나슈가 살림을 하거든요."

아무도 가나슈가 누구인지 그에게 물어보지 않았다. 그러나 나는 간밤에 엉큼하게도 뒤에서 몬느를 공격하여 넘어뜨렸던 키 큰 녀석을 생각했다.

제4장

문제의 신비로운 영지

오후에도 똑같은 놀이를 했고, 수업 중에도 내내 어수선했고, 똑같은 속임수의 연속이었다. 보헤미안은 조개껍질, 장난감, 노래책 등의 다른 귀중한 물건들과 함께 가방 안을 조용히 갉고 있는 조그만 원숭이까지도 데려왔다. 그때마다 쇠렐 선생님은 장난꾸러기 소년이 가방에 넣어가지고 온 것을 검사하기 위해서 수업을 중단해야만 했다. 4시가 되자 몬느만이 유일하게 문제를 다 풀었다.

학생들은 모두 천천히 밖으로 나갔다. 마치 밤과 낮이 이어지듯 단순하고 규칙적인 생활을 만드는 수업 시간과 쉬는 시간의 사이는 더 이상 구분이 없는 것 같았다. 우리는 4시 10분 전쯤에 여느 때처럼 쇠렐 선생님에게 교실 청소 당번자 두 명을 말씀드리는 것조차 깜빡 잊어버렸다. 보통은 우리가 그걸 빠뜨리는 법이 절대 없었다. 왜냐하면 그것이 수업의 끝을 알리고 강의실에서 빨리 나가는 방법이었기 때문이다.

그날은 우연히도 몬느의 차례였다. 아침부터 나는 그와 이야기하면서 보헤미안이 당번이라고 알려주었다. 왜냐하면 새로 온 학생들은 온 날부터 항상 두번째 청소 당번자로 지명되었기 때문이다.

몬느는 오후 간식거리로 빵을 구한 다음 교실로 다시 들어왔다. 보헤미안 녀석은 몬느를 오래도록 기다리게 했고, 어둠이 깔리기 시작하자 달려왔다.

"너는 교실에 남아 있어. 내가 그를 붙잡고 있는 동안 너는 훔쳐간 지도를 빼앗아." 몬느가 내게 말했다.

나는 어슴푸레한 황혼 빛에 기대어 책을 읽으면서 창가의 조그만 책상에 앉아 있었다. 그리고 그 두 사람이 말없이 교실 의자를 옮겨놓는 것을 지켜보았다. 뒤에 단추가 세 개 달린 검은색 윗도리에 허리띠를 졸라맨 차림의 몬느는 과묵하고 굳은 표정이었다. 예민하고 신경질적으로 생긴 보헤미안 녀석은 부상자처럼 머리에 붕대를 감고 있었다. 여기저기 찢긴 허름한 짧은 외투를 입고 있었는데 낮에는 잘 눈에 띄지 않았었다. 그는 약간 웃음을 머금고 미친 듯이 서두르며 아주 거칠게 책상들을 들어올리고 밀치고 했다. 그는 우리들이 알지 못하는 어떤 이상한 놀이를 하고 있는 것 같았다.

그렇게 해서 그들은 마지막 책상을 옮겨놓기 위해 교실의 가장 어두운 구석에 이르렀다.

그곳에서 몬느는 주먹을 휘둘러 상대를 쓰러뜨릴 수 있었을 것이다. 바깥에서는 창문을 통해 그들이 싸우는 것을 아무도 볼 수 없고 듣지도 못할 그곳에서 말이다. 나는 몬느가 그와 같은 기회를 놓쳐버린 것을 도무지 이해할 수 없었다. 문 옆으로 온 보헤미안은 청소가 끝났다는 구실로 즉시 달아날 것이 뻔했고, 그렇게 되면 우리는 그를 다시 만날 수 없을지도 몰랐다. 몬느가 그렇게 오랫동안 되찾으려고 했던 지도와 지도 위에 표시된 모든 정보는 사라질지도 몰랐다……

나는 줄곧 몬느에게서 싸움의 시작을 알리는 몸동작과 신호를 기다리고 있었으나 그는 가만히 있었다. 단지 그는 이상하게 꼼짝 않고 의문스럽다는 표정으로 보헤미안의 붕대를 쳐다보았다. 그 붕대는 해질녘의 어슴푸레한 빛 속에서 커다란 검은 반점처럼 보였다.

아무 일도 일어나지 않고 마지막 책상이 옮겨졌다.

그러나 그들이 교실 앞쪽으로 거슬러가면서 마지막으로 문턱을 비질하려는 순간, 몬느가 머리를 숙이고 상대방을 쳐다보지도 않은 채 나지막이 말했다.

"붕대는 피로 물들고 옷은 찢어졌구나."

보헤미안은 그 말에 놀라기보다는 그렇게 말해주는 것을 듣고 아주 감동했는지 잠깐 그를 쳐다보았다.

"그들이 조금 전에 운동장에서 네 지도를 뺏으려고 했어. 내가 교실 청소하러 여기로 온다고 하니깐 너랑 화해할 거라고 생각했는지 내게 덤벼들더구나. 그렇지만 나는 그 지도를 빼앗기지는 않았지."

그는 몬느에게 귀중하게 접은 종이를 내주면서 자랑스러운 듯 말했다.

몬느는 내 쪽으로 천천히 돌아섰다. "너도 들었지? 우리가 함정을 파놓고 있는 동안 이 친구는 우리를 위해서 싸우고 부상을 입었어!"

그는 생트아가트 학생들 사이에서는 이상하게 들리는 '당신'이란 존칭을 더 이상 쓰지 않고 말했다.

"넌 진정한 친구로구나!" 몬느가 그에게 손을 내밀었다.

그 친구는 손을 잡고 잠깐 동안 당황한 듯 말을 잇지 못했다. 그러나 이내 어떤 강렬한 호기심이 생겼는지 말을 계속했다.

"너희들이 함정을 파놓았다니! 그거 참 재미있군. 내 짐작한 바야. 그래서 이렇게 생각했지. 그 지도를 빼앗아 내가 완전하게 만들어놓은 것을 보면 아주 놀라 자빠질 텐데 하고 말이야……"

"완전하게 만들다니?"

"아 잠깐, 전부는 아니야." 좀 전의 밝은 목소리는 온데간데없고 그는 우리에게 다가오면서 심각하게 천천히 덧붙였다.

"몬느, 이젠 너에게 그것을 말할 때가 되었어. 나 역시 네가 갔던 곳에 갔었다. 그 굉장한 축제에 참석했었거든. 학급 친구들이 너의 신비로운 모험에 대해서 내게 이야기해주었을 때, 잃어버린 오래된 영지에 관한 것이라는 생각이 들자 그것을 확인하려고 지도를 훔친 거야…… 그러나 나도 너처럼 그 성의 이름을 모른단다. 나도 거기에 다시 갈 수는 없을 거야. 나는 여기에서 거기까지 이어진 길을 완전히는 몰라."

우리가 얼마나 열정적으로 그리고 강한 호기심과 우정 어린 마음으로 그에게 다가갔는지 모른다! 몬느는 그에게 열심히 질문을 해댔다. 우리는 그 친구에게 집요하게 질문함으로써, 그가 모른다고 주장하는 것조차 말하게끔 할 수 있을 것 같았다.

"너희들은 알게 될 거야, 알게 되고말고! 너희들이 지도 위에 표시해놓지 않은 곳을 내가 몇 군데 기입해놓았어. 그게 내가 할 수 있었던 전부야." 젊은 친구는 약간 지루하고 난처하다는 듯이 대답했다.

이윽고 그는 감탄과 열정이 가득한 얼굴로 우리를 바라보며 서글프지만 자랑스러운 듯 말했다.

"오! 나는 너희들에게 알려주는 게 더 좋아. 나는 다른 애들과는 다르거든. 석 달 전에 나는 머리에 총알을 박고 죽으려고 했어. 그래서 내가 1870년대의 센Seine 기동 대원처럼 이마에 붕대를 감고 있는 거야."

"그래, 오늘 저녁에 싸우다가 상처가 다시 터진 거구나." 몬느는 다정하게 말했다.

그러나 상대방은 들은 체도 하지 않고 다소 과장된 말투로 말을 이었다.

"난 죽고 싶었어. 그렇지만 성공하지 못했기 때문에 나는 아이처럼, 그리고 보헤미안처럼 그냥 심심풀이로 계속 살 거야. 모든 것을 포기했어. 내겐 아버지도 없고 누이도 없단다. 집도, 사랑도 없어. 오직 어울려 노는 친구들만이 남았을 뿐이지."

"그 친구들은 이미 너를 배반했는걸." 내가 말했다. 그러자 그는 활기를 띠며 대답했다. "그래, 그건 확실히 들루슈의 실수야. 그는 내가 너희들 편이 될 것이라고 짐작했어. 그가 내 휘하에 들어온 친구들의 질서를 혼란스럽게 만들었어. 너희들 어제저녁 그 돌격 봤지? 얼마나 일사불란하게 움직였는지 말이야. 어렸을 때부터 나는 그만큼 성공적으로 조직을 정비해본 적이 없었어."

그는 잠시 생각에 잠겼다. 그러고는 우리들이 완전히 그에 대한 경계심을 풀도록 덧붙였다.

"내가 오늘 저녁 너희들에게 온 것은 다른 애들과 함께 있는 것보다 너희들과 지내는 게 더 즐거울 거라는 사실을 오늘 아침에 깨달았기 때문이야. 특히 내가 싫은 건 들루슈야. 열일곱 살이나 먹은 사내 녀석이 그런 생각을 하다니! 어떤 것도 그보다 더 싫지는 않을 거야. 우리들이 그를 다시 붙잡을 수 있다고 생각하니?"

"물론이지. 그런데 너는 우리 동네에 오래 머무를 거니?" 몬느가 물었다.

"모르겠어. 정말 그러고는 싶어. 나는 굉장히 외롭거든. 친구라고는 가나슈밖에 없어."

갑자기 그에게서 모든 정열과 즐거움이 사라졌다. 잠깐 동안 그는 언젠가 자살하고 싶은 생각이 갑자기 떠올랐던 바로 그 절망에 빠져들었다.

그는 갑자기 말했다. "내 친구가 되어줘. 나는 너희들의 비밀을 알고, 그 비밀을 모든 사람에게 지켜왔어. 난 너희들이 잃어버렸던 그 길을 다시 가게 할 수 있어."

그러고는 그가 격식을 갖추어 덧붙였다.

"이미 한 번 겪었던 것처럼 내가 지옥과 가까이 있게 될 그날을 위해서 내 친구가 되어줘. 내가 너희들을 부를 때 너희들은 꼭 대답하겠다고 맹세해. 내가 이렇게 부를 때 말이야(그는 이상한 고함을 질렀다. 우-우). 몬느, 네가 먼저 맹세해."

그리고 우리들은 맹세했다. 왜냐하면 어린아이들인 우리들로서는 단순한 것보다는 더 엄숙하고 더 진지한 것이 마음에 들었기 때문이다.

"그 대신, 이제부터 내가 너희들에게 이야기를 모두 해줄게. 예를 들어 그 성곽의 젊은 처녀가 축제일을 보내러 가곤 하는 파리 집을 가르쳐줄게. 부활절과 성신 강림 축일과 6월, 때로는 겨울날 며칠씩 머무르는 집을 말이야."

그 순간 어둠 속에 있는 큰 문에서 낯선 목소리가 몇 번씩이나 들렸다. 우리는 그게 가나슈의 목소리라는 것을, 운동장을 감히 지나갈 수 없는 것인지 아니면 어떻게 지나갈 것인지를 모르는 그 보헤미안의 목소리임을 짐작했다. 다급하고 불안한 목소리로 그는 때로는 아주 크게, 때로는 아주 낮게 불어댔다.

"우-우! 우-우!"

"대답해, 빨리 대답해." 몬느가 소스라치게 놀라 옷을 고쳐 입고 나가려는 젊은 보헤미안에게 소리쳤다.

소년은 우리들에게 재빨리 파리 집 주소를 가르쳐주었다. 우리는 그 주소를 조그마한 소리로 되풀이했다. 이윽고 그는 우리들을 형언할 수 없는 혼란 속에 내버려둔 채 철책에서 기다리고 있는 친구를 만나러 어둠 속으로 뛰어나갔다.

제5장

운동화를 신은 남자

그날 새벽 3시경에 마을의 한가운데 사는 여관 주인인 과부 들루슈가 불을 피우려고 일어났다. 그녀 집에 살고 있던 시동생 뒤마가 4시에 길을 떠나야 했기 때문이다. 그 착한 여자는 가엾게도 예전에 화상을 입어 오른손이 오그라들었는데, 어두컴컴한 부엌에서 서둘러 커피 끓일 준비를 하고 있었다. 날씨가 매우 추웠다. 그녀는 캐미솔 위에 낡은 솔을 두르고 한 손에는 불이 켜진 양초를 들고, 다쳤던 손으로는 앞치마를 쳐들어 불꽃을 보호하면서, 빈 병과 비눗갑이 어지럽게 널려 있는 마당을 가로질러, 작은 나무를 좀 꺼내기 위해 닭장으로 사용되고 있는 장작 곳간의 문을 열었다. 그런데 그녀가 문을 열자마자 짙은 어둠 속에서 돌연 어떤 사람이 나타나 학생 모자를 공중에 세게 휘둘러 촛불을 꺼버리고 그녀를 넘어뜨리고 나서는 전속력으로 달아났다. 그러는 사이

수탉과 암탉들이 놀라 요란하게 소동을 피웠다.

잠시 후에 정신을 차린 과부 들루슈는 그 남자가 자루 속에 자기가 가장 애지중지하는 닭 열두 마리를 넣어가지고 달아난 것을 알아차렸다. 뒤마가 형수의 비명 소리를 듣고 달려왔다. 그는 그 부랑아가 들어오면서 조그만 마당 문을 가짜 열쇠로 열었음에 틀림없고, 문을 닫지도 않고 같은 길로 도망간 것을 확인했다. 밀렵꾼과 날치기꾼에 익숙한 남자답게 그는 곧 마차의 큰 호롱불을 밝혀 한 손에 들고, 다른 손에는 총알을 잰 소총을 잡고 도둑의 매우 모호한 발자국 ─ 운동화를 신었음에 틀림없을 ─ 을 찾으려고 애썼다. 그 발자국은 라 가르 역으로 가는 길까지 나 있다가 한 작은 목장의 울타리 앞에서 사라져버렸다. 거기서 수색을 그만두고 그는 잠시 고개를 들고 멈춰 섰다. 바로 그때 같은 길 위로 마차 한 대가 전속력으로 달려 도망치고 있는 소리가 들렸다.

한편 과부의 아들인 자스맹 들루슈는 일어나서 서둘러 어깨 위에 후드코트를 걸친 다음 실내화를 신고 마을을 살펴보러 나갔다. 모두가 잠들어 있었고, 모든 것이 하루의 첫 미광이 비치기 전의 깊은 고요와 암흑 속에 잠겨 있었다. 두 사람이 카트르루트에 이르자 리오드 언덕 위를 전속력으로 달리고 있는 마차 소리만 매우 멀리서 들려왔을 뿐이다. 꾀바르고 허풍이 심한 그 아들은 마치 몽뤼송 교외에서 사용하는 듣기 싫은 발음으로 우리에게 이야기할 때처럼 혼잣말을 했다. '그 사람들은 라 가르 역 쪽으로 떠났다. 그러나 마을을 벗어났다고 해서 그들을 체포하지 않겠다는 말은 아니다.'

그러고는 밤의 고요함 속에서 성당을 향해 돌아섰다.

광장에 있는 보헤미안들의 마차에서 불빛이 새어나오고 있었다. 아픈 사람이 있는 게 분명했다. 그가 무슨 일인가 물어보려고 다가가려고 하자 운동화 신은 한 그림자가 소리 없이 작은 모퉁이를 빠져나와 아무것도 못 본 채 마차의 발판 쪽으로 전속력으로 달려갔다.

가나슈의 형체를 알아본 들루슈가 갑자기 불빛 비추는 곳으로 들어가 작은 목소리로 "대체 무슨 일이야?" 하고 물었다.

이가 빠진 가나슈는 얼이 빠지고, 머리가 헝클어진 채 멈춰 서서 대답했다. 공포로 인해 숨이 차서 애처롭게 이를 드러내고 들루슈를 쳐다본 다음 헐떡거리며 "여기 아픈 사람은 우리 친구야. 어제저녁에 싸워서 상처가 덧났어. 그래서 수녀님을 찾으러 갔던 길이야."

사실 너무 놀란 자스맹 들루슈가 잠을 자기 위해 집으로 돌아가던 중 마을 중간쯤에서 서둘러 가고 있는 한 수녀를 만났다.

아침에 생트아가트의 주민들이 간밤에 잠을 못 잔 탓에 모두 부은 얼굴과 멍한 눈을 하고 문밖으로 나왔다. 집집마다 분개하는 소리가 터져나왔고 그것은 도화선처럼 마을 전체로 퍼져나갔다.

새벽 2시경 지로다의 집에서는 허접한 마차 하나가 멈추고는 둔탁한 소리를 내며 떨어졌던 짐들을 바삐 싣는 소리가 들렸었다. 집에는 여자 두 명밖에 없어 감히 움직일 엄두를 못 냈다. 아침에 닭장을 열어보고서야 그 의문의 짐들이 토끼와 닭들이란 사실을 알았다. 첫번째 쉬는 시간이 계속되는 동안 밀리는 세탁실 문 앞에서 반쯤 타버린 성냥개비 몇 개를 발견했다. 그들이 우리 집에 대해서는 잘 모르기 때문에 들어올 수 없었을 것이라는 결론이 나왔다. 페뢰, 부자르동과 클레망의 집에서는 자기네 돼지도 훔쳐갔다고 생각했다. 그러나 오전 중에 다른 정원에서 먹을거리를 열심히 찾고 있는 돼지들을 찾아냈다. 모든 돼지가 야밤 산책을 하려고 문을 열어놓은 틈을 이용했던 것이다. 거의 사방에서 집짐승을 도둑맞았다. 하지만 예외인 집도 있었다. 짐승을 기르지 않는 빵집 주인 피뇨 부인은 빨랫방망이와 염료 500그램을 도둑맞았다고 하루 종일 동네방네 떠들고 다녔으나 그것은 사실무근이었고, 조서에도 기록되지 않았다.

아침 내내 온 동네가 두려움으로 인해 동요하며 떠들썩했다. 교실에서 자스맹 들루슈는 밤중에 일어난 일에 대해 이야기를 했다.

"아! 그들은 잽싸게 달아났어. 우리 삼촌은 '한 놈이라도 만났더라면, 내가 그를 토끼 잡듯이 쏘아버렸을 텐데!'라고 말했어."

그리고 우리를 바라보며 덧붙였다.

"삼촌이 가나슈를 만나지 못한 것은 천만다행이야. 그의 머리통을 날려버렸을지도 모를 일이거든. 삼촌과 데세뉴가 그러는데, 모두 한패의 소행이래."

그렇지만 아무도 우리의 새로운 친구들을 괴롭힐 생각은 하지 않았다. 자스맹 들루슈가 자기 삼촌에게 가나슈가 도둑과 똑같은 운동화를 신었다고 말한 것은 다음날 저녁쯤 되어서였다. 그들은 그 사실을 경찰에 알릴 만한 가치가 있다는 데 의견을 모았다. 그래서 시간이 나자마자 극비사항으로 부쳐 경찰서의 형사반장에게 알려주기로 결정했다.

여러 날이 지났으나 상처가 약간 덧난 그 젊은 보헤미안은 나타나지 않았다.

어느 날 저녁 성당 광장에서 우리는 그 마차의 붉은 커튼 뒤로 비치는 램프 불만 보았을 뿐 아무것도 보지 못하고 그 주위를 배회했다. 우리들은 극도로 불안한 마음으로 신비한 숙소처럼 보이기도 하고, 우리가 길을 잃은 지방의 대합실처럼 보이기도 하는 그 누추한 숙소에 감히 접근조차 못하고 머물러 있었다.

무대 뒤의 논쟁

이런 날들이 계속되면서 극도로 불안한 마음 때문에 우리는 3월이 되었다는 사실도, 따뜻한 바람이 분다는 사실도 몰랐다. 그러나 이러한 일이 있고 나서 사흘째 되던 날 아침에 마당으로 내려오면서 갑자기 나는 봄이 온 것을 느꼈다. 미온수처럼 감미로운 미풍이 담벼락을 넘어 불어왔고, 소리 없이 내리는 비는 밤새 모란 잎사귀들을 적시고 있었다. 정원의 파헤쳐진 흙은 강한 냄새를 풍겼고, 창가 바로 옆의 나무에서는 마치 노래를 배우고 있는 듯 새소리가 들려왔다.

첫째 쉬는 시간에 몬느는 그 풋내기 보헤미안이 정확하게 일러준 여정을 어서 빨리 시험해보자고 말했다. 나는 그 친구를 다시 볼 때까지, 또 날씨가 아주 좋아질 때까지, 그리고 생트아가트의 양자두나무들이 꽃을 피울 때까지 기다리자고 간신히 설득했다.

우리는 작은 골목길의 낮은 담장에 기대서서 모자도 쓰지 않은 채 주머니에 손을 넣고 얘기했다. 때로는 바람 때문에 추워서 떨었고, 때로는 포근한 기운이 부풀어올라 우리 마음속 깊이 자리 잡은 알지 못할 열정을 일깨워주기도 했다. 아! 형제이자 친구, 여행자인 우리는 둘 다 행복이 우리 곁에 가까이 있다고 너무도 확신했다! 그리고 길만 떠나면 거기에 충분히 도달할 수 있을 것이라고 확신했다!

점심시간인 낮 12시 반에, 카트르루트 광장에서 북소리가 연달아 들려왔다. 우리는 순식간에 손에 냅킨을 들고 작은 철문 입구로 나왔다. 가나슈는 '날씨가 화창한 것을 보고' 그날 저녁 8시에 성당 광장에서 굉장한 공연이 있을 것이라고 했다. 만일을 생각해 '비를 피하기 위해' 천막 하나를 칠 것이라고 했다. 흥미로운 프로그램이 소개되고 있었는데, 바람이 방해했지만 새로운 북소리에 박자를 맞추어 소개되는 '무언극, 노래, 마술(馬術) 환상곡' 등에 대한 설명을 간간이 알아들을 수 있었다.

저녁식사를 하고 있는데, 공연 시작을 알리는 북소리가 창문 아래까지 크게 울렸고 유리창이 흔들릴 정도였다. 잠시 뒤 교외 사람들이 삼삼오오 떼를 지어 웅성거리며 성당 광장을 향해서 지나갔다. 우리 둘은 조바심이 나서 발을 동동 구르며 식탁 앞에서 좌불안석이었다. 9시경에 마침내 철책 앞에서 발자국 소리와 킥킥거리며 웃는 소리가 들렸다. 여선생님들이 우리를 찾으러 왔던 것이다. 칠흑 같은 어둠 속을 헤치며 우리는 떼를 지어 공연 장소로 출발했다. 저 멀리 마치 큰 불 때문에 그런 듯 성당의 담이 밝게 보였고, 가설무대의 문 앞에 켜진 등불 두 개가 바람에 흔들리고 있었다.

공연장 안에는 서커스장처럼 계단식 좌석으로 되어 있었다. 쇠렐 선생님과 여선생님들, 몬느와 나는 맨 아래쪽 의자에 자리를 잡고 앉았다. 빵집 주인 피뇨 부인, 잡화상을 하는 페르낭드, 마을의 소녀들, 제철공들, 부인네들, 꼬마들, 농부들 그리고 또 다른 사람들이 층을 지어 앉아 있었다. 그곳은 진짜 서커스단이 왔을 때처럼 매우 좁고 어두웠다.

공연은 이미 반 이상이 진행되고 있었다. 영리한 염소 한 마리가 네 개의 컵 위에 얌전하게 발을 놓고 있었고, 다음에는 두 개의 컵 위에, 다음에는 오로지 하나의 컵 위에 올라섰다. 가나슈가 조마조마한 모습으로 입을 벌린 채 게슴츠레한 눈으로 우리를 바라보면서 작은 막대기로 부드럽게 그 염소를 지휘하고 있었다.

짐마차로 연결된 곳에 있는 무대 위에서는 빛깔이 다른 등불 두 개 옆 걸상에 앉아 검은색 얇은 타이츠를 신고 이마에 붕대를 감은 채 공연을 진행하는 우리 친구가 보였다.

우리가 자리에 앉자마자 아주 화려한 장식을 한 조랑말이 무대 위를 달리고 있었다. 그 붕대 감은 친구는 조랑말에게 여러 바퀴를 돌게 하더니 마을에서 가장 사랑스럽고 가장 용기 있는 사람을 지적할 때는 우리들 중의 한 사람 앞에 머무르게 했고, 가장 거짓말 잘하고 인색하거나 '혹은 가장 연애 잘하는' 사람을 찾아내라고 할 때는 항상 피뇨 부인 앞에 멈춰 서게 했다. 그러면 스패니얼 개에 쫓기는 거위떼들의 소리 같은 꿱! 꿱! 하는 소리와 함성과 웃음소리가 그녀 주위에서 터져나왔다.

막간에는 그 공연 진행자가 쇠렐 선생님과 잠시 얘기하러 왔는데, 그는 탈마와 레오타르에게 이야기하는 것을 자랑스럽게 여기지 않았다. 우리는 그의 얘기를 모두 재미있게 듣고 있었다. 그는 다시 아문 상처와 긴 겨울 동안 준비한 공연에 대해서 얘기했고, 새롭고 다양한 공연을 펼칠 수 있기 때문에 그달 말까지는 있을 것이라고 말했다.

그 공연은 무언극으로 끝났다.

휴식 시간이 끝날 무렵 그 친구는 떠났다. 짐마차 입구로 돌아가려던 그는 무대까지 밀려든 사람들 틈바구니를 통과해야만 했다. 사람들 가운데는 자스맹 들루슈도 보였다. 부인들과 소녀들이 비켜주었다. 검은색 옷을 입고 있는 용감한 부상자의 모습에 그들은 완전히 매료되었다. 여행에서 방금 돌아온 듯한 모습의 들루슈는 저음의 활기 띤 목소리로 피뇨 부인과 얘기하고 있었다. 수도사처럼 끈을 허리에 매고 낮은 칼라에 코끼리 바지를 입은 그의 모습은 영락없이 여자의 마음을 사로잡았을 것이다. 그는 젠체하며, 어색한 듯 양손 엄지손가락으로 윗옷을 뒤쪽으로 젖혔다. 보헤미안이 지나가자 그는 화가 난 사람처럼 피뇨 부인에게 큰 소리로 뭐라고 말했는데 내겐 잘 들리지 않았다. 우리 친구에게 도전하는 욕설이었음에 틀림없을 것이다. 그것은 예상치 못했던 중대한 위협이었다. 왜냐하면 내 친구가 돌아서서 그를 쳐다보았을 때 들루슈는 침착성을 잃지 않으려고 내 친구를 비웃었고, 역성을 들어달라는 듯 자기 옆에 있는 사람들의 옆구리를 팔꿈치로 쿡 쿡 찔렀던 것이다. 게다가 이 모든 일은 순식간에 일어났다. 그래서 그것을 알아차린 사람은 내가 앉은 의자에서는 오직 나 혼자뿐이었을 것이다.

공연 진행자는 짐마차 입구를 가린 막 뒤에서 친구를 만났다. 곧 2부 공연이 시작될 것이라고 믿고 사람들은 각자 제자리로 돌아갔고 침묵이 흘렀다. 관객들의 소곤거리는 소리가 거의 들리지 않게 되었을 때쯤, 막 뒤에서 갑자기 싸우는 소리가 들렸다. 무슨 내용인지는 정확하지 않았지만 키 큰 사람의 목소리와 젊은 친구의 목소리라는 것은 알 수 있었다. 키 큰 사람이 설명을 하며 자기를 정당화하려고 있었고 젊은 사람이 분개하고 한탄하며 꾸짖고 있었다.

"그렇지만 이 불쌍한 사람아! 왜 나한테 진작 말을 안 했어……" 그가 말했다.

모든 사람이 귀를 기울였음에도 불구하고 그 다음은 들리지 않았다. 모든 목소리가 갑자기 뚝 끊겼다. 그러더니 논쟁은 낮은 목소리로 계속되었다. 그러나 높은 좌석에 앉아 있던 장난꾸러기들이 소리를 지르기 시작했다.

"조명을! 막을!"

그러고는 발을 구르기 시작했다.

제7장

보헤미안이 붕대를 풀다

　드디어 막 사이로 키 큰 피에로의 얼굴이 잘 연결되지 않은 세 개의 극 안에서 천천히 미끄러져 갔다. 그 얼굴은 기쁨으로 주름이 잡히기도 했고 때로는 슬픔으로 눈을 크게 뜨기도 했는데 봉함용 풀로 범벅을 한 것 같았다. 그는 배가 아픈 듯 배를 오그리고, 극도의 조심성과 두려움 때문인 듯 발끝으로 걸으면서 무대에 질질 끌리는 긴 소매 속에 손을 옭아매고 있었다.

　나는 지금 다시 그 무언극의 주제를 생각해낼 수 없다. 다만 그가 서커스에 등장해서 공허하고 절망적으로 버티고 섰다가 넘어졌다는 것만이 기억날 뿐이다. 그는 다시 일어나려고 했지만 소용없었다. 그로서는 어찌할 도리가 없이 넘어졌다. 그는 계속해서 넘어졌다. 그는 한꺼번에 네 개의 의자를 붙잡았다. 넘어질 때마다 무대 위에 있는 큰 테이블을 조금씩 끌고 다녔다. 무대의 난간을 넘어 객석 밑으로까지 나가떨어지기도 했다. 관중들 중에서 동원된 두 명의 보조자가 간신히 그의 발을 붙든 다음 힘들게 그를 일으켜 세웠다. 그리고 그는 넘어질 때마다 여러 가지 짧은 비명을 질렀는데, 그것은 비탄과 만족이 비슷하게 섞여 있는 견디기 힘든 짧은 비명이었다. 대단원에 가서는 의자를 쌓아놓은 곳으로 기어올라가 매우 느리게 높은 곳에서 떨어졌다. 그의 날카롭고 비참한 승리의 웃음소리는 그가 떨어지는 시간만큼이나 오랫동안 계속되었고 그때마다 여자들이 공포의 비명을 질렀다.

무언극의 제2부가 계속되는 동안 나는 그 무언극의 뜻을 알지 못한 채, '넘어진 불쌍한 피에로'가 자기 소매에서 속에 톱밥을 넣은 작은 인형을 꺼내가지고 모든 희비극의 장면을 흉내 내는 것을 보았다. 결국 그는 인형의 뱃속에 들어 있는 톱밥을 입으로 꺼낸 다음, 작지만 가여운 소리를 지르며 그 인형의 배를 밀가루 반죽으로 가득 채웠다. 대단한 주의를 끄는 순간, 모든 관객이 입술을 축 늘어뜨리고 그 불쌍한 피에로의 손에 들린 몹시 홀쭉하고 끈적끈적한 인형을 쳐다보고 있는 동안, 그는 갑자기 그 인형의 팔을 잡더니 관중 사이로 자스맹 들루슈의 얼굴에 힘껏 던졌다. 그런데 그 인형은 결국 그의 귀에만 반죽을 묻히고 바로 앞에 앉아 있었던 피뇨 부인의 배에 납작하게 달라붙었다. 빵집 여주인은 굉장한 비명을 질렀다. 그녀가 어찌나 격렬하게 뒤로 넘어졌는지, 그 통에 옆의 여자들도 넘어졌고, 그 바람에 걸상은 부서졌다. 빵집 주인, 페르낭드, 가련한 과부 들루슈, 그리고 스무 명의 다른 여자가 다리를 허공에 내던지고 웃음과 비명 소리, 박수갈 채가 터지는 가운데 주저앉아버렸다. 한편 무대에다 얼굴을 대고 있던 그 위대한 어릿광대는 인사를 하려고 다시 일어나서 말했다.

"신사 숙녀 여러분! 감사합니다."

그런데 무언극이 시작될 때부터 말없이, 그리고 점점 더 정신을 빼앗긴 것 같은 대장 몬느가 거의 동시에 소란한 가운데 갑자기 일어서더니 참을 수 없다는 듯이 내 팔을 붙잡고 외쳤다.

"저 보헤미안을 봐라. 보란 말이야! 드디어 그가 누구인지 알았어."

그를 보기도 전에, 마치 오래전부터 무의식적으로 그 생각이 내 안에서 움트고 있었고, 생각이 개화되는 순간만을 기다려왔던 것처럼 나도 알아차렸다! 짐마차 입구의 등불 옆에 서 있는 그 낯모르는 젊은이는 붕대를 풀고 어깨 위에 외투를 걸쳤다. 흐릿한 미광 속에서 옛날 그 영지의 방에서 희미한 촛불에 비춰 보였듯이 매우 섬세하고 매부리코에다 콧수염 없는 얼굴 모습이 보였던 것이다. 창백해 보이는 그는 입술을 반쯤 벌리고 조그만 지도책 같은 일종의 빨간 앨범을 조급하게 뒤적이고 있었다. 관자놀이에 그어진, 그리고 머리카락 밑에 감추어진 상처 자국을 제외하면, 그는 몬느가 나에게 자세하게 묘사해준 그대로, 미지의 영지의 약혼자였다.

우리가 알아챌 수 있도록 붕대를 풀어버린 것이 분명했다. 그러나 몬느가 그렇게 움직이며 소리를 지르자, 그 젊은이는 알았다는 시선을 우리에게 보내고 마치 평상시에 웃던 것과 같이 어렴풋이 슬픔을 머금은 미소를 짓고는 마차 속으로 들어갔다.

"그리고 그 다른 사람도! 어떻게 내가 그를 곧바로 알아보지 못했을까? 그는 그 축제의 피에로였는데." 몬느가 흥분해서 말했다.

몬느는 그에게 가려고 자리를 내려갔다. 그러나 이미 가나슈가 무대와의 모든 통로를 막아놓은 상태였다. 서커스의 등불 네 개가 하나씩 꺼졌고, 우리는 줄지어놓은 의자들 사이에 모여 천천히 나가고 있는 군중들을 따라가야만 했고, 어둠 속에서 초조하게 서 있어야 했다.

드디어 밖으로 나오자 몬느는 마차를 향해 달려가 발판을 타고 올라선 다음, 문을 두드렸다. 그러나 이미 모든 문이 닫혀 있었다. 조랑말, 염소, 영리한 새들을 넣어둔 마차 안처럼 커튼이 드리워진 마차 속에는 이미 모든 사람이 돌아와서 잠을 자기 시작했던 것이다.

우리는 어두운 길로 해서 상급반 건물 쪽으로 돌아가는 남자들과 부인들의 무리에 합류해야만 했다. 이제 우리는 모든 것을 알았다. 축제의 마지막 날 저녁, 몬느는 큰 키의 하얀 그림자가 숲속으로 달아나는 것을 본 일이 있는데 그게 바로 가나슈였던 것이다. 그는 절망한 약혼자를 꾀어서 함께 달아났던 것이다. 그 약혼자는 위험과 유희, 모험으로 가득 찬 그 야만적인 생활을 받아들였다. 그로서는 자신의 어린 시절이 다시 시작되는 듯했다.

프란츠 드 갈레는 지금까지 우리에게 이름을 숨겨왔다. 그리고 그는 틀림없이 자기 부모 집으로 강제송환될까 봐 두려워 영지의 길을 모른다고 속였을 것이다. 그런데 왜 그는 그날 저녁에는 우리가 모든 것을 알아차리도록 놓아두었고, 우리가 모든 진실을 추측하도록 내버려둔 걸까?

대장 몬느는 구경꾼들의 무리가 천천히 마을을 통해서 가고 있는 동안 얼마나 많은 계획을 세웠던가. 그는 목요일인 다음날 아침부터 프란츠를 찾으러 가기로 결심했다. 그러고는 두 사람 모두 그곳을 향해 떠날 것이다. 축축이 젖은 길을 걸어가는 여행은 얼마나 멋질까! 프란츠는 모든 일을 설명할 것이다. 모든 일은 해결될 것이다. 가장 멋있는 모험은 중단되었던 곳에서 다시 시작될 것이다.

나는 형언할 수 없는 부푼 마음으로 어둠 속을 걷고 있었다. 목요일의 기다림이 주는 희미한 기쁨으로부터 시작해서 우리가 막 찾아낸 대발견, 우리에게 실패로 끝난 그 좋은 기회에 이르기까지 모든 것은 나를 기쁘게 하기 위해 뒤섞여 있었다. 그리고 나는 마음이 갑작스럽게 관대해져 내게 괴로울 정도로 청혼해온 공중인의 딸들 중에서 가장 못생긴 여자에게로 다가가서 자연스럽게 손을 내밀어 팔짱을 끼게 했던 일이 지금도 생각난다.

쓰라린 추억들! 짓밟힌 공허한 희망들이여!

다음날 아침 8시부터 우리는 잘 닦인 구두를 신고 번쩍이는 허리띠를 매고 새 학생모를 쓴 다음 성당의 광장으로 달려갔을 때, 그때까지 나를 바라보며 웃고 있던 대장 몬느가 소리를 지르며 갑자기 텅 빈 광장으로 달려갔다. 그 가설무대와 마차들이 있던 자리에는 깨진 항아리와 누더기 조각들 이외에는 아무것도 없었다. 보헤미안들은 이미 떠난 것이다.

싸늘하게 느껴지는 바람이 약하게 불었다. 조약돌이 많은 나쁜 길에 발을 내디딜 때마다 우리는 휘청거리며 끊임없이 넘어질 것 같았다. 당황한 몬느는 두 번이나, 즉 처음에는 비외낭세의 길로, 다음에는 생루데부아의 길로 돌진하려고 했다. 그는 그 친구들이 방금 떠난 것임을 바라면서 눈 위에 손을 올려놓았다. 그러나 어떻게 된 걸까? 열 대의 마차 바퀴 흔적이 광장에 얽혀 있더니 엉망인 길에서 지워져 있었다. 맥 빠진 우리는 거기에 머물러 있어야만 했다.

우리가 그 목요일 아침, 마을 쪽으로 돌아오고 있을 때, 전날 밤 들루슈에게서 정보를 입수한 기마경찰 네 명은 광장으로 달려가며 마치 마을을 정찰하는 용기병처럼 모든 탈출구를 봉쇄하기 위해 길에 흩어졌다. 그러나 때는 이미 늦었다. 닭 도둑인 가나슈가 친구와 함께 달아난 것이다. 경찰들은 마차 안에서 분명 닭을 잡고 있을 그들을 아무도 발견하지 못했다. 들루슈의 경솔한 말에서 낌새를 눈치 챈 프란츠가 갑자기 마차 안에 먹을거리가 떨어졌을 때 친구와 자신이 무슨 짓을 해서 먹을 것을 구했는지 알게 되었을 것이고, 수치와 두려움에 가득 차서 공연을 중단한 다음, 경찰이 오기 전에 도망하기로 결심한 것이다. 그러나 그는 이제 아버지의 영지로 소환될 것을 더 이상 두려워할 필요가 없어졌기 때문에 사라지기 전에 우리에게 붕대를 풀어 보이고 싶었던 것이다.

오직 한 가지만이 여전히 납득하기 힘들다. 어떻게 가나슈는 집짐승도 훔치고 동시에 친구의 열병을 치료하기 위해 수녀님을 불러올 수 있었단 말인가! 하지만 바로 거기에 그 가련한 녀석의 모든 인생이 집약되어 있는 게 아닐까? 그는 한편으로 도둑이며 방랑자였지만, 또 다른 한편으로는 착한 녀석이었던 것이다.

제9장
잃어버린 오솔길을 찾아서

우리가 집으로 돌아올 무렵에는 햇빛이 떠 아침의 옅은 안개가
사라졌다. 주부들은 문 앞에 나와 양탄자를 털며 수다를 떨고 있
었다. 내 기억 속에는 들판과 숲, 그리고 마을 어귀에서 가장 찬
란한 봄날의 아침이 시작되고 있었다.

그 목요일, 상급반 과정을 마칠 학생들과 사범학교 시험 준비반
학생들은 모두 아침 8시경에는 도착해야만 했었다. 몬느와 내가
돌아왔을 때 학교는 텅 비어 있었다…… 몬느는 후회스러운 듯
안절부절못할 정도로 불안해했고, 나는 대단히 실망한 상태였다.
상큼한 햇빛이 좀먹은 걸상의 먼지 위로, 그리고 니스 칠이 군데
군데 벗겨진 평면구형도 위로 미끄러져 들어왔다.

만물이 우리를 밖으로 나오라고 부르고 있는데 우리가 어떻게
실망감을 되새기면서 책을 앞에 놓고 그곳에 있을 수 있단 말인

가! 창가의 나뭇가지에는 새들이 날아다니고 있었고, 다른 학생들은 작은 목장이나 숲으로 도망쳤다. 그리고 우리는 가능한 한 빨리 보헤미안 — 다른 열쇠들을 전부 시험해본 다음에 남은 열쇠 꾸러미의 마지막 열쇠, 그리고 하나씩 비어가는 우리 주머니의 마지막 자금인—이 확인한 그 불완전한 여정을 시도하고 싶은 흥분된 욕망으로 끓어올랐다. 그것은 불가항력이었다. 몬느는 마치 확실히 돌아오지 않을 누군가를 기다리는 사람처럼 이리저리 걷다가 창가로 가서는 정원을 바라본 다음, 다시 돌아와서 마을 쪽을 바라보았다.

"내게 좋은 생각이 있어. 아마 우리가 생각하듯 그리 멀리 가지는 못했을 거야. 프란츠는 지도 위에 표시한 길을 대부분 지워버렸어. 그건 아마도 내가 잠든 사이에 말이 쓸데없이 길게 돌아갔다는 것을 의미할 거야." 마침내 그가 말했다.

나는 의기소침하고 무기력해져 고개를 숙인 채 한 발은 땅에 대고 한 발은 흔들며 큰 탁자의 모서리에 반쯤 걸터앉아 있었다.

"그렇지만 사륜마차를 타고 돌아올 때 너는 밤새도록 여행한 거잖아?" 내가 말했다.

"우리는 자정에 떠났었어. 나는 새벽 4시에 생트아가트 서쪽 6킬로미터 지점에서 내렸고 말이야. 그런데 나는 동쪽에 있는 라가르 역으로 가는 길로 떠났단 말이지. 그러니까 생트아가트와 잃어버린 그 영지 사이의 6킬로미터는 적어도 빼고 계산해야 해. 사실 공유지의 숲을 나오면 8킬로미터가 넘지 않는 거리일 거야." 그는 격한 말투로 대답했다.

"지도 위에는 표시되지 않은 그 8킬로미터 길이 확실해."

"그건 그래. 숲의 입구는 여기서 4~5킬로미터의 거리야. 하지만 걸음이 빠른 사람은 오전 중이면 갈 수 있을 거야."

그때 무슈뵈프가 왔다. 그는 우등생 행세를 하는, 신경에 거슬리는 성향이 있었다. 즉 다른 애들보다 공부를 잘해서라기보다는 지금과 같은 상황에서 눈에 띄려고 함으로써 말이다.

"너희 둘만 있을 줄 알았지. 다른 애들은 모두 공유지의 숲으로 갔어. 자스맹 들루슈가 앞장섰어. 그 애는 새집을 알고 있거든." 그는 의기양양해하며 말했다.

어른인 체하는 그는 탐험을 하기로 결심한 후 학과 수업과 쇠렐 선생님, 우리들을 비웃기라도 하듯 그들이 말한 모든 것을 이야기하기 시작했다.

"그들이 숲속에 있다면 나는 틀림없이 지나면서 그들과 만날 수 있을 거야. 나도 가니까 말이야. 12시 반쯤 돌아올게." 몬느가 말했다.

무슈뵈프는 당황해했다.

"너는 안 가니?" 몬느가 빠끔히 열린 문 앞에 잠시 멈추어 서서 내게 물었다. 열린 문틈 사이로 잿빛 교실 안에는 햇볕 때문에 미지근해진 공기와 고함 소리, 누군가를 부르는 소리, 새 지저귀는 소리, 우물가의 돌에 부딪치는 양동이 소리, 멀리서 나는 회초리 소리가 들어왔다.

"안 돼. 나도 무척 가고 싶지만 쇠렐 선생님 때문에 갈 수 없어. 너나 빨리 가봐. 초조하게 기다리고 있을게." 내가 말했다.

그는 어리둥절하다는 제스처를 취하고선 희망에 부푼 마음으로 재빨리 떠났다.

10시쯤 쇠렐 선생님이 도착했을 때 그는 검은색 알파카 털스웨터를 벗어버리고, 어부들이 입는 단추 채운 큰 주머니가 달린 외투 차림에 밀짚모자를 쓰고 바지 아랫단을 꽉 조이기 위해 각반을 매고 있었다. 선생님은 교실에 아무도 없는 것을 보고도 그리 놀라지 않는 듯했다. 아이들이 "우리가 필요하면 그가 우리를 데리러 오겠지"라고 말했다는 것을 무슈뵈프가 세 번이나 되풀이했지만 들으려고 하지 않았다.

그는 지시를 내렸다.

"준비해. 모자를 쓰고 그들을 찾아 나서자. 프랑수아! 너 거기까지 걸어갈 수 있겠니?"

나는 그럴 수 있다고 대답했다. 우리는 떠났다.

물론 무슈뵈프가 쇠렐 선생님을 안내하며 미끼 역할을 할 것이다. 말하자면 새집을 찾는 아이들이 있는 숲을 잘 알고 있는 그가 이따금 크게 소리를 질러야 한다는 것이었다.

"야호! 이봐! 지로다! 들루슈! 어디 있니? 거기 있니? 찾았니?"

나는 도망친 학생들이 달아날 경우에 대비해 숲의 가장자리를 따라갈 임무를 기꺼이 받아들였다.

그런데 몬느와 함께 오래도록 연구하고 보헤미안이 고쳐놓은 지도에는 영지로 가는 길인 흙길이 그 숲의 가장자리에서 시작된 것 같았다. 오늘 아침에 그것을 찾게 된다면! 나는 정오 전까지는 잃어버린 저택으로 가는 길에 있을 것이라고 확신하기 시작했다……

기가 막히게 멋진 산책이었다! 우리가 글라시를 지나 풍차 방앗간을 돌아서자마자 나의 두 동반자, 즉 전쟁터에 나선 듯한 쇠렐 선생님—그는 주머니에 낡은 권총을 갖고 있는 것 같았다—과 배반자 무슈뵈프를 떠났다.

지름길로 들어선 나는 마치 하사관이 순찰을 하다가 길을 잃은 듯 내 생애 처음으로 혼자서 들판을 지나 곧바로 숲의 가장자리에 다다랐다.

어느 날 몬느가 맛보았던 그 신비로운 행복 가까이에 있는 것 같은 생각이 들었다. 대장 몬느가 그것을 찾아 떠나 있는 동안에 나는 아침 내내 그 지방에서 가장 서늘하고 가장 깊은 장소인 이 숲의 가장자리를 탐험하고 있었다. 그곳은 마치 옛날의 강 밑바닥 같았다. 이름은 잘 모르지만 오리나무인 듯한 나무의 낮은 가지들 아래를 지나갔다. 조금 뒤 오솔길 끝에 있는 울타리를 뛰어넘었고, 쐐기풀과 키 큰 쥐오줌풀을 헤치고 나뭇잎 밑에 깔린 푸른 풀밭에 다다랐다.

이따금 나는 몇 걸음 가다가 가는 모래톱 위에 발을 올려놓았다. 그리고 고요한 가운데 새 소리를 들었다—밤꾀꼬리 같았지만 그 새가 저녁에만 운다는 생각이 들었기 때문에 내 짐작이 틀렸다고 생각했다—어떤 새는 끈덕지게도 똑같은 지저귐만 되풀이했다. 그것은 아침의 소리, 그늘 속의 지저귐, 오리나무 사이로 가는 여행의 달콤한 초대였다. 보이지는 않지만 고집 센 그 새가

162

나무 그늘 아래에서 나를 따라오고 있는 것 같았다.

　나 역시 생애 처음으로 모험의 길에 홀로 서 있었다. 쇠렐 선생님의 지도 아래 내가 찾고 있는 것은 물에 버려진 조가비도, 선생님도 모르는 제비난초도 아니었다. 그것은 마르탱 신부님의 밭에서도 자주 그런 일이 생기듯 쇠창살과 잡초로 덮여 있어 찾는 데 시간이 많이 걸리는 바짝 마른 연못도 아니었다. 나는 그보다 더 신비로운 뭔가를 찾고 있었다. 그것은 많은 책 속에 나오는 문제의 통로였으며, 지쳐서 기진맥진해진 왕자가 입구를 찾지 못해 막혀버린 옛길이었다. 그것은 11시를 넘어 12시가 되어가는 것도 잊어버렸을 무렵인, 오전 중 가장 한가로운 시각에 발견되는 무엇이다…… 그리고 얼굴 높이에서 머뭇거리던 손이 무성한 나뭇잎 아래 제멋대로 뻗은 나뭇가지들을 갑자기 헤쳤을 때, 아주 작은 빛의 원과 같은 출구가 보이는 길고 어두운 대로와 같은 통로를 발견하게 되는 것이다.

　그러나 그렇게 되기를 바라고 도취해 있는 동안 갑자기 나는 한 목장이 있는 어느 빈터 속에 서 있게 되었다. 생각지도 못했는데, 내가 한없이 멀다고만 생각한 공유지의 끝에 다다랐던 것이다. 오른쪽 나뭇더미 사이로 그늘 속에 관리인의 집이 있었는데, 웅성거리는 소리가 들려왔다. 양말 두 켤레를 창가에 걸어 말리고 있었다. 지난 몇 년 동안 숲의 입구에 다다르면 우리는 언제나 어두운 길 끝에 있는 한 줄기 불빛을 가리키며 "저기가 관리인 발라디에의 집이야"라고 말하곤 했었다. 그러나 거기까지 간 적은 한 번도 없었다. 거기까지 가려면 마치 특별한 탐험이 필요하듯 가끔 다음과 같이 말하는 소리가 들린 적이 있다. "그는 관리인의 집에까지 갔었대." 이번에 나는 발라디에의 집까지 갔으나 아무것도 발견하지 못했다.

나는 더위와 피곤에 지쳐 다리가 아파오기 시작했다. 지금까지는 전혀 느끼지 못했던 일이다. 나 혼자 돌아가게 될까 봐 걱정하고 있는데 그때 가까이에서 쇠렐 선생님의 미끼새 무슈뵈프의 목소리와 나를 부르는 다른 애들의 목소리가 들렸다.

그곳에 여섯 명의 키 큰 아이들이 있었는데, 배반자 무슈뵈프만이 의기양양한 모습이었다. 지로다, 오베르제, 들라주 등등이었다. 미끼새가 부르는 소리 덕분에, 공터 중간에 있는 야생 벚나무로 기어올라갔던 아이들과 둥지에서 청딱따구리를 잡고 있던 아이들을 붙잡을 수 있었던 것이다. 눈이 퉁퉁 붓고 때 묻은 윗옷을 입고 있는 멍청이 지로다는 속옷 안에 새끼 새를 감추고 있었다. 친구들 중의 두 놈은 쇠렐 선생님이 다가오자 달아나버렸다. 들루슈와 꼬마 코팽이었을 것이다. 그들은 처음에는 장난으로 '무슈바슈'(바슈는 암소라는 뜻이고, 뵈프는 황소라는 뜻임: 옮긴이)라고 대답했고, 메아리가 울렸다. 무슈뵈프는 뒤늦게 그게 자기를 놀리는 것이라고 생각하여 화를 내며 대답했다.

"내려와야 돼! 저기 쇠렐 선생님이 오신다!" 그러자 모두들 갑자기 입을 다물었다. 그리고 말없이 숲속으로 달아났다. 그들은 숲속을 샅샅이 알고 있었기 때문에 붙들린다는 것은 꿈에도 생각할 수 없었다. 대장 몬느가 간 곳은 아무도 몰랐다. 그의 목소리도 들은 사람이 없었다. 그래서 그를 찾는 일은 포기해야만 했다.

피곤하기도 하고 무섭기도 해서 고개를 숙이고 생트아가트로 돌아오고 있을 때는 정오가 좀 넘어서였다. 숲 입구에서 우리가 마른 땅에다 비벼 구두의 진흙을 털어내고 있는 동안 햇볕이 쨍쨍 내리쬐고 있었다. 이미 상큼하고 따뜻한 봄날의 아침은 아니었다. 오후에나 들을 수 있는 소리가 들려오기 시작했다. 이따금 길가에 있는 인기척 없는 농가에서 수탉이 구슬프게 울어댔다. 글라시의 내리막길에서 점심식사를 마치고 일을 다시 시작한 밭의 농사꾼들과 얘기하기 위해 우리는 잠시 멈추었다. 그들은 울타리에 팔꿈치를 기대고 서 있었다. 쇠렐 선생님은 그들에게 말했다.

"그 유명한 말썽꾸러기들이죠! 지로다를 보세요! 저 녀석은 속옷 속에다 새끼 새를 넣고 있어요. 새끼 새들이 그 안에다 마음대로 싸겠지요. 너무하지 않소?"

농사꾼들이 웃는 것은 나 때문인 듯했다. 그들은 머리를 좌우로 흔들며 웃어댔다. 그러나 그들이 잘 알고 있는 어린 소년들을 완전히 나쁘게 여기지는 않았다. 쇠렐 선생님이 다시 우리 대열의 선두에 서자 그들은 우리에게 말했다.

"그 키 큰 아이가 지나갔어. 너희들이 잘 아는 그 애 말이야……그는 돌아오는 길에 그랑주의 마차를 만났던 모양이야. 아마 그를 태워주었겠지. 그는 흙이 잔뜩 묻고 옷이 찢어진 채 여기 그랑주로 가는 길 입구에서 내렸어. 우리가 그에게 오늘 아침 너희들이 지나가는 건 보았는데 아직 돌아오지 않았다고 말했더니 생트아가트로 천천히 가버렸어."

실제로 대장 몬느는 글라시의 교각 위에 앉아 기진맥진한 모습으로 우리가 오기를 기다리고 있었다. 쇠렐 선생님이 어디 갔었느냐고 묻자, 그는 자기도 역시 학교를 빼먹은 학생들을 찾으러 갔었다고 대답했다. 그리고 내가 아주 작은 소리로 그에게 물었더니 실망한 듯 고개를 절레절레 흔들며 말했다.

"아냐! 아무것도 못 찾았어. 비슷한 것이라고는 아무것도 없었어."

몬느는 점심식사 후에 어둡고 문 닫힌 텅 빈 교실에서 가장 밝은 곳에 있는 큰 책상에 앉아 머리를 팔에 파묻고 오랫동안 슬프고도 깊은 잠을 잤다. 저녁때쯤 그는 오랫동안 깊은 생각을 하고 나서 중대한 결심을 한 듯 자기 어머니에게 편지를 썼다. 내가 그 위대한 실패의 날의 슬픈 종말에 대해서 기억하고 있는 것은 이것이 전부다.

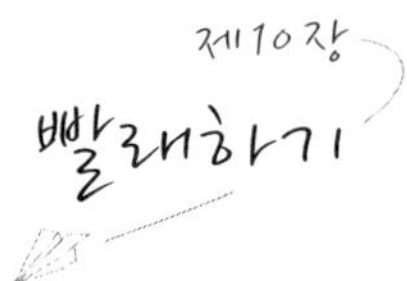

우리는 예년보다 빨리 온 봄을 즐기고 있었다.

월요일 오후면 우리는 한여름처럼 수업이 끝난 4시 이후에 얼른 숙제를 해놓으려고 했다. 그리고 좀더 밝은 곳을 찾아 마당에 큰 책상 두 개를 내놓았다. 그러나 날씨가 갑자기 흐려졌다. 빗방울이 공책 위에 떨어졌다. 우리는 잽싸게 다시 들어갔다. 어둡고 큰 방에서 우리는 넓은 창문을 통해 흐린 하늘에 구름이 밀려가는 것을 조용히 바라보고 있었다.

그때 우리와 함께 팔짱을 끼고 바라보고 있던 몬느는 회한에 젖어 말했다.

"아! 내가 라 벨에투알의 마차를 타고 달릴 때는 지금과 다른 쪽으로 구름이 흘러가고 있었는데."

"어떤 길에서 말이야?" 자스맹 들루슈가 물었다. 그러나 몬느는 대답하지 않았다.

"난 말이야, 쏟아지는 빗속에서 큰 우산 아래 몸을 피하고 마차 여행을 해볼 수만 있다면 기분전환이 될 텐데." 내가 말했다.

"집에서처럼 마차를 타고 달리며 책을 읽으면 더욱 좋지." 다른 애가 덧붙였다.

"그때 비는 오지 않았어. 책을 읽고 싶지도 않았어. 나는 마을을 구경할 생각밖에 없었어." 몬느가 대답했다.

그러나 그때 지로다가 문제의 마을이 어디냐고 물었으나 몬느는 또다시 입을 다물었다. 자스맹 들루슈가 말했다.

"나는 알고 있어…… 늘 이야기하는 그 유명한 모험을……" 그는 마치 자신이 그 비밀을 좀 안다는 듯이 타협적이고 신중한 어조로 말했다. 그러나 그것이 대화를 회복시킬 가망은 없었다. 그에게 말을 거는 것은 거기서 끝났다. 그리고 밤이 되자 제각기 차가운 소나기를 맞으며 겉옷을 머리 위로 덮어 올리고 재빨리 달려갔다.

그 다음 목요일까지는 내내 비가 왔다. 그리고 바로 그 목요일은 지난주 목요일보다 더 우울했다. 온 마을은 겨울의 고약한 날씨처럼 차가운 안개 속에 젖어 있었다.

지난주의 쨍쨍 내리쬐는 햇볕에 감쪽같이 속아 밀리는 빨래를 했다. 정원의 울타리 위나 다락방의 줄에 빨래를 말릴 줄은 생각지도 못했다. 그만큼 공기가 습하고 차가웠다.

쇠렐 선생님과 의논한 다음, 교실에 빨래를 널어놓을 생각을 했다. 목요일이었고 난로에는 불이 피워져 있었기 때문이다. 부엌과 식당의 연료를 절약하기 위해서 난로에다 밥을 지을 터였고, 우리는 온종일 상급반의 큰 교실에서 지내야 할 것이다.

처음에—나는 아직 대단히 어렸다!—나는 이 새로운 일을 마치 어떤 축제로 생각했었다.

우울한 축제! ……난로의 모든 열은 빨래를 말리느라 소모되었고, 그래서 굉장히 추웠다. 운동장에는 끊임없이 겨울비가 보슬보슬 조용히 내리고 있었다. 아침 9시부터 지루했던 나는 대장 몬느를 거기서 만났다. 우리는 큰 현관의 창문에 말없이 머리를 기대고 마을 꼭대기 카트르루트 길 위를 지나가는 장례 행렬을 바라보고 있었는데, 그때 우마차에 실려온 관이 큰 십자가 아래쪽 보도 위에 내려졌다. 그곳은 전에 푸줏간 주인이 보헤미안의 보초병을 발견했던 장소였다. 그렇게도 공격을 잘 지휘하던 그 젊은 지휘관은 지금쯤 어디에 있는 걸까? ……사제와 성가대원들은 관례대로 거기 놓인 관 앞으로 다가섰다. 구슬픈 노랫소리가 우리에게까지 들려왔다. 그것은 도랑에 흐르는 황토색 물처럼 완전히 흘러가버린 그날 하루의 유일한 구경거리였을지도 모른다.

"자! 이제 나는 짐을 싸려고 해. 프랑수아, 너도 알고 있어. 나는 지난 목요일에 어머니께 편지를 썼단다. 파리에서 공부를 마치겠다고 말이야. 오늘이 바로 떠나는 날이야." 몬느가 갑자기 말했다.

그는 머리 높이의 창살에 손을 기대고서 마을을 바라보고 있었다. 돈 많고, 또 아들이 하겠다는 의지대로 뭐든 다 들어주는 그의 어머니가 허락하더냐고 물어보는 것은 쓸데없는 짓이리라. 그리고 왜 그가 갑자기 파리로 가고 싶어졌는지를 물어보는 것도 역시 아무 의미 없는 말일 것이다.

그러나 모험의 출발지인 생트아가트라는 그 친근한 지방을 떠난다는 사실은 확실히 그에게 두려움과 회한으로 다가온 듯했다. 나도 처음에는 실감하지 못했지만 차츰 강렬한 서운함이 밀려왔다.

"부활절이 가까워졌어!" 그가 내게 설명하느라고 한숨을 내쉬며 말했다.

"거기에서 그 여자를 찾으면 내게 편지를 쓸 거지?" 내가 물었다.

"물론 약속하지. 너는 내 친구이고 또 형제가 아니니?"

그리고 그는 내 어깨 위에 손을 얹어놓았다.

나는 이제 모든 게 끝났다는 것을 조금씩 이해했다. 왜냐하면 그는 파리에서 공부를 마치고 싶어 했기 때문이다. 이제 두 번 다시는 내 친구와 함께 있을 수 없을 것이다.

아마도 잃어버린 모험의 흔적이 있을지도 모를 파리의 집에서만 우리가 다시 만날 희망이 있었다…… 그러나 그렇게도 슬퍼하는 몬느의 모습을 보았으니 나에게 조그마한 희망이라도 남아 있는 것일까!

내 부모님도 이 사실을 알게 되었다. 쇠렐 선생님은 굉장히 놀란 표정을 지었으나 몬느의 뜻을 순순히 따랐다. 가정적인 밀리는 비탄에 잠겨 있었다. 특히 몬느 어머니가 우리 집의 어질러진 모습을 보게 될 것이라는 생각 때문이다…… 애석하게도 짐은 곧 준비되었다. 우리는 계단 아래에서 그의 외출 구두를 찾았다. 옷장 속에서는 속옷 몇 가지를, 그리고 공책과 교과서들을 찾았다.

그것은 18세의 젊은이가 세상에서 소유하고 있는 전부였다.

정오에 몬느 어머니가 마차를 타고 왔다. 그녀는 몬느와 함께 카페 다니엘에서 점심을 먹고 말에게도 먹이를 주고는 마차를 매달자마자 거의 아무런 설명도 하지 않고 그를 데리고 갔다. 문간에서 우리는 그들에게 작별 인사를 했다. 그리고 마차는 카트르 루트를 돌아서 사라져버렸다.

밀리는 문 앞에서 구두를 턴 다음 어질러진 것을 정리하려고 싸늘한 식당으로 들어갔다. 나는 여러 달 만에 처음으로 목요일의 긴 저녁나절을 혼자 지냈다. 내 청춘이 그 낡은 마차와 함께 영원히 가버린 것 같았다.

제11장
나는 배반하다……

무엇을 할까?

날씨가 조금 개었다. 해가 곧 나타날 것 같았다.

문 열리는 소리 때문에 큰 건물이 울렸다. 이윽고 침묵이 흘렀
다. 이따금 아버지가 난로에 넣으려고 양동이에 석탄을 담으러
마당을 지나갔다. 빨랫줄에 하얀 속옷들이 널려 있는 것이 보였
다. 그리고 나는 빨래 말리는 곳으로 바뀌어버린 그 우울한 교실
로 전혀 들어가고 싶지 않았다. 거기서 나는 학년말 시험과 함께
이제부터는 나의 유일한 관심사여야만 할 사범학교 시험 준비를
해야 했다.

이상한 일이다. 나를 슬프게 한 우울증에는 어떤 해방감 같은
것이 섞여 있었다. 몬느는 떠났고 이 모든 모험이 실패로 끝나자,
나는 수수께끼 같은 일과 다른 사람처럼 행동하지 못하게 한 그

172

신비로운 소일거리와 그 이상한 걱정거리로부터 자유스러워진 것 같았다. 그것은 나를 더 이상 다른 사람들처럼 행동하지 못하게 했었다. 몬느가 떠나자 나는 더 이상 모험의 동반자도 아니었고, 흔적을 찾아 떠나는 사냥꾼의 형제도 아니었다. 다른 애들과 마찬가지로 나는 마을의 한낱 장난꾸러기로 다시 변했다. 그것은 쉬웠다. 가장 자연스런 내 성향에 따르기만 하면 되었기 때문이다.

루아 씨네 막내아들이 밤 세 톨을 헝겊 끝에 매달아 돌리다가는 공중으로 던지며 진흙투성이의 길을 지나갔는데 그 밤알이 우리 집 마당에 떨어졌다. 대단히 한가해진 나는 담 너머로 두세 번 그 밤알을 던져주는 장난을 쳤다.

갑자기 그가 이 유치한 장난을 그만두고, 비에유플랑슈 쪽에서 오는 화물마차를 향해 달려가는 것이 보였다. 그는 마차를 세우지도 않고 그 뒤로 기어올라갔다. 들루슈의 작은 화물마차와 말이었다. 자스맹 들루슈가 끌고 있었다. 뚱보 부자르동은 서 있었다. 그들은 목장에서 돌아오는 길이었다.

"우리와 함께 가자, 프랑수아!" 몬느가 떠났다는 것을 이미 알고 있는 들루슈가 외쳤다.

맙소사! 아무에게도 알리지 않고 나는 덜덜거리는 마차 위에 올라가 마차의 한가운데 있는 기둥에 기대어 섰다. 그는 우리를 과부 들루슈의 집으로 데리고 갔다.

우리는 식료품점과 여관을 함께 하고 있는 이 부인 집의 가게 뒷방으로 갔다. 하얀 태양 광선이 낮은 창을 통해 식초통과 양철로 된 상자 위로 미끄러져 들어왔다. 뚱보 부자르동은 창가에 걸터앉아 걸쭉하게 웃으면서 우리를 향해 돌아선 다음 숟가락 모양의 비스킷을 먹고 있었다. 손이 미치는 거리에 있는 통 위에는 상자가 열려 있었고, 손댄 흔적이 역력했다. 꼬마 루아는 기뻐서 소리를 질렀다. 우리 사이에는 일종의 나쁜 교우 관계가 형성되었다. 들루슈와 부자르동은 이제부터 내 친구가 될 것이라는 사실을 알았다. 내 생활의 흐름이 갑자기 바뀌었다. 몬느가 아주 오래전에 떠난 것 같았고, 또 그의 모험은 비극으로 끝나버린 옛이야기처럼 느껴졌다.

꼬마 루아는 마루 밑에서 마시다 만 술병을 끄집어냈다. 들루슈가 우리에게 조금씩 권했다. 그러나 잔이 하나밖에 없어서 우리는 모두 같은 잔으로 돌려가며 마셨다. 그들은 친절하게도 첫잔을 내게 주었다. 마치 내가 농부나 사냥꾼의 풍습에 익숙하지 않다는 듯이 말이다. 그것 때문에 나는 약간 거북했다. 그리고 그들이 몬느에 관한 이야기를 하자, 불편한 분위기를 없애고 또 태연한 척할 겸해서 내가 그의 이야기를 안다는 것을 보여주고 또 그것에 대해 조금 이야기해주고 싶었다. 지금은 모든 것이 끝났는데, 여기에서 그의 모험에 관해 이야기한들 무슨 피해를 주겠는가?

내가 그 이야기를 잘못 지껄인 탓일까? 기대했던 만큼의 효과는 없었다.

친구들은 그리 놀라지 않았다. 그들은 그만큼 어떤 것에도 놀라지 않는 순박한 시골 사람들인 것이다.

"결혼식이었겠지, 뭐!" 부자르동이 말했다.

들루슈는 프레브랑주에서 그보다 더 이상한 결혼식을 보았던 것이다.

성곽이라고? 이 지방 사람들 중에는 그 이야기를 들은 적이 있는 사람이 분명히 있을 것이었다.

소녀라고? 몬느가 군복무를 마쳐야 그녀와 결혼하게 된다는 것이었다.

"그 보헤미안에게 그것을 털어놓기보다는 그의 계획을 우리에게 이야기하고 보여주었어야 했는데." 그들 중 하나가 덧붙였다.

관심을 끌지 못해 난처해진 나는 그들의 호기심을 자극할 기회를 엿보고 있었다. 나는 그 보헤미안이 누구이고, 또 그가 어디에서 왔으며, 그의 이상한 운명에 대해 설명해주기로 결심했다……부자르동과 들루슈는 더 이상 듣고 싶어 하지 않는 눈치였다. "모든 것을 그가 자행한 거야. 그렇게 친절한 친구였던 몬느를 무뚝뚝하게 만든 것도 그였구나! 우리가 학도 호국대처럼 모두 대열을 정비한 다음에 야간 공격과 돌격을 하도록 어리석은 짓을 조작한 것도 그였잖아!"

"그런데 말이야, 그를 경찰에 신고하길 정말 잘했어. 마을에서 나쁜 짓을 한 것도 맞고, 앞으로도 또 그럴 놈이야." 들루슈가 부자르동을 바라보면서 머리를 마구 흔들어대며 말했다.

나도 그들과 같은 생각이었다. 우리가 사건을 그렇게도 신비스럽고 비극적인 방법으로 생각하지 않았다면 모든 것은 틀림없이 전혀 다르게 돌아갔을지도 모른다. 우리가 아주 넋을 잃은 것은 프란츠의 영향 때문이다.

그러나 내가 이러한 생각에 잠겨 있는 사이에 갑자기 가게에서 떠들썩한 소리가 들렸다. 자스맹 들루슈는 통 뒤에다 몇 방울 남은 작은 병을 재빠르게 숨겼다. 뚱보 부자르동은 창문 위에서 뛰어내리다가 굴러다니는 먼지투성이의 빈 병에 발이 닿아 두 번이나 넘어질 뻔했다. 꼬마 루아는 숨이 반쯤 넘어갈 정도로 웃으며 좀더 빨리 나가려고 그들을 뒤로 밀었다.

무슨 일이 일어났는지도 잘 모르고 나는 그들과 함께 도망쳤다. 우리는 마당을 가로질러 사다리를 타고 건초를 넣어둔 다락방으로 기어올라갔다. 우리들을 아무 짝에도 쓸모없는 놈으로 취급하는 부인의 목소리가 들렸다.

"그녀가 그렇게 빨리 돌아올 줄은 생각지도 못했는데." 자스맹 들루슈가 나지막이 이야기했다.

그제야 비로소 나는 남몰래 과자와 술을 먹기 위해 거기에 갔었다는 것을 알았다. 나는 인간과 이야기하고 있다고 믿었다가, 갑자기 이야기를 나눈 것이 사람이 아니라 원숭이였다는 것을 알게 된 난파당한 사람처럼 실망스러웠다. 그 다락방을 나갈 생각만 했다. 그곳에서의 모험이 불쾌했다. 게다가 어둠이 깔렸다……그들은 나를 뒤로 나가게 했고 두 개의 정원을 지나 늪을 돌아가게 했다. 나는 카페 다니엘의 빛이 반사되고 있는 질퍽거리는 더러운 길로 들어섰다.

그날의 저녁 시간은 나로서는 자랑스럽지 않았다. 카트르루트로 빠져나왔다. 그런데 뜻밖에도 길모퉁이에서 누군가 내게 근엄하고도 우애 깊은 미소를 짓는 것이었다. 마지막 인사를 하는 손짓을 했다. 그리고 마차는 사라져버렸다.

차가운 바람 때문에 내 윗옷이 펄럭거렸다. 그처럼 슬프고도 아름다웠던 겨울바람과 같았다. 이미 모든 것이 내게 더 이상 만만해 보이지 않았다. 저녁을 먹기 위해 식구들이 나를 기다리고 있는 큰 교실로 갑자기 바람이 불어와 난로가 발산하는 빈약한 열기를 빼앗았다. 식구들이 오후 시간을 방랑자같이 떠돌아다닌 나를 나무라고 있는 동안 나는 벌벌 떨고 있었다. 나는 과거의 규칙적인 생활로 되돌아가기 위해서 보통 때의 내 자리를 찾아가 식탁에 자리를 잡는 위안조차 얻을 수 없었다. 그날 저녁에는 상을 차리지 않았다. 제각기 어두운 교실에서 무릎 위에 음식을 놓고 식사를 했다. 나는 난로의 달아오른 원형판 위에서 타고 있었던 구운 빵 과자를 말없이 먹었다. 그것은 학교에서 보낸 그 목요일에 대한 벌이었을지도 모른다.

그날 저녁, 방에서 나 혼자 슬픔의 밑바닥에서 올라오는 듯한 후회를 억누르기 위해서 일찍 잠자리에 들었다. 그러나 한밤중에 두 번씩이나 잠을 깼다. 처음에는 몬느의 갑자기 돌아눕는 버릇 때문에 들리곤 했던 침대의 삐걱거리는 소리가 난 것 같았기 때문이고, 또 한 번은 망보는 사냥꾼과 같은 그의 가벼운 발걸음 소리가 저쪽 다락방을 지나가는 것 같았기 때문이다.

제12장

몬느의 편지 세 통

평생 동안 나는 몬느에게서 편지 세 통밖에는 받지 못했다. 그 편지들은 아직도 우리 집 옷장 서랍 속에 있다. 나는 그 편지들을 다시 읽을 때마다 옛날과 같은 슬픔에 잠긴다.

첫 편지는 그가 떠난 지 이틀 만에 도착했다.

사랑하는 프랑수아

오늘 파리에 도착하자마자 나는 요전에 가르쳐주었던 그 집으로 갔었어. 그런데 나는 아무도 보지 못했어. 아무도 없었거든. 아마 영원히 아무도 없을 거야.

프란츠가 말했던 집은 작은 저택이야. 갈레 양의 방은 아마도 2층일 거야. 꼭대기 창문들은 나무들로 완전히 가려져 있었어. 그러나 보도로 지나가면 아주 잘 보여. 모든 커튼이 내려져 있었는데, 언젠가는 이본 드 갈레의 얼굴이 열린 커튼 사이로 나타날 것이라고 생각하자 미칠 것만 같았어.

대로에 있노라니…… 어느덧 푸른 나무에 조금씩 비가 내리고 있었어. 끊임없이 지나가는 전차의 맑은 종소리가 들리곤 했지.

나는 거의 두 시간 동안 창문 밑을 왔다 갔다 하며 산책했지. 거기에는 술집이 하나 있었는데, 나는 폭력을 쓰는 깡패로 취급당하지 않기 위해 술 마시러 그 집에 들어갔었단다. 그런 다음 나는 계속 주의를 살폈어. 희망은 없었지만 말이야.

밤이 되었지. 거의 모든 집 창문에 불이 켜졌지만 그 집은 그렇지 않았어. 확실히 그 집에는 아무도 없었던 거야. 그렇지만 부활절이 다가오고 있어.

내가 막 떠나려는 순간에 처녀인지 젊은 부인인지 알 수 없는 한 여자가 와서 비에 젖은 벤치에 앉았어. 그녀는 하얀색의 작은 깃이 달린 검은색 옷을 입고 있었어. 내가 자리를 뜨는데도 그녀는 쌀쌀한 저녁 날씨에도 불구하고 여전히 꼼짝 않고 거기 있었지. 그녀가 무엇을 기다리는지, 아니면 누구를 기다리는지는 모르겠어. 파리가 나처럼 정신 나간 사람들로 가득 차 있다는 것을 알 수 있겠지.

오귀스탱 몬느

시간은 흘렀다. 나는 부활절인 월요일과 계속되는 부활절 기간 내내 오귀스탱 몬느의 소식—부활절의 대열기가 지나가면 조용해지면서 여름을 기다리는 것 외에는 별 다른 일이 없는 듯 느껴지는 날들 — 을 기다렸지만 오지 않았다. 6월은 바람결에도 흩어지지 않는 그 숨 막히는 습기와 함께 무더위와 시험 기간을 몰고 왔다. 밤이 되어도 시원해지지 않았고, 그래서 더 괴로움에 시달렸다. 내가 몬느의 두번째 편지를 받은 것은 그 견딜 수 없는 6월이었다.

189X년 6월

사랑하는 내 친구

이제 모든 희망이 사라졌어. 나는 어제저녁에야 그것을 알았어. 내가 그 당시에는 거의 느끼지 못했던 고통이 그때야 솟아올랐어.

매일 저녁 그래도 희망을 걸고 생각에 잠겨 동정을 살피고자 그 의자 위에 앉으러 가곤 했지.

어제저녁 식사 후 칠흑같이 깜깜한 밤이어서 숨 막힐 듯했어. 사람들이 보도 위의 나무 아래서 이야기를 하고 있었지. 불빛에 파란색을 드러낸 검은 잎사귀들 위로 저택 3, 4층에는 불이 켜져 있었어. 여름의 무더위 탓인지 여기저기 창문들이 아주 활짝 열려 있었지. 6월의 무더운 어둠이 가까스로 물러나면서 식탁 위에 램프를 켜놓았는데, 그래서 방 안쪽까지 거의 보였어. 아! 만일 이본 드 갈레의 어두운 창문에도 불이 켜졌다면, 어쩌면 나는 계단을 올라가 문을 두드리고 들어갔을지도 몰라…… 네게 말했던 그 처녀 있지? 그날도 나처럼 거기에서 기다리고 있더라. 나는 그녀가 그 집에 대해 알고 있을 것 같아 물어봤지.

"예전에 어떤 처녀와 그녀의 오빠가 방학을 보내기 위해 그 집에 오곤 했었어요. 하지만 그녀의 오빠는 부모 집에서 도망쳤대요. 아무도 찾을 수 없는 곳으로 말이에요. 그 처녀도 결혼했다고 들었어요. 저택 문이 잠겨 있는 것은 아마 그 때문일 거예요"라고 그녀가 말했어.

나는 그곳을 떠났어. 보도 위에 열 발짝을 떼어놓았을 때 나는 넘어질 뻔했어. 밤이 되자 ─마지막 밤이었지─ 마당에 있던 어린애들과 부인들이 조용해져 잠을 청하려는데, 그때 길에서 삯마차가 굴러가는 소리가 들렸어. 간간이 지나갈 뿐이었지. 그러나 마차 한 대가 지나가면 나도 모르게 다음 마차를 기다리곤 했지. 아스팔트 위에 울리는 말발굽 소리와 방울 소리는 이런 소리를 되풀이하는 것 같았어. 황폐한 도시, 잃어버린 내 사랑, 끊임없는 밤, 여름, 열기 등등이라고…… 쇠렐 프랑수아, 친구야, 나는 굉장히 슬프단다.

오귀스탱 몬느

어쨌든 속내 이야기가 거의 들어 있지 않은 편지 아닌가! 몬느는 내게 말하지 않았다. 왜 그가 그렇게 오랫동안 소식을 주지 않았는지, 이제 그가 무엇을 하려는 것인지 말이다. 모험이 끝나서 과거와 단절했듯이 나와도 관계를 끊었다는 인상을 받았다. 내가 그에게 아무리 편지를 써도 소용없었다. 사실 그에게서 더 이상 답장을 받지 못했다. 내가 교사자격증을 취득했을 때 축하한다는 말 한마디뿐이었다. 9월에 나는 학교 친구를 통해서 그가 방학 동안 라 페르테당지옹에 있는 어머니 집에 와 있다는 것을 알았다. 그러나 바로 그해 비외낭세에 있는 플로랑탱 삼촌의 초대를 받아서 우리 가족은 휴가를 거기서 보내야만 했다. 그리고 몬느는 내가 만나보기도 전에 다시 파리로 떠났던 것이다.

신학기가 되자, 정확히 11월 말경 내가 부르주의 사범학교를 다니지 않고 다음해에 초등학교 교사로 임명받을 희망으로 상급반 교사자격증을 따려고 무기력하게 다시 공부를 시작하고 있는데, 몬느에게서 결코 받지 못할 것이라고 생각했던 편지가 날아왔다. 세 통의 편지 중 마지막 편지였다.

그는 편지에 이렇게 썼다.

나는 아직도 그 집의 창문 밑을 지나다니고 있어. 아직도 미친 듯이 기다리고 있어. 희망이 전혀 없는데도 말이야. 가을의 추운 일요일, 어둠이 깔리기 시작할 때 나는 꽁꽁 얼어붙은 거리로 나가 그 집에 다시 갔다 오지 않고는 내 방으로 되돌아올 수도 덧창문을 닫을 수도 없었단다.

나는 생트아가트의 미친 여자 같았어. 끊임없이 대문 앞에 나와서 죽은 아들이 돌아오지나 않을까 보기 위해서 눈 위에 손을 올려놓고 라 그라 역 쪽을 바라다보았다는 그 여자 말이야.

나는 처량하게 의자에 앉아 몸을 벌벌 떨면서 누군가 내 팔을 살며시 움켜잡는 상상을 즐기곤 했지…… 내가 뒤돌아보면 그녀가 있다는 상상을 하면서 말이야. 그녀는 단지 이렇게 말하겠지.

“내가 좀 늦었지요”라고. 그러면 모든 고통과 번민은 사라질 텐데. 우리는 집으로 들어갈 테고. 그녀의 털외투는 완전히 꽁꽁 얼어붙어 있고, 모자 베일은 젖어 있겠지. 그녀가 바깥의 안개 냄새를 실어온 탓일 거야. 그리고 그녀가 난로로 다가가는 사이 나는 불꽃을 향해 아주 부드럽게 몸을 구부린 그녀의 아름다운 옆모습과 서리 맞은 금발을 바라보고 있겠지……

아! 슬퍼라! 안쪽에 드리워진 커튼 때문에 그 유리창은 하얗게 보일 뿐이었어. 그리고 잃어버린 영지의 처녀가 창문을 연다고 해도 나는 그녀에게 더 이상 할 말이 없어.

우리의 모험은 끝났어. 올겨울은 무덤처럼 생기가 없구나. 우리가 죽으면 아마도 죽음만이 실패한 모험의 결말과 후일담, 실마리를 제공해주겠지.

프랑수아야, 지난번에 네게 나를 기억해달라고 부탁했었지. 지금은 반대로 나를 잊는 편이 더 나을 거야. 모든 것을 잊어버리는 편이 더 나을 거야.

A. M.

겨울이 다시 찾아왔다. 지난겨울이 신비로운 삶으로 인해 활기에 차 있었던 만큼 올겨울은 더욱 죽은 듯했다. 보헤미안들이 없는 성당 앞 광장, 4시면 학생들이 떠나버리는 학교 운동장…… 나 혼자 의욕 없이 공부하곤 했던 교실…… 지난 1년 동안의 우리의 모험담을 마침내 묻어버리려는 듯, 모든 자취를 흩뜨려놓으려는 듯, 그리고 마지막 모든 흔적을 지워버리려는 듯 2월에는 올

겨울 처음으로 눈이 왔다. 그리고 몬느가 편지에서 내게 부탁했
듯이 나는 모든 것을 잊으려고 노력했다.

제3부

담배를 피우는 것, 머리칼을 곱슬곱슬하게 만들기 위해 설탕물을 바르는 것, 보충수업을 마치고 오는 여자애들을 길에서 껴안는 것, 울타리 뒤에서 지나가는 수녀들에게 '말괄량이'라고 놀리며 소리치는 것, 이 모든 일은 그 지방 불량배들의 장난질이었다. 그러나 스무 살이 되면 대개 이런 종류의 불량배들은 행실이 아주 좋아질 수도 있고 때로는 아주 예민한 젊은이들이 된다. 문제의 불량배가 이미 늙거나 생기가 없는 모습일 때, 그 지방 부인들에 대해 이상한 얘기를 할 때, 다른 사람들을 웃기려고 질베르트 포클랭에 관해 여러 가지 우스갯소리를 할 때는 사태가 대단히 심각해진다. 그러나 결국 그 경우도 아직 절망적인 것은 아니다.

자스맹 들루슈의 경우가 그랬다. 그는 왠지 모르지만 딱히 시험에 합격하고 싶은 마음도 없으면서도 모든 사람이 포기하기를 바라는 상급반 공부를 계속하고 있었다. 그러는 동안에 그는 삼촌 뒤마와 함께 미장이 일을 배웠다. 자스맹 들루슈와 부자르동, 그리고 조수의 아들인 드니란 이름의 매우 선량한 녀석이 내가 친하게 지냈던 유일한 상급반 학생들이다. 왜냐하면 그들은 '몬느의 시절'에 있었던 애들이기 때문이다.

한편 들루슈 쪽에서도 나랑 친구가 되기를 매우 진심으로 바랐다. 잘라 말하면 대장 몬느와 적대관계였던 그는 학교에서의 대장 몬느가 되기를 원했다. 적어도 그는 몬느의 보좌관을 하지 못한 것을 어쩌면 후회하고 있었는지도 모른다. 부자르동보다는 덜 둔감한 그는 우리 생활에 몬느가 아주 특별한 것을 가져다주었다는 사실을 느끼고 있는 것 같았다. 그리고 나는 자주 그가 다음과 같이 되풀이 말하는 소리를 들었다. "대장 몬느가 그렇게 말했어"라든가 아니면 "아! 대장 몬느가 말하기를……"

들루슈는 우리보다 더 조숙했을 뿐만 아니라 그 겉늙은 녀석은 우리에게 자신의 우월감을 확고하게 만들어줄 여러 가지 재미있는 보물을 준비해오곤 했다. 예를 들어 베칼리라는 신경을 거슬리는 이름의 희고 긴 털을 가진 잡종견을 데려오기도 했는데, 그 개는 다른 운동에는 전혀 아무런 재능도 없었지만, 돌을 멀리 던지면 물어오곤 했다. 그리고 들루슈는 중고품으로 구입한 낡은 자전거를 가져오기도 했는데, 방과 후 저녁때면 가끔씩 우리를 태워주곤 했다. 하지만 그는 동네 처녀들을 태워주는 것을 더 좋아했다. 특히 수레에나 매달 수 있는 하얀 털의 눈먼 당나귀도 가져왔다.

그것은 뒤마의 당나귀였는데 여름에 우리가 셰르 강변으로 미역을 감으러 갈 때면 그는 들루슈에게 빌려주곤 했다. 그럴 경우에는 그의 어머니가 우리에게 레몬주스 한 병을 주었고, 우리는 의자 밑의 수영복 사이에 넣어두곤 했다. 상급반의 여덟 명 내지 열 명의 나이든 학생인 우리는 쇠렐 선생님을 모시고 일부는 걸어서 가고, 일부는 당나귀 수레에 올라탄 채로 떠났다. 세르 강변으로 가는 길이 너무 패어 있으면 우리는 당나귀 마차를 그랑퐁 농장에 맡겨두곤 했다.

나는 이런 식의 산책에 대해서는 아주 세세한 부분까지도 기억하고 있다. 즉 우리가 걸어서 뒤따라가고 있는 동안 당나귀는 우리의 수영복과 짐 꾸러미, 레몬주스 그리고 쇠렐 선생님을 세르 강변으로 실어 날랐다. 때는 8월이었고, 우리가 시험을 막 끝냈을 무렵이었다. 시험에 대한 걱정에서 해방된 우리는 여름 내내 모든 행복이 우리 것인 듯했고, 목요일의 즐거운 오후에는 왜 그랬는지, 무엇 때문인지 모르겠지만 길을 걸으며 노래까지 불렀던 것이다.

걸어가는 도중에 때 묻지 않은 풍경 속에 사람 그림자가 하나 있었다. 우리 앞을 걸어가고 있는 질베르트 포클랭이었다. 키가 훤칠한 그녀는 미니스커트와 높은 구두를 신고는 말괄량이 소녀가 처녀로 바뀔 때의 새침하면서도 상냥한 표정을 짓고 있었다. 그녀는 길을 벗어나 에움길로 들어섰다. 아마도 우유를 가지러 가는 모양이었다. 곧바로 꼬마 코팽이 들루슈에게 그녀를 따라가자고 제안했다.

"내가 그녀를 껴안는다고 해도 그게 첫번째는 아닐 거야……"

들루슈가 말했다.

그리고 들루슈는 그녀와 그녀의 친구들에 대해 여러 가지 노골적인 이야기를 하기 시작했다. 그동안 쉬렐 선생님은 마차를 타고 앞에 가시도록 내버려두고 모든 무리가 들루슈의 허풍스런 말에 이끌려 길을 걷고 있었다. 그렇지만 여기에서부터 무리는 조금씩 흩어지기 시작했다. 들루슈는 달아나고 있는 계집애를 우리가 보는 앞에서 공략하는 게 약간 쑥스러웠던 것 같았다. 그래서 그는 50미터 이상은 접근하지 않았다. 환심을 사려는 휘파람 소리와 닭들의 꼬꼬댁 소리가 들렸다. 그러고 나서 쫓아가던 것을 포기하고는 약간 기분이 저조해져서 가던 길을 되돌아왔다. 햇볕이 쨍쨍 내리쬐는 길에서 우리는 뛰어야만 했다. 우리는 더 이상 노래를 부르지 않았다.

우리는 셰르 강을 둘러싸고 있는 버드나무 숲에서 옷을 벗고 수영복으로 갈아입었다. 버드나무가 둘러싸고 있기 때문에 다른 사람이 우리를 볼 수 없었지만 태양은 그렇지 못했다. 모래와 말라붙은 진흙을 밟으며 우리는 들루슈 과부가 준 레몬주스만을 생각했다. 셰르의 강줄기에서 이어진 그랑퐁 샘에 담가놓아 지금쯤 차가워졌을 텐데. 강 밑바닥에는 항상 청록색 풀과 쥐며느리 같은 벌레가 두세 마리 있었다. 그러나 물이 어찌나 깨끗하고 투명했든지 낚시꾼들은 가장자리에서 두 손으로 물을 퍼마시려고 서슴없이 무릎을 꿇는 것이었다.

맙소사! 그날도 다른 때와 같았다. 우리들은 옷을 모두 입고 밋밋한 유리컵 두 개에다 시원한 레몬주스를 나눠 마시기 위해 책상 다리를 하고 둥그렇게 모여 앉았다. 주스는 모두에게 다 돌아가지는 않았다. 학생들은 쇠렐 선생님에게 레몬주스 약간을 권했는데, 목구멍을 짜릿하게 할 정도, 오히려 갈증을 돋우기만 할 만큼의 소량이었다. 그래서 차례차례 우리가 처음에는 거들떠보지도 않았던 샘으로 갔다. 그리고 천천히 깨끗한 수면으로 얼굴을 가까이 가져갔다. 그러나 모두가 이러한 시골 사람들의 풍습에 익숙한 것은 아니었다. 나와 마찬가지로 많은 학생이 마시지 못했다. 어떤 애들은 그 물을 마시고 싶지 않아서, 또 다른 애들은 쥐며느리를 삼킬까 하는 두려움으로 목이 메어왔기 때문이다. 그 밖의 애들은 잔잔한 물이 너무 투명한 나머지 정확하게 수면과의 거리를 계산할 수 없어서 입과 얼굴을 동시에 적신 다음 코로 물을 들이마실까 봐 두려워서였고, 다른 애들은 이러한 모든 이유를 한꺼번에 생각했기 때문이기도 했다. 어쨌든 세르 강의 불모의 기슭에는 대지의 모든 신선함이 막혀버린 것 같았다. 그래서 지금도 어쨌든 '샘'이라는 말만 나오면 내가 오랫동안 생각해온 것은 바로 그 샘이었다.

돌아올 때는 해질 무렵이었다. 갈 때와 마찬가지로 처음에는 아무런 걱정거리도 없었다. 큰길 쪽으로 오르막이 되는 그랑퐁의 길은 겨울에는 개울이었고, 여름에는 큰 나무 울타리 사이의 그늘 속에 솟아 있는 웅덩이가 여기저기 있어서 통행이 불가능한 협곡이었다. 미역 감으러 왔던 애들 중의 일부는 놀이 삼아 그곳으로 갔다. 그러나 우리들, 다시 말해서 쇠렐 선생님과 들루슈, 그리고 다른 친구들은 그것과 평행으로 나 있는 부드러운 모랫길을

따라갔다. 캄캄해서 보이지는 않았지만 가까이에서 다른 애들이
떠들고 웃는 소리가 들렸다. 그동안 들루슈는 어른들의 이야기를
하고 있었다. 큰 울타리 나무 꼭대기에서는 밤벌레들이 나뭇잎
주위를 날고 있는 것이 보였다. 이따금 그 벌레 중의 한 마리가
굴러 떨어지거나 갑자기 윙윙거리는 소리를 냈다. 고요하고도 아
름다운 여름날 저녁이었다! 희망도 절망도 없는 시골의 초라한
귀로…… 무의식중에 그러한 평온을 흔들어놓은 것은 역시 들루
슈였다.

  우리가 언덕 꼭대기 큰 성곽의 유적들이라고 불리는 커다란 돌
두 개가 남아 있는 장소에 이르자 들루슈는 비외낭세 근처에 있는
거의 폐허가 되어버린 어떤 영지, 즉 사블로니에르 영지에 대해
서 이야기하기 시작했다. 그는 그곳에 가본 적이 있었다. 으쓱대
며 말할 때는 혀를 굴리는 '알리에' 악센트를 사용하기도 하고,
어떤 말을 할 때는 겉멋 부리며 발음을 생략하기도 하면서, 그는
그 오래된 영지의 폐허 속에 있는 성당 안에 다음과 같은 묘석이
있었음을 몇 년 전에 보았다고 말했다.

신에게, 왕에게, 애인에게 충성스러웠던 기사 갈루아 여기에 잠들다

  "아니! 뭐라구!" 쇠렐 선생님이 그 이야기의 말투 때문에 약간
거북해져서 어깨를 가볍게 으쓱하며, 우리가 어른들처럼 말하도
록 내버려둔 채 대화에 끼어들었다.
  그러자 들루슈는 마치 자기가 거기서 살아본 적이 있다는 듯이

192

그 성곽에 대해 계속해서 묘사했다.

비외낭세에서 돌아오는 길에 뒤마와 그는 전나무 숲 위로 솟아 있는 회색빛의 낡은 탑 꼭대기에 대해 여러 번 궁금증이 생겼다는 것이다. 그 숲속 한가운데에는 주인이 없을 때 들어가볼 수 있는, 황폐한 건물로 들어가는 모든 미로가 있었다는 것이다. 어느 날, 마차에 태워준 그곳의 문지기가 그들을 이상한 영지로 안내했다. 그러나 그때 이후로 모두 폐허로 변해버렸다. 농장과 작은 별장만이 남아 있다는 소문도 나돌았다. 그 집에 사는 사람도 항상 똑같았다는 것이다. 즉 파산하다시피 한 늙은 퇴역 장교와 그의 딸이 살고 있었다는 것이다.

그는 이야기를 하고 또 했다…… 나는 이야기를 주의 깊게 듣고 있었다. 내가 알고 있는 것을 이야기하고 있다고 생각하지 못했다. 그때 갑자기 마치 이상한 일이라도 일어난 듯 들루슈가 나를 향해 돌아서더니, 어떤 생각이 뇌리를 스친 듯 내 팔을 붙들며 말했다. "자! 이제 생각났다. 몬느―있잖아, 그 대장 몬느 말이야!―가 갔던 곳이 바로 거기야. 틀림없어."

내가 아무 말도 하지 않자 그가 덧붙였다. "바로 그렇구나. 그 문지기가 그 집 아들에 대해 말한 것이 기억나. 생각이 별난 기인(奇人)이라고 한 것 같아."

나는 더 이상 그의 말을 듣지 않았다. 처음부터 그의 추측이 정확하다는 것을, 그리고 몬느와 멀어지고 모든 희망과도 멀어진 지금, 마치 자주 다녀본 길처럼 이름 모를 그 영지로 가는 길이 내 앞에 쉽고 훤하게 트였다는 것을 이제 막 알았기 때문이다.

제2장

플로랑탱 삼촌 댁에서

나는 불행하고 몽상을 자주 하며 내성적인 아이였던 만큼 더 확고한 결심을 할 수 있었다. 그 중대한 모험의 결말이 나한테 달려 있음을 느끼게 되자, 나는 우리 집에서 하는 말로 '결심'했던 것이다.

결정적으로 내 무릎 통증이 멎은 것은 바로 그날 저녁이었던 듯하다.

사블로니에르 영지가 있는 비외낭세에는 쇠렐 선생님의 모든 친척이 살고 있었다. 특히 플로랑탱 삼촌은 그곳에서 상점을 운영하고 있었는데, 우리는 가끔 9월 말경에 들르곤 했다. 모든 시험에서 해방된 나는 기다릴 것도 없이 즉시 삼촌을 찾아가기로 했다. 그러나 나는 몬느에게 아무것도 알리지 않기로 결심했다. 그에게 몇 가지 좋은 소식을 알릴 수도 있겠지만 확실해질 때까지 기다리기로 한 것이다. 사실 절망에 빠져 있는 그를 또다시 더 깊은 절망에 빠지게 한들 무슨 소용이 있겠는가?

비외낭세는 내가 아주 오랫동안 좋아했던 지방이다. 방학이 끝날 무렵이면 우리는 그곳으로 가는 마차를 빌릴 수 있을 때에만 아주 드문드문 가곤 했다. 오래전에 거기 살고 있었던 한 친척과 약간의 불화가 있었다. 그 때문에 아마도 밀리에게 매번 간청을 많이 했어야만 마차에 올라탔던 것 같다. 그래서 나는 이러한 불화가 걱정스러웠다…… 그러나 일단 도착만 하면 곧바로 나는 삼촌들과 사촌 형제자매들 사이에서 정신없이 뛰어놀았다. 재미있고 즐거운 일들이 많은 그곳 생활은 나의 마음을 사로잡았다.

우리는 플로랑탱 삼촌과 쥘리 숙모가 사는 집 앞에 내렸다. 그 집에는 내 나이 또래의 아들인 피르맹과 딸 여덟 명이 있었다. 큰딸과 둘째딸의 이름은 마리 루이즈와 샤를로트인데, 17세와 15세쯤 되었을 것이다. 삼촌 부부는 성당 앞, 솔로뉴라는 마을 어귀에서 큰 상점을 운영하고 계셨는데, 역에서 30킬로미터 떨어진 곳에 있는 그 잡화점은 외딴 지방에 사는 모든 성주와 사냥꾼들에게 상품을 공급하고 있었다.

식료품과 루앙산 면직물을 진열해놓은 그 상점의 창문들은 길쪽으로 나 있었고, 성당의 큰 광장 쪽으로는 큰 유리문이 있었다. 하지만 이상하게도 가난한 지방에서는 흔히 그렇듯 상점 전체에 마룻바닥 대신에 흙이 깔려 있었다.

뒤쪽으로는 방이 여섯 개 있었고, 방 하나하나에는 같은 상품들로 하나 가득 차 있었다. 모자를 넣어둔 방, 야채를 넣어둔 방,

램프들을 넣어둔 방 등등…… 어린 시절에 나는 이상한 상품들로
가득 찬 미로를 지나다니고, 그 신비한 물건들을 아무리 보고 있
어도 질리지 않았던 것 같다. 그리고 또한 그 시절에는 그곳에서
보내는 것만이 진짜 방학이라고 생각했다.

가족은 상점으로 문이 나 있는 큰 부엌—그 부엌의 벽난로에
서는 9월 말이면 커다란 불꽃이 타올랐다—에서 살고 있었다.
사냥꾼들과 밀렵꾼들은 이른 아침부터 플로랑탱 삼촌에게 사냥거
리를 팔려고 왔다가 목을 축였고, 그 사이에 일찍 일어난 어린 딸
들은 뛰어놀고 소리 지르며 머리를 윤기 나게 하려고 '상티봉'
(머릿기름의 일종: 옮긴이)을 서로 발라주곤 했다. 벽에는 노랗게
빛바랜 옛날 사진이 걸려 있었는데, 아주 오래된 학교 단체 사진
이었다. 그 사진 속에서 나의 아버지—교복을 입고 있는 그를 알
아보는 데 오래 걸렸다—가 사범학교의 친구들 한가운데 있는
것이 보였다.

우리는 아침 시간을 그곳에서 보냈다. 그리고 또한 플로랑탱
삼촌이 달리아 꽃을 가꾸고 뿔닭을 키운 마당에서도 지냈다. 그
곳에서 우리는 비누 상자를 깔고 앉아 커피 볶는 모습을 보았고,
정성껏 포장한 여러 가지 물건으로 가득 찬 상자를 푸는 것을 구
경했는데, 그 물건의 이름은 여전히 알 수 없었다.

상점은 하루 종일 농부들이나 이웃 성의 마부들로 가득 찼다.
9월의 안개가 깔리면 시골 구석에서 온 짐수레가 문 앞에 멈추었
고 유리문의 물기가 빠지곤 했다. 그러면 우리는 부엌에서 호기
심을 기울이고 농부 아낙네들의 이야기를 전부 엿듣곤 했다.

그러다가 저녁 8시 이후, 초롱불을 비추며 외양간의 말에게 꼴을 가져다줄 시각이 되면, 상점 전체는 우리 것이 되었다!

나의 사촌 누이 중 맏이지만 키가 작은 편인 마리 루이즈는 상점에서 모직물을 접어 정리 정돈하는 일을 맡아 했다. 그녀는 그녀를 즐겁게 만들어주는 우리를 가게로 들어오게 했다. 그래서 피르맹과 나, 그리고 사촌 누이들은 가게의 램프 아래로 몰려들어 커피 빻는 기구를 돌리기도 하고, 억지로 계산기를 돌리기도 했다. 이따금 피르맹은 다락방에 들어가 녹이 슬어 푸르스름해진 트롬본을 찾아오곤 했다. 땅이 굳으면 춤추기에 좋았기 때문이다.

나는 지난해 갈레 양이 바로 그 시간에 와서 어린애들과 장난을 치고 있는 우리를 보고 깜짝 놀랐을지도 모른다는 생각을 하니 얼굴이 붉어졌다…… 그러나 내가 그녀를 처음으로 본 것은 밤이 깊지 않은 8월의 어느 날 저녁이었다. 나는 그때 마리 루이즈와 피르맹과 함께 조용히 이야기하고 있었다.

비외낭세에 도착한 날 저녁부터 나는 플로랑탱 삼촌에게 사블로니에르 영지에 관해 물어보았다. 그는 다음과 같이 대답했다.

"그건 이제 영지가 아니야. 모두 팔렸지. 사냥꾼들이 그 땅을 샀는데, 그들은 사냥터를 확장하기 위해서 낡은 건물들을 모두 헐어버렸어. 영광의 앞뜰은 이제 히드와 가시양골담초가 무성한 벌판에 지나지 않는단다. 옛날 주인은 2층집 한 채와 작은 농장 하나를 소유하고 있을 뿐이야. 너는 여기서 갈레 양을 볼 기회가 있을 거야. 그녀는 여기로 시장을 보러 오는데, 늙은 벨리제르 말을 타고 올 때도 있고, 어떤 때는 마차를 타고 오기도 한단다. 그건 참 이상한 마차지!"

나는 너무 당황한 나머지 좀더 자세하게 알려면 무엇을 물어야 하는지 생각이 나지 않았다.

"그렇지만 그들은 부자였잖아요?"

"그래, 갈레 씨는 아들을 즐겁게 해줄 생각으로 축제를 열었단다. 그 아들은 독특한 생각으로 가득 찬 소년이었다지? 그는 아들을 즐겁게 해주기 위해서 무엇을 할 수 있을지 생각하곤 했지. 파리의 여자들도 오게 했고…… 파리의 남자들도, 그리고 그 밖에도 누구든지 오게 만들었지.

갈레 부인이 죽을 무렵 사블로니에르 성 전체는 폐허가 되어 있었단다. 그때도 그들은 아들을 즐겁게 해주려고 애썼고, 그가 가진 모든 환상을 채워주려고 했지. 아마 지난해 겨울이었을지 몰라. 아니 그전 겨울이었을 거야. 그들은 어마어마한 가장 무도회를 열었단다. 그들은 파리 사람들과 시골 사람들을 반반씩 초대했었어. 그들은 기가 막히게 멋진 옷들과 장난감, 말과 배를 사거나 빌려왔었지. 모두가 프란츠 드 갈레를 즐겁게 하기 위해서였지. 마을 사람들은 그가 곧 결혼할 것이고, 축제에서 그의 결혼 피로연이 열릴 것이라고 했어. 그러나 그는 너무나 어렸지. 그래서 모든 것이 단번에 깨졌단다. 그는 달아나버렸고 아무도 그를 다시는 볼 수 없게 되었지. 성의 여주인은 죽었고, 갈레 양은 갑자기 해군 대령 출신인 늙은 아버지와 단둘이 남게 된 거지."

"그녀는 결혼하지 않았나요?" 마침내 내가 물었다.

"아니, 그런 말을 들은 적이 없는데. 네가 구혼자가 되어보겠니?" 삼촌이 말했다.

아주 난처해진 나는 가능한 한 간단하고 조심스럽게 그에게 고백했다. 나의 가장 친한 친구인 오귀스탱 몬느가 어쩌면 구혼자의 한 사람일지도 모른다고.

"아! 그가 재산을 중요시하지 않는다면 상당히 괜찮은 혼처이겠구나. 갈레 씨에게 말해야 되니? 그는 여기에 가끔씩 온단다. 사냥에 쓸 탄환을 사려고 말이야. 그때마다 나는 그에게 오래된 브랜디를 대접하거든." 플로랑탱 삼촌이 웃으며 말했다.

그러나 나는 그에게 아무 말도 하지 말고 기다려보자고 부탁했다. 그리고 나 자신도 몬느에게 알리는 일을 서두르지 않았다. 절호의 기회가 오히려 나를 약간 불안하게 만들었다. 그리고 불안한 나머지 그 처녀를 직접 보기 전까지는 몬느에게 아무것도 알리지 않기로 했다.

나는 오래 기다리지 않아도 되었다. 그 다음날 저녁식사 직전, 어둠이 깔리기 시작할 때였다. 8월이라기보다 오히려 9월이라고 해야 할 만큼 싸늘한 안개가 어둠과 함께 내려앉고 있었다. 피르맹과 나는 잠시 손님이 없을 것으로 생각하고 마리 루이즈와 샤를로트를 보러 상점으로 갔다. 시기상조였겠지만, 내가 비외낭세에 오게 된 비밀을 그들에게 고백했다. 우리들은 진열장 위에 팔꿈치를 괴거나 나무판자 위에 두 손을 짚고 앉아서 그 신비로운 처녀에 관해 알고 있는 사실들을 주고받으며 이야기했다 — 그것도

애써 하찮은 일인 것처럼 꾸몄다 ─그때 바퀴 소리가 나서 우리
는 고개를 돌렸다.

"그 여자가 왔어." 그들이 조그마한 소리로 말했다.

잠시 뒤 문 앞에 이상한 마차가 멈추었다. 그 지방에서는 전혀
본 적이 없는 낡은 마차였는데, 주조해서 둥글게 만든 발판을 가
진 작은 시렁이 붙어 있었다. 늙은 백마가 길에서 풀을 뜯어먹고
싶은 듯 걸을 때마다 고개를 숙이곤 했다. 그리고 마차 안에는 ─
나는 순수한 마음에서 그렇게 말했지만 내가 무엇을 말하고자 하
는지 잘 알고 있다 ─아마도 이 세상에서 가장 아름다운 처녀가
앉아 있었다.

나는 지금까지 그처럼 우아함과 근엄함이 어우러진 여인을 보
지 못했다. 옷이 어찌나 허리를 가늘어 보이게 만들었던지 그녀
는 연약해 보였다. 그녀는 들어오면서 밤색 외투를 벗어 어깨 위
에 걸쳤다. 그것은 처녀들 사이에서는 가장 위엄 있어 보이는 몸
가짐이었고, 부인들 사이에서는 가장 가냘파 보이는 태도였다.
섬세하게 그린 듯한 이마와 뺨 위에 숱 많은 금발이 드리워져 있
었다. 여름 더위 탓인지 아주 깨끗한 두 뺨은 홍조를 띠었다. 그
처럼 아름다운 얼굴에 흠 하나가 보였다. 가령 슬프거나 실망했
을 때, 혹은 뭔가 생각에 깊이 잠겨 있는 순간에는 그 깨끗한 얼
굴이 마치 아무도 모르게 중병에 걸렸을 때처럼 약간 붉은 대리석
무늬색으로 변했다. 그래서 그녀에 대해 감탄하다가도 연민의 감
정으로 바뀌어버리는데, 그녀가 많이 놀랐을 때보다도 더욱 애절
해 보였다.

　　그녀가 마차에서 천천히 내렸고, 마침내 마리 루이즈가 자연스럽게 나를 소개해주어 그녀와 이야기하는 동안에 어쨌든 내가 발견한 것은 그렇다.

　　그녀에게 밀랍 바른 의자를 내밀었다. 그녀는 진열장에 등을 대고 앉았고 우리는 서 있었다. 그녀가 그 상점을 잘 알고 있는 것 같았고 대단히 좋아하는 듯했다. 그녀가 왔다는 것을 알고 곧 쥘리 숙모가 나왔다. 숙모가 두 손을 앞으로 모으고 농가의 상인답게 하얀 모자를 쓴 머리를 끄덕이며 조용조용 말했기 때문에, 그녀와 내가 대화할 수 있는 기회가—나는 약간 떨렸지만—늦어졌다.

　　그건 대단히 간단한 것이었다.

　　"그래, 당신은 곧 교사가 된다지요?" 갈레 양이 말했다.

　　쥘리 숙모는 우리의 머리 너머에 있는 도자기 램프를 켰다. 그 램프는 상점 안을 희미하게 밝혀주었다. 나는 그 처녀의 부드럽고 앳된 얼굴과 천진난만한 파란 눈을 보았다. 맑고 진지한 그녀의 목소리를 듣고 더욱 놀랐다. 그녀가 하던 말을 멈출 때 그녀의 눈은 다른 곳에 고정된 채 대답을 기다리며 움직이지 않았고 입술만 약간 깨물었다.

　　"아버지만 허락하신다면 나도 가르치는 일을 할 수 있을 텐데요…… 나도 당신 어머님처럼 유년반 애들을 가르칠 수 있을 텐데요……" 갈레 양이 말했다.

　　그녀는 내 사촌들이 나에 관해서 한 이야기를 들려주며 미소를 지었다.

"시골 사람들은 항상 내게 예의 바르고 따뜻하게 대해주며 잘 도와준답니다. 나도 그들을 대단히 좋아해요. 하지만 한편으로 내가 그들을 많이 좋아할 필요가 있을까요? 그들은 여선생에 대해서 말이 많고 인색하잖아요. 공책이 너무 비싸다거나 애들이 잘못 배웠다거나 펜대를 잃어버렸다거나 하는 이야기들이 끊임없이 나오지요. 그래도 나는 그들과 상의할 것이고, 그러면 그들이 곧 나를 좋아하게 될 거예요. 참 힘들긴 하겠지만요……" 그녀가 계속해서 이야기했다.

웃음기 없이 그녀는 앳된 모습으로 생각에 잠겼고, 그녀의 파란 눈은 움직이지 않았다.

우리 셋은 그녀가 말하기 곤란한 것들, 비밀로 간직한 민감한 얘기들, 책 속에서나 조리 있게 말할 수 있는 성질의 얘기들을 너무 편안하게 설명해서 오히려 거북했다. 잠시 침묵이 흘렀다. 그러고는 천천히 대화가 계속되었다.

그녀의 인생에는 뭔지 모르지만 신비로운 어떤 것과 상반되는 일종의 회한과 증오 같은 것이 서려 있는 듯했다. 그 처녀가 계속해서 말했다.

"나는 아이들이 현명해질 수 있도록 지혜롭게 가르칠 거예요. 쇠렐 씨, 당신도 보조교사가 되면 그렇게 하시겠지만, 나 역시 아이들에게 세상을 뛰어다니도록 놔두지는 않을 거예요. 나는 그들에게 행복이란 아주 가까운 곳에 있는 것이므로 허상을 찾으러 가지 않도록 가르칠 거예요."

마리 루이즈와 피르맹도 나처럼 어리둥절해 있었다. 우리는 아무 말도 하지 못하고 있었다. 그녀는 우리가 거북해한다는 것을 느끼고, 하던 말을 멈추고 입술을 깨문 다음 고개를 숙였다. 그리고 그녀는 마치 우리를 놀리는 듯 미소를 지었다.

"내가 지금 여기, 플로랑탱 부인의 상점 램프 아래 있는 동안에도, 그리고 내 늙은 말이 문밖에서 나를 기다리고 있는 동안에도 아마 어떤 젊은이는 세상 끝에서 나를 미친 듯이 찾고 있을 거예요. 만약 그가 나를 보게 된다면 분명 믿어지지 않을 거예요."

그녀의 미소를 보자 나도 용기가 생겼다. 이때가 절호의 기회라고 느껴 나는 웃으면서 말을 꺼냈다.

"혹시 내가 그 미친 청년을 알고 있다면 어떻게 하겠어요?"

그녀는 나를 강렬한 눈빛으로 쳐다보았다.

그 순간 출입문에 붙은 종이 울렸고 점잖게 생긴 부인 두 명이 바구니를 들고 들어왔다.

"식당으로 오시지요. 그쪽이 조용할 거예요." 부엌문을 밀며 숙모가 우리에게 말했다.

갈레 양이 거절하고 곧바로 떠나겠다고 말하자 숙모가 덧붙였다.

"갈레 씨도 여기 계세요. 난롯가에서 플로랑탱과 잠깐 이야기라도 좀 나누다 가세요."

8월이었지만 큰 부엌에서는 소나뭇단이 불꽃을 보이며 소리 내어 타고 있었다. 그곳에도 도자기 램프가 켜 있었고, 홀쭉하고도 온화한 모습의 한 늙은이가 플로랑탱과 마주한 채 브랜디 두 잔을 놓고 앉아 있었는데, 그는 나이와 추억의 무게에 짓눌린 사람처럼 거의 침묵을 지키고 있었다.

플로랑탱 삼촌이 인사했다.

"프랑수아!" 그는 마치 우리가 수십 미터의 개천을 끼고 떨어져 있기나 한 듯 거친 장사꾼의 목소리로 외쳤다.

"지금 나는 다음 주 목요일 오후 셰르 강변에서 할 놀이 계획을 세우고 있는 중이다. 사냥을 하는 사람도 있을 테고, 낚시질을 하고 춤을 추는 사람, 수영을 할 사람도 있을 거야! 아가씨는 말을 타고 오세요. 물론 갈레 씨와 함께요. 제가 모든 것을 준비할 테니…… 그리고 프랑수아, 너는 친구 몬느를 데리고 오너라. 걔 이름이 몬느 맞지?" 그는 마치 갑작스레 생각났다는 듯 덧붙였다.

갈레 양은 갑자기 얼굴이 창백해져서 일어났다. 바로 그 순간, 몬느가 옛날에 그 이상한 영지의 연못 옆에서 그녀에게 자기 이름을 가르쳐주었다는 사실이 생각났다.

그녀가 떠나려고 내게 손을 내밀었을 때, 우리 사이에는 죽음만이 깨뜨릴 수 있는 비밀스런 어떤 유대와 위대한 사랑보다 더 강한 우정으로 묶여 있음을 깨달았다. 많은 이야기를 나누어서가 아니었다.

그 다음날 새벽 4시에 피르맹이 내 방문을 두드렸다. 그 방은 뿔닭을 기르는 마당에 있었다. 아직 깜깜한 밤이었다. 도착하기 전날 저녁, 상점에서 가져다 놓은 새로운 성상(聖像)들과 놋촛대가 놓여 있는 탁자 위에서 나는 옷을 찾아 입는 데 상당히 힘들었다. 마당에서 피르맹이 내 자전거에 바람을 넣고 있는 소리가 들렸다. 숙모는 부엌에서 불을 지피고 있었다. 내가 막 길을 나서자마자 해가 떴다. 그러나 그날 하루는 대단히 길게 느껴질 것이었다. 나는 먼저 생트아가트에 들러 점심을 먹고 오랫동안 집을 비우게 될 것임을 설명해야 한다. 그런 다음에는 다시 출발해 저녁 전에는 라 페르트당지옹에 있는 내 친구 몬느의 집에 도착해야만 한다.

나는 이제까지 자전거를 타고 오래 달려본 일이 없었다. 이번이 처음이었다. 그러나 오래전부터 무릎이 아팠음에도 불구하고 나는 자스맹 들루슈에게 몰래 자전거 타는 법을 배웠다. 보통 젊은 이에게 자전거가 대단히 재미있는 기구라고 한다면, 예전에 4킬로 미터 정도만 달려도 땀을 흘리고 비참하게 다리를 끌고 다녔던 나처럼 불쌍한 소년의 마음은 어떠했겠는가! 나는 언덕 위에서 내려와 움푹 팬 풍경 속으로 폭 파묻혔다. 풍경들은 마치 날갯짓을 하듯 먼 길에서는 갈라졌다가 가까이 다가가자 꽃처럼 피어났다. 순식간에 어느 마을을 지날 때는 마을 전체가 눈 깜짝할 새에 사라졌다. 그때까지는 그와 같은 매혹적이고 경쾌한 질주감을 꿈속에서만 느껴보았던 것이다. 언덕조차도 나에게 활기를 되찾아주었다. 내가 풍경에 그토록 도취한 것은 몬느가 사는 지방의 길이었기 때문이다.

"마을 어귀에 닿기 직전에 큰 풍차 바퀴가 돌아가는 것이 하나 보일 거야." 몬느는 전에 자기 마을을 설명할 때 내게 이렇게 말했었다. 그는 그것이 어디에 사용되는지 모르고 있었거나 아니면 내 호기심을 더욱 자극하기 위해 일부러 모르는 척했을 수도 있다.

내가 그 넓은 목장에서 바람에 돌아가며 이웃 농지에 물을 보내고 있는 그 큰 바퀴를 본 것은 8월 말의 그날 해질 무렵이었다. 목장의 포플러나무 뒤로 이미 첫번째 교외가 나타났다. 개천을 따라 구부러진 길모퉁이를 돌아서자 풍경이 밝아지면서 확 트였다. 다리 위에 다다르자 드디어 마을의 대로가 나왔다.

암소들이 목초지의 갈대 속에 몸을 숨긴 채 풀을 뜯어 먹고 있었다. 소들의 방울 소리가 들렸다. 그러는 사이 나는 자전거에서 내려 두 손으로 핸들을 잡고 그 마을을 쳐다보았다. 나는 거기서 아주 중대한 소식을 전하게 될 것이다. 작은 나무다리가 놓여 있는 집들은 황혼의 침묵 속에서 마치 배들이 돛을 내리고 정박하듯 길과 나란히 흐르는 개천가에 줄지어 서 있었다.

그러자 내 마음속에서는 그와 같은 평온을 흔들어놓으러 온 것은 아닌가 하는 왠지 모를 막연한 후회와 두려움이 생겨나 용기가 사라지기 시작했다. 갑작스레 마음이 약해지고 있던 그 순간 나는 라 페르테당지옹의 작은 광장에 살고 있는 무아넬 대고모 생각이 떠올랐다.

그녀는 나의 대고모들 중의 한 사람이었다. 그녀의 자식들은 모두 죽었다. 나는 그들 중 막내였던 에르네스트를 알고 있었는데, 그는 교사가 되려고 했었다. 늙은 서기관이었던 무아넬 고모부는 에르네스트가 죽자마자 뒤따라 저세상으로 갔다. 대고모는 그 이상한 작은 집에서 혼자 살고 있었다. 그 집에는 견본 조각을 기워서 만든 양탄자가 깔려 있었고, 식탁은 종이로 만든 수탉과 암탉, 고양이로 덮여 있었다. 벽에는 오래된 학위 증명서와 고인의 사진과 죽은 사람의 머리칼로 묶어놓은 메달이 붙어 있었다.

회한과 슬픔이 많은 그녀는 별난 구석이 있었지만 성품은 착했다. 그 집이 있는 작은 광장에 들어서자 나는 빠끔히 열린 문에 대고 큰 소리로 대고모를 불렀다. 나란히 있는 세 방 중 맨 끝 방 쪽에서 쇳소리의 외침이 들려왔다.

"아니, 이게 누구야!"

그녀는 놀란 나머지 커피를 불에다 쏟았다 ─무슨 이유로 그 시간에 커피를 끓이고 있었을까? 그리고 그녀는 나타났다. 그녀는 모자이자 두건, 머리쓰개 같은 것을 뒤로 젖혀 쓰고 있었는데, 몽골 여자나 호텐토트족 여자처럼 넓게 튀어나온 이마가 훤히 보였다. 그녀는 몇 개 남지 않은 이를 드러내놓고 킥킥대며 웃었다.

내가 그녀를 껴안자 그녀는 등 뒤로 간 내 손을 어설프게 재빨리 붙들었다. 우리 두 사람밖에 없었는데도 그녀는 비밀스럽게 내 손에 조그마한 동전 하나를 쥐어주었다. 감히 확인할 수는 없었지만 1프랑짜리임에 틀림없었다. 이윽고 내가 영문을 몰라 사양하는 표정을 짓자 그녀는 나를 한번 떼밀고는 소리 질렀다.

"괜찮아! 받아! 네 마음 다 알아!"

그녀는 가난해서 늘 남에게 빛을 지고 살았지만, 그래도 여전히 씀씀이가 컸다.

"난 언제나 어리석었어. 그리고 언제나 불행했지." 그녀는 신랄한 말투는 아니지만 꾸밈 없는 목소리로 말했다.

푼돈이기는 했지만 내가 요긴하게 쓸 것을 생각하고 하루 종일 아껴두었던 돈을 내가 달래기도 전에 손에 쥐어준 것이다. 그녀는 항상 이런 방식으로 나를 반겼다.

저녁식사 또한 이 첫인사만큼이나 슬프기도 하고 이상하기도 한 묘한 느낌이었다. 언제나 촛불은 손에 닿을 장소에 있었지만, 어떤 때 대고모는 이따금 나를 어둠 속에 남겨놓고 촛불을 가져가기도 했고, 깨지고 이 빠진 접시나 꽃병으로 가득 찬 식탁 위에 촛불을 놓아두기도 했다.

"이건 1870년에 프로이센 군인들이 가져갈 수 없으니까 손잡이를 깨뜨린 것이란다." 그녀가 말했다.

나는 비극적인 역사를 간직한 그 꽃병을 다시 보면서 우리들이 옛날에 거기에서 저녁을 먹고 자던 기억이 되살아났다. 아버지는 나를 이온으로 데려갔는데, 전문의가 있는 병원에서 내 무릎을 치료해줄지도 몰랐기 때문이다. 날이 밝기 전에 지나가는 초특급 열차를 잡아타야만 했다. 나는 장미꽃 술병 앞에 팔꿈치를 괴고 있던 늙은 서기관의 이야기들과 옛날의 그 슬픈 저녁식사가 생각난다.

그리고 나는 또한 공포에 떨었던 순간들을 기억하고 있다. 저녁식사 후 난로 앞에 앉은 대고모는 귀신 이야기를 하기 위해 아버지를 따로 불러 앉혔다. "내가 돌아섰거든……아! 그런데 내가 무얼 보았겠나? 글쎄 회색 머리칼인 한 여자가……" 그녀는 머리를 그 무시무시한 한담으로 가득 채움으로써 시간을 보내고 있었다.

그날 저녁에도 저녁식사를 마친 후 자전거를 타고 와서 피곤해진 내가 무아넬 고모부의 줄무늬 잠옷을 입고 큰 방에서 잠을 자려고 했을 때, 그녀가 침대 머리맡에 와서 굉장히 비밀스럽고 날카로운 목소리로 이야기를 시작했다.

"프랑수아, 내가 지금까지 한 번도 누구한테도 하지 않은 이야기를 해줄게."

나는 이렇게 생각했다.

'이런! 10년 전처럼 밤새도록 무서워 떨어야 한단 말이지!' 나는 이야기를 들었다. 그녀는 마치 자신에게 이야기하듯 자기 앞을 똑바로 쳐다보며 머리를 끄덕이고 있었다.

"나는 무아넬 고모부와 함께 어떤 잔치에서 돌아오던 길이었다. 불쌍한 에르네스트가 죽은 후 우리 두 사람이 처음으로 참석한 결혼식이었지. 나는 거기서 4년 동안이나 못 보았던 동생 아델을 만났어. 무아넬 고모부의 오랜 친구는 매우 부자로 사블로니에르 영지에 살고 있었는데, 그가 아들의 결혼식에 우리를 초대했던 거야. 우리는 마차를 한 대 빌렸지. 그건 우리한테는 대단히 비싼 비용이었지. 우리는 한겨울 아침 7시경에 길을 나섰다. 해가 뜨고 있었어. 그러나 사람 하나 없었어. 그런데 갑자기 우리 앞에서 내가 무엇을 보았겠니? 작달막한 키에 잘생긴 한 청년이 길에 서서 꼼짝하지 않은 채 우리가 오는 것을 쳐다보고 있었어. 가까워짐에 따라 잘생긴 얼굴이 보였는데 어찌나 하얗고 예쁘던지 무섭기까지 하더구나! 나는 무아넬 고모부의 팔을 붙들었지. 나뭇잎처럼 떨고 있었어. 그 남자가 하느님이라고 생각했어. 그래서 무아넬 고모부에게 말했지.

'좀 봐요! 성령이 나타났어!'

고모부가 화를 내며 낮은 목소리로 대답하더라.

'나도 보고 있어! 조용히 해, 이 수다쟁이 노파야!'

그는 어쩔 줄 몰랐지. 그때 말이 멈춰 섰어. 아주 가까이서 보니 그의 얼굴은 창백했고, 이마는 땀에 젖어 있었어. 베레모는 더러워져 있었고 바짓단은 바닥에 끌렸지. 우리는 다음과 같이 말하는 그의 부드러운 목소리를 들었단다.

'나는 남자가 아니에요. 나는 소녀예요. 도망쳤어요. 할 수 없었지요. 아저씨, 아주머니, 저를 마차에 좀 태워주실 수 있으세요?'

그 즉시 우리는 그 아이를 태워주었지. 자리에 앉자마자 그녀는 의식을 잃었단다. 누구에 대해서 얘기하는지 알겠니? 사블로니에르 영지의 청년, 즉 우리가 바로 결혼식에 초대를 받은 프란츠 드 갈레의 약혼녀였어."

"그러나 결혼식은 못 올렸잖아요. 그 약혼녀가 달아나서 말이에요." 내가 말했다.

"물론 못 했지. 결혼식이 거행되지 못했지. 왜냐하면 그 정신 없는 여자의 머릿속에 수천 가지 광기 어린 생각이 떠올랐기 때문이야. 그녀는 불쌍한 방직공 출신이었지. 그래서 그와 같은 행복을 누리는 것이 자기한테는 과분하다고 생각했던 거야. 그 청년이 너무 어리고, 그가 그 여자에게 설명한 멋진 일들이 상상에 지나지 않는다고 말이야. 마침내 프란츠가 그녀를 데리러 왔을 때 발랑틴은 두려웠다는구나. 프란츠는 그녀의 자매와 함께 날씨가 춥고 바람이 부는 날 부르주에 있는 대주교 저택 정원에서 산책을 했지. 세심한 그 청년은 발랑틴을 사랑했으니까 언니에게도 친절하게 대했지. 그런데 그녀는 뭐가 뭔지 모르겠다는 상상을 한 거지. 그리고 그녀는 집에 가서 숄을 가지고 오겠다고 말했다는 거야. 그러고는 그가 따라오지 않는다는 것을 알고서 남자 옷으로 바꿔 입고 걸어서 파리로 달아났다는 거야.

그녀는 자기가 사랑했던 남자를 다시 만날 거라는 고백이 담긴 편지를 그에게 보낸 것이지. 하지만 그것은 사실이 아니었지.

'난 그의 부인이 되느니 차라리 희생자가 되는 게 더 행복해요' 라고 그녀가 나한테 말했지. 그런데 그 바보 같은 녀석은 그녀의 언니와는 결혼할 생각이 전혀 없었던 거야. 그래서 그는 권총 한 발을 자신에게 쏘았대. 사람들이 숲속에서 그의 피를 보았다는 거야. 그러나 시신은 찾을 수 없었대." 그녀가 나에게 말했다.

"그러면 그 불쌍한 여자를 어떻게 하셨어요."

"우선 그 여자에게 술 한 방울을 먹였지. 그런 다음 먹을 것을 주었단다. 그리고 집으로 돌아와서 그 여자는 난로 곁에서 잠을 잤어. 그녀는 한겨울 동안 우리 집에서 살았단다. 날이 밝으면 온종일 재단을 하고 바느질을 했지. 모자를 고치기도 하고 집안일을 열심히 도왔단다. 저기 보이는 양탄자도 바로 그 여자 작품이야. 그녀가 온 뒤로 제비들이 밖에다가 집을 지었어. 그러나 저녁 때 어둠이 내리고 하루 일이 끝나면 그녀는 항상 어떤 핑계를 대서라도 마당으로, 정원으로, 문지방으로, 아무리 추운 날씨일지언정 밖에 나가곤 했지. 거기에 서서 그녀가 마음껏 울곤 하는 게 보였지.

'이봐! 도대체 무슨 일이야?'

'아무것도 아니에요, 부인.'

그러면 그 여자는 다시 들어오곤 했지.

'당신은 대단히 예쁜 하녀를 구했군요, 부인.'

3월이 되자 그녀는 한사코 파리로 가겠다고 하는 거야. 우리가 몇 번이나 애원했는데도 말이야. 나는 그녀가 만든 옷들을 주었지. 무아넬 고모부는 그녀에게 기차표와 돈을 약간 쥐어주었단다.

그녀는 우리를 잊지 않았어. 그녀는 파리의 노트르담 사원 옆에서 재봉사로 일하고 있다고 하더라. 그녀는 편지로 사블로니에르 영지에 관한 소식을 물어온단다. 그 생각에서 벗어날 수 있도록 나는 그 영지가 팔려서 헐렸고, 그 청년은 영원히 자취를 감춰버렸고, 그 집 딸은 결혼했다고 답장을 해주었지. 이 모든 것이 사실일 거라고 생각해. 그 후로 발랑틴의 편지 횟수가 부쩍 줄어들었지."

무아넬 대고모가 쉿소리 나는 작은 목소리로 내게 이야기한 것은 유령 이야기가 아니었다. 그렇지만 나는 아주 불안했다. 우리가 보헤미안 프란츠에게 형제처럼 돕겠다고 맹세했기 때문이다.

그리고 이제 그 기회가 나에게 주어졌다.

그런데 나는 그 순간 망설였다. 내가 방금 들은 얘기를 몬느에게 말해주게 되면 다음날 아침 그가 느낄 기쁨을 망치게 되는 것은 아닐까? 그 불가능한 일에 그를 또다시 던져넣는 것이 무슨 소용이 있을까? 우리는 사실 그 처녀의 주소를 가지고 있었다. 그러나 온 세상을 떠돌아다니는 그 보헤미안을 도대체 어디에서 찾는단 말인가? 미친놈들은 미친놈들과 함께 있도록 놔두자 하는 생각을 해봤다. 들루슈와 부자르동이 틀리지 않았다. 몽상에 빠진 프란츠가 우리를 얼마나 불행에 빠뜨려놓았던가! 그래서 나는 오귀스탱 몬느와 갈레 양이 결혼하는 것을 보지 않고서는 아무 얘기도 하지 않기로 단단히 결심했다.

결심이 확고히 섰지만 나는 아직도 불길한 징조를 느꼈다. 나는 그런 터무니없는 생각을 빨리 쫓아버리려고 애썼다.

촛불은 거의 다 타고 있었다. 모기 한 마리가 날아들었다. 무아넬 대고모가 잠잘 때만 벗는 벨벳 모자를 쓴 머리를 숙였다. 팔꿈치를 무릎 위에 괴고 얘기를 다시 시작했다. 이따금 그녀는 고개를 쳐들고 내가 무슨 생각을 하고 있는지 알려는 듯 혹은 내가 잠들었는지 보려는 듯 나를 쳐다보았다. 마침내 베개에 머리를 댄 나는 졸고 있는 체하면서 눈을 감았다.

"애! 자는구나." 그녀는 조용한 목소리로 약간 실망한 듯이 말했다.

나는 그녀가 불쌍해져 단호하게 말했다.

"아닙니다, 고모. 전혀 안 잤어요……"

"아냐, 자고 있는걸 뭐. 이 모든 게 너한테는 아무런 재미가 없
겠지. 나도 잘 알아. 모르는 사람 이야기를 했으니⋯⋯" 그녀가
말했다.

이번에는 기운이 없어서 대답하지 않았다.

다음날 아침 내가 큰길로 나섰을 때는 방학 중 날씨가 가장 화창했고, 평화롭고 친숙한 소리가 마을 전체에 퍼져 있었다. 게다가 나는 분명 좋은 소식을 전하러 가고 있다고 생각하니 흥이 절로 났다.

오귀스탱 몬느와 그의 어머니는 옛날 학교 건물에서 살고 있었다. 오래전에 교사로 은퇴한 그의 아버지는 죽을 때 아주 많은 유산을 남겨놓았다. 몬느는 아버지가 20년 동안 교사로 봉직했던 학교를 사고 싶어 했다. 건물의 외관이 아름다워서가 아니었다. 그 학교는 읍사무소처럼 정방형의 큰 집이었다. 길가로 향해 있는 아래층의 창문들은 아주 높아 아무도 들여다볼 수 없었다. 뒷마당에는 나무 한 그루 없었고, 높은 체육실이 들판의 전망을 가렸는데, 내가 본 학교 마당 중에서 가장 메마르고 황폐했다.

　문 네 개가 열려 있는 복잡한 복도에서 나는 몬느의 어머니를 만났는데, 정원에서 큰 속옷 빨래 꾸러미를 가지고 들어오던 참이었다. 이른 아침부터 빨래를 말리려고 한 것 같았다. 그녀의 희끗희끗한 머리칼은 반쯤 헝클어져 있었는데, 머리 타래가 얼굴 위에 늘어지는 옛날식 머리였다. 그녀의 균형 잡힌 얼굴은 밤샘한 듯 지치고 부어 있었다. 생각에 잠긴 모습으로 고개를 쓸쓸히 숙이고 있었다.

　그러나 갑자기 나를 발견하고 알아보자 미소를 지었다.

　"때맞추어 잘 왔어요. 몬느가 길을 떠난다기에 속옷을 빨아 말린 다음 걷어오는 길이에요. 간밤에 나는 필요한 여비를 준비하고 옷가지를 챙겼어요. 기차가 5시에 출발한답니다. 그러나 준비는 이미 끝났어요."

　자신 있게 말하는 태도로 보아 그녀 자신이 결정을 내린 것처럼 여겨졌다. 하지만 몬느가 어디로 가는지는 그녀조차도 확실히 모르는 듯했다.

　"올라가요. 그 애는 사무실에서 편지를 쓰고 있을 거예요." 그녀가 말했다.

　나는 황급히 계단을 올라가서 간판에 '사무실'이라고 씌어 있는 오른쪽 문을 열고 들어갔다. 창문 네 개 중 두 개는 마을 쪽으로 나 있고, 벽에는 그레비 대통령과 카르노 대통령의 빛바랜 초상화가 걸려 있는 큰 방이었다. 방 안쪽을 전부 차지하고 있는 긴 교단 위에는 초록색 양탄자가 깔린 테이블 앞에 아직도 읍의원들의 의자들이 놓여 있었다. 중앙에 읍장이 사용했던 낡은 안락의자가 있었는데, 몬느가 그 의자에 앉아 유행에 뒤떨어진 하트 모양의 사기 잉크병에 펜을 적셔가며 편지를 쓰고 있었다. 기나긴 방학 동안 몬느가 그 지방을 돌아다니지 않을 때면, 마을의 연금 수급자를 위해 만들어놓은 듯한 그곳에서 칩거했다.

그는 나를 보자마자 내가 생각한 만큼은 아니지만 서두르지 않고 일어났다.

"프랑수아 아냐!" 그는 상당히 놀라며 이렇게 말했다.

광대뼈가 튀어나온 얼굴하며 빡빡 깎은 머리, 옛날 모습 그대로의 키 큰 청년이었다. 면도하지 않아 콧수염이 입술 위를 덮기 시작하고 있었다. 전과 다름없는 정직한 눈빛…… 그러나 지난 세월의 열정에 대해서는, 이따금씩 과거의 큰 열정이 안개의 장막같이 걷히고 있음을 알 수 있었다.

나를 보자 그는 상당히 착잡한 듯했다. 나는 단번에 교단 위로 올라갔다. 그러나 이상한 점은 그가 내게 손을 내밀 생각조차 하지 않았다는 것이다. 그는 뒷짐 지고 테이블에 몸을 기댄 채 대단히 거북스런 표정으로 나를 향해 돌아섰다. 멍한 시선으로 그는 할 말을 애써 생각하고 있는 것 같았다. 예나 지금이나 고독한 사람이나 사냥꾼, 모험가들이 그러하듯 말을 천천히 시작하는 버릇을 가진 그는 설명에 필요한 적당한 말을 고민하지 않고 결정해버리곤 했었다. 그런데 지금, 내 앞에서 그는 필요한 말을 하려고 애써 깊이 생각하고 있었을 뿐이다.

그렇지만 나는 내가 무슨 일로 왔으며, 전날 밤을 어디에서 보냈으며, 몬느의 어머니가 아들의 여행 준비를 하고 있는 것을 보고 얼마나 놀랐는지에 대해 명랑한 목소리로 이야기했다.

"아! 엄마가 네게 말씀하시든?" 그가 물었다.

"그래. 오랫동안 여행할 계획은 아니겠지?"

"아니야. 아주 긴 여행이야."

내 한마디가 몬느의 여행 계획을 없었던 일로 만들어버릴지도 모른다고 느꼈기 때문에 한순간 당황스러워 감히 아무 말도 할 수 없었다. 나는 어디서부터 이야기를 시작해야 할지 몰랐다.

그러나 자신의 결정을 정당화시키려는 듯 그가 먼저 말을 꺼냈다.

"쇠렐 프랑수아! 생트아가트에 있었을 때의 모험이 내게 어떤 의미였는지 너는 알지? 그것은 나의 희망이었고 내가 사는 이유였어. 그 희망을 잃어버리고서 내가 뭐가 될 수 있겠니? 어떻게 다른 사람들처럼 살아갈 수 있단 말이냐?

그래서 나는 파리에서나 살아보려고 노력했단다. 모든 것이 끝났으며, 그리고 잃어버린 영지를 찾을 필요조차 없다는 것을 알았기 때문이지. 한번이라도 파라다이스에 가본 적이 있던 사람이 어떻게 다른 사람들의 생활에 만족할 수 있겠니? 다른 사람에게는 행복인 것이 나에게는 하찮은 일로 보인단 말이야. 그리고 어느 날 내가 곰곰이 신중하게 생각한 끝에 다른 사람처럼 살기로 결정했을 때, 바로 그날부터 이미 후회가 쌓여온 거야."

교단 위에 있는 의자에 앉아서 고개를 숙이고 그를 쳐다보지도 않은 채 그의 우울한 설명을 듣고 있던 나는 이 모호한 설명들을 어떻게 생각해야 할지 몰랐다.

"그러니까, 몬느, 좀더 자세히 설명해봐. 무엇 때문에 긴 여행을 떠나겠다는 거야? 무슨 잘못이라도 저질러 수습해야 할 일이 있는 거야? 아니면 지켜야 할 약속이라도 있는 거야?" 내가 말했다.

"물론 그렇지. 프란츠에게 했던 그 약속, 너도 기억하지?" 그가 대답했다.

"아! 단지 그 문제야?" 나는 안심하고 말했다.

"단지 그 문제뿐이야. 그리고 아마도 그 잘못 역시 수습해야 할 거야. 동시에 두 사람에게……"

잠시 침묵이 흘렀다. 그동안 나는 내 얘기를 하기로 결심하고 어디서부터 어떻게 시작할지 생각했다.

"내 생각에 단지 설명이 필요할 뿐이야. 물론 나는 한 번, 단 한 번만이라도 갈레 양을 다시 보고 싶었어. 그러나 지금도 그렇게 생각하지만, 그 이름 없는 영지를 발견했을 때 나는 두 번 다시 도달할 수 없는 고상함과 완벽함, 순결함의 상태에 있었어. 언젠가 네게 편지로 썼듯이 아마도 죽어서나 그 아름다운 시절을 다시 발견할 수 있을 거야……" 그가 다시 말했다.

내게로 다가오면서 그는 이상하게도 활기를 띠며 목소리가 달라졌다.

"하지만 들어봐, 쇠렐! 이 새로운 혼란, 이 긴 여행, 그리고 내가 저질렀고 수습해야 할 그 잘못은 어떤 의미에서는 그 옛날 모험의 연속인 거야."

잠시 그는 애써 그 추억들을 더듬으려고 노력했다. 나는 말할 기회를 놓친 셈이었다. 그 기회를 놓친 것을 세상 탓으로 돌리고 싶지 않았다. 그래서 이번에는 내가 말했다. 훗날 그의 고백을 들지 않고 너무 빨리 이야기해버린 것을 뼈저리게 후회했다.

나는 좀 전에 준비해두었던, 그러나 제대로 나오지 않는 이야기를 꺼냈다. 고개를 약간 돌렸을 뿐 아무런 제스처도 쓰지 않고 말했다.

"모든 희망이 사라지지 않았다고 내가 알려주러 왔다면 어떻게 하겠니?"

그가 나를 쳐다보았다. 이윽고 그는 갑자기 시선을 돌리면서 내가 본 일이 없을 정도로 얼굴을 붉혔다. 관자놀이를 크게 얻어맞은 듯 상기되어 있었다.

"무슨 말을 하고 싶은 거냐?" 겨우 들릴 정도로 그가 물었다.

그래서 나는 단숨에 내가 알고 있는 사실과 내가 취한 행동, 바꿔 말하면 나를 보낸 것이 이본 드 갈레나 다름없다는 것을 이야기했다.

그러자 그의 얼굴이 무섭게 창백해졌다.

이런 이야기를 하는 동안 그는 몸 둘 바를 모르고 잠자코 듣고만 있었다. 마치 갑작스런 습격을 받고 어떻게 방어할 것인지, 가령 숨을 것인지 도망갈 것인지를 모르는 사람의 태도를 취하면서 말이다. 내 기억에 그는 단 한 번만 말을 끊어놓았을 뿐이다. 나는 지나가는 소리로 사블로니에르 영지는 모두 폐허가 되었고, 옛날의 영지는 존재하지 않더라고 말했다.

"아! 그것 봐…… (마치 그가 자신의 행동과 절망을 정당화시키려는 기회를 엿보려는 듯) 그것 봐. 이제 아무것도 남지 않았잖아……"

나는 그에게 남아 있는 고통이 사라지리라는 것을 확신하고 이야기를 끝내려고 말을 계속 이었다. 플로랑탱 삼촌이 시골의 야유회를 연다는 것과, 갈레 양이 말을 타고 그곳으로 올 예정이라는 것, 그리고 몬느도 초대되었다는 것을 이야기해주었다. 그러나 그는 완전히 어찌할 바 몰랐고 계속 아무런 대답도 하지 않았다.

"즉시 여행을 취소해야만 해. 네 어머님께 말씀드리러 가자." 참다못해 내가 말했다.

우리는 함께 아래층으로 내려갔다.

"그 시골 야유회 말이야, 내가 꼭 거기에 가야만 하니?" 그가 망설이며 내게 물었다.

"그럼. 두말하면 잔소리지." 내가 즉시 대답했다.

그는 억지로 끌려가는 사람 같아 보였다.

아래층으로 내려가 몬느는 어머니에게 내가 여기서 점심과 저녁식사를 함께하고 하룻밤을 묵는다는 사실과 다음날 자기도 자전거를 빌려 타고 비외낭세로 갈 것이라고 말씀드렸다.

"아 참! 잘됐구나." 그런 소식들을 미리 예견한 듯 그녀는 고개를 끄덕이며 말했다.

나는 작은 식당 방에 들어가 앉았다. 해병대 출신인 몬느 삼촌이 먼 여행에서 가져왔다는 수단산(産) 가죽 부대와 장식 단도들이 있고, 그림이 그려진 달력 아래 자리였다.

식사에 앞서 몬느는 잠깐 나 혼자만 식당 방에 남겨놓았다. 그의 어머니가 짐을 꾸렸던 옆방에서 몬느가 어머니에게 짐을 풀지

말라고 ─왜냐하면 그의 여행은 연기되었을 뿐이니까 ─ 작게 말
하는 목소리가 들렸다.

비외낭세로 가는 길에서 나는 몬느의 뒤를 겨우 따라갔다. 그는 자전거 선수처럼 달렸다. 그는 비탈길에서도 자전거를 탄 채로 달렸다. 어젯밤의 망설임에 뒤이어 어서 빨리 가고 싶은 욕망과 조바심, 열기가 일어난 것이었다. 그 때문에 나는 상당히 불안했다. 플로랑탱 삼촌 집에서도 그는 안절부절못했다. 그 다음날 아침 10시쯤 강가로 떠나기 위한 준비를 끝내고 마차에 탄 순간까지 그는 어떤 것에도 흥미를 느끼지 못하는 듯 보였다.

8월 말이었다. 여름도 끝나가고 있었다. 노래진 밤나무의 껍질들이 이미 하얀 길을 덮기 시작했다. 길은 멀지 않았다. 우리가 가는 셰르 강변 가까이에 있는 오비에 농장은 사블로니에르 영지 너머로 2킬로미터밖에 떨어지지 않은 곳에 있었다. 때때로 우리는 플로랑탱 삼촌이 대담하게 갈레 씨의 이름으로 초대한 마차를 타고 가는 손님들과 말을 타고 가는 젊은이들을 만나곤 했다. 옛날처럼 그는 부자와 가난한 사람, 성주들과 농부들을 골고루 초대하려고 애썼다. 그래서 우리는 문지기 발라디에 덕분에 전부터 삼촌과 아는 사이인 자스맹 들루슈가 자전거를 타고 온 것을 보게 되었다.

"저기, 우리가 파리에서 찾고 있는 동안 모든 것의 열쇠를 쥐고 있던 녀석이 오고 있다. 구제받을 수 없는 놈이지." 그를 알아보고 몬느가 말했다. 들루슈를 볼 때마다 그의 원한이 커져만 갔다. 그와 반대로 우리와 다시 친해질 권리가 있다고 생각한 들루슈는 우리 마차 곁에 바싹 따라오고 있었다. 그는 옷 치장에 돈을 많이 들인 것처럼 보였지만 별 효과도 없었다. 해어진 재킷의 앞자락이 자전거의 흙받기에 드리워져 있었다.

그가 상냥하게 보이려고 상당히 자제하고 있음에도 불구하고 주름 진 얼굴은 도무지 마음에 들지 않았다. 그는 오히려 내게 뭔지 모를 연민의 정을 불러일으켰다. 그러나 그날 내가 누구인들 동정하지 않았겠는가?

그 야유회를 회상하면 나는 암담한 후회로 숨이 막힐 듯하다. 나는 이날을 위해 미리 너무 즐거워했던 것이다! 모든 것은 우리가 행복하도록 너무나 완벽하게 꾸며진 것 같았다. 하지만 우리는 조금도 행복하지 않았다!

그렇지만 셰르 강변은 얼마나 아름다웠는지 모른다! 우리가 도착한 강기슭에는 완만한 경사를 이룬 언덕이 있었고, 대지는 조그마한 뜰과 마찬가지로 울타리로 양분된 조그마한 잔디와 버드나무 숲으로 나뉘어 있었다. 강 건너편 연안에는 회색빛 바위가 덮인 가파른 언덕이 이루어져 있었다. 더 멀리 전나무 숲 사이로는 뾰족탑을 가진 조그맣고 낭만적인 성곽들이 있었다. 때때로 프레브랑주 성곽의 사냥개들이 짖는 소리가 멀리에서 들렸다.

우리는 때로는 하얀 조약돌이 깔려 있기도 하고, 때로는 모래로 뒤덮여 있기도 한 좁은 길들의 미로를 통해 그 장소에 다다랐다. 강가에 있는 천연 샘에서 솟는 물이 그 길들을 시냇물로 만들고 있었다. 지나갈 때 야생 까치밥나무의 가지들이 우리의 소매를 붙잡곤 했다. 때때로 우리는 시원한 계곡 속에 뛰어들기도 했고, 때로는 그와 반대로 산울타리가 잠시 사라져 계곡의 밝은 햇빛이 우리를 에워싸기도 했다. 강변의 다른 곳에서는 바위에 걸터앉은 한 사내가 느린 동작으로 낚싯줄을 던지고 있었다. 세상에, 얼마나 기가 막힌 날씨였던지!

우리는 자작나무의 덤불숲이 만들어놓은 움푹한 곳에 자리를 잡았다. 한없이 게임을 할 수 있도록 만들어진 것같이 보이는 그 자리에는 깎인 잔디가 넓게 펼쳐져 있었다.

마차에서 말들을 풀어 오비에 농장으로 보냈다. 숲속에서는 준비해온 음식을 풀어놓기 시작했고, 잔디 위에는 삼촌이 가져온 접이식 테이블을 놓았다.

그때 자청한 사람들에 한해 큰길 입구에 가서 늦게 도착하는 사람들에게 우리가 있는 곳을 알려주어야 했다. 나도 즉시 신청했다. 몬느가 나를 따라왔다. 우리는 사블로니에르 영지에서 오는 여러 개의 길이 만나는 지점인 다리 옆에 서 있었다.

우리는 이리저리 걸으면서 과거를 이야기하며 그럭저럭 무료함을 달래면서 사람들을 기다리고 있었다. 낯모르는 농부들이 리본을 맨 큰 딸을 데리고 비외낭세의 마차를 타고 왔다. 그러고는 아무도 오지 않았다. 아, 당나귀 수레를 타고 세 명의 어린이가 왔는데, 예전에 사블로니에르 영지의 정원에서 보았던 애들과 비슷했다.

"저 애들을 전에 본 일이 있는 것 같아. 내 생각에 옛날에 축제의 첫날 저녁 내 팔을 붙들고 나를 만찬으로 데리고 갔던 애들인 것 같아." 몬느가 말했다.

그러나 그 순간 수레를 끄는 당나귀가 더 이상 가려고 하지 않자 아이들은 수레에서 내려 당나귀를 때리고 끌어당기고 힘껏 차기도 했다. 그러자 몬느는 실망하고 자기가 잘못 생각했다는 표정을 지었다.

나는 그 아이들에게 오는 도중에 갈레 부녀를 만났는지 물어보았다. 그중 한 아이가 "모른다"고 대답했다. 그런데 다른 아이는 "제 생각으로는 본 것도 같아요"라고 대답했다. 그리고 그 이상은 더 알 수 없었다. 그들은 마침내 잔디가 깔린 쪽으로 내렸다. 어떤 녀석들은 당나귀 고삐를 잡아당기고, 다른 녀석들은 수레 뒤를 밀었다. 우리들은 다시 기다렸다. 몬느는 옛날에 그렇게 찾아 헤매던 그 여자가 오는 것을 약간 두려워하며 사블로니에르 영지의 길모퉁이를 뚫어지게 쳐다보았다. 그의 마음속에는 들루슈에 대해 보였던 이상하고 우스꽝스럽기까지 한 흥분 상태가 지배하고 있었다. 멀리 있는 길을 보기 위해 올라갔던 언덕에서 우리는 한 무리의 손님들 틈에 끼어 들루슈가 좋은 인상을 주려고 애쓰는 것을 볼 수 있었다.

"저 바보 같은 녀석이 장광설을 늘어놓고 있는 것 좀 봐." 몬느가 내게 말했다.

나는 그에게 이렇게 대답했다. "내버려둬. 불쌍한 자식, 하고 싶은 대로 하라지."

몬느의 마음은 누그러지지 않았다. 거기에서 산토끼인지 다람쥐인지가 덤불에서 나왔던 모양이다. 들루슈는 점잔을 빼면서 그것을 쫓아가려고 했다.

"자, 잘한다. 이제는 뛰어가는군. 다른 사람보다 앞서가려는 것 같은데. 무례한 자식." 몬느가 말했다.

이번에는 내가 웃음을 참을 수가 없었다. 몬느도 웃었다. 그러나 그 웃음은 잠깐뿐이었다.

또다시 15분이 지나갔다.

"그녀가 과연 올까?" 그가 말했다.

"약속했으니까 틀림없이 올 거야. 좀 기다려봐." 내가 대꾸했다.

그는 다시 기다리기 시작했다. 그러나 마침내 더 이상 기다릴 수 없다는 듯이 그가 말했다.

"내 말 들어봐. 나는 다른 사람들과 함께 내려갈 테야. 지금은 내 생각과 반대되는 일만 생기는 것 같아. 내가 여기에 있는 한 그녀는 결코 오지 않을 것 같아. 잠시 후 이 길의 끝에서 그녀가 나타난다는 것은 있을 수 없는 일인 듯하단 말이야." 그가 말했다.

그는 나를 혼자 남겨놓고 잔디밭으로 내려갔다. 나는 시간을 보내기 위해 100미터쯤 걸어갔다. 첫 모퉁이에서 승마복을 입은 이본 드 갈레가 늙은 백마를 타고 올라오는 것이 보였다. 그 말이 그날 아침에는 너무 팔팔했기 때문에 그녀는 빨리 달리지 못하도록 말고삐를 당겨주어야만 했다. 말 앞에는 갈레 씨가 말없이 힘겨운 듯 걷고 있었다. 그들은 아마 그 늙은 말을 교대로 타고 왔음에 틀림없을 것이다.

그 처녀가 혼자 있는 나를 보자 미소를 짓고 재빨리 말에서 내리더니 말고삐를 아버지에게 맡기고는, 그녀를 향해 달려가는 내 쪽으로 다가왔다.

"혼자 계시는 것을 보니 대단히 기쁘네요. 저 늙은 벨리제르를 당신 외엔 아무한테도 보여주고 싶지 않았고, 그 말을 다른 말과 함께 있게 하고 싶지도 않았기 때문이죠. 저 말은 너무 추하고 늙었어요. 그래서 나는 항상 저 말이 다른 말을 보고 마음에 상처를 입지 않을까 두려워요. 하지만 나는 저 말만을 탈 생각입니다. 저게 죽으면 나는 말을 타지 않을 거예요." 그녀가 말했다.

갈레 양에게서도 몬느처럼 생기가 느껴졌는데, 매력적이었다. 그런 매력 뒤에는 겉으로는 평온한 것 같지만 조바심과 불안감이 감추어진 듯했다. 그녀는 보통 때보다는 빠르게 말했다. 뺨과 광대뼈가 불그스름하게 상기되었음에도 불구하고 눈과 이마 주위에는 군데군데 괴로움이 드러날 정도로 대단히 창백해 보였다.

우리는 벨리제르를 길옆의 작은 숲속 나무에 매어놓기로 했다. 늙은 갈레 씨는 보통 때처럼 말 한마디 없이 배낭에서 끈을 꺼내—내가 좋다고 생각한 자리보다—아래쪽에다 말을 매었다. 나는 곧 농장에서 꼴과 연맥, 짚을 보내겠다고 약속했다.

갈레 양은 내가 생각한 대로 잔디밭에 이른 다음, 옛날처럼 몬느와 처음으로 만났던 호수의 제방 쪽으로 내려갔다.

한 팔로 아버지를 붙들고 왼손으로는 입고 있던 큰 외투의 앞자락을 걷어 올리며 그녀는 진지하면서도 어린애 같은 표정을 지으며 손님들이 있는 곳으로 걸어갔다. 나는 그녀 곁에서 걸었다. 멀리 흩어져 놀고 있던 손님들은 일어서서 그녀를 맞이하러 모여들었다. 모두가 그녀가 다가오는 것을 쳐다보는 동안 짧은 침묵이 흘렀다.

몬느는 청년들 사이에 섞여 있었다. 큰 키 빼놓고는 그가 친구들과 구분되는 점은 아무것도 없었다. 또한 거기에는 그처럼 키가 큰 사람들이 있었다. 그는 그녀의 주의를 끌 만한 일을 아무것도 하지 않았다. 어떤 몸짓도, 앞으로 나서지도 않았다. 회색 옷을 입은 그가 다른 사람들처럼 꼼짝하지 않고 그 아름다운 여인이 다가오는 것을 뚫어지게 쳐다보고 있었던 것이다. 그렇지만 마침내 그는 거북할 때 하는 무의식적인 동작으로 맨머리를 긁적거렸다. 머리를 얌전하게 빗은 친구들 틈에서 농부처럼 빡빡 깎은 머리를 가리기 위한 듯이 말이다.

이윽고 사람들이 갈레 양을 둘러쌌다. 처녀 총각들이 각자 그녀에게 자기소개를 했다. 내 친구의 차례가 되었다. 그가 불안해하는 만큼 나도 불안했다. 내가 그를 소개하려고 했다.

그러나 내가 미처 말을 꺼내기도 전에 그 처녀는 결심한 듯이,

놀라울 만큼 근엄한 태도로 그에게 다가갔다.

"오귀스탱 몬느를 알고 있어요." 그녀가 말했다.

그리고 그녀는 그에게 손을 내밀었다.

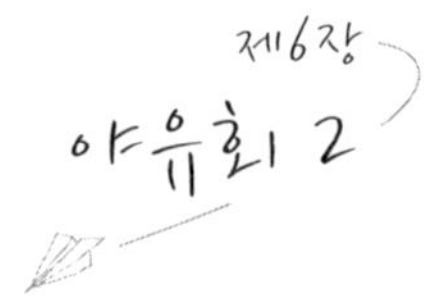

새로 온 사람들이 이본 드 갈레에게 인사하기 위해 다가왔다.
그래서 두 남녀는 떨어져야 했다. 안타깝게도 운명의 장난으로
말미암아 그들은 점심식사 때 같은 테이블에 앉지도 못했다. 그
러나 몬느는 자신감과 용기를 회복한 것 같았다. 들루슈와 갈레
씨 사이에 혼자 앉은 나는 멀리서 나에게 우정의 손짓을 보내는
친구를 여러 번 보았다.

갖가지 놀이들, 수영, 대화와 연못에서의 뱃놀이 등이 도처에
서 이루어졌고, 저녁 무렵에서야 몬느는 다시 그녀가 있는 곳에
함께 있을 수 있었다. 우리가 정원 의자 ─ 우리가 가져왔다 ─
위에 앉아서 들루슈와 함께 이야기를 하고 있는데, 갈레 양이 지
루했던지 젊은 사람들이 모여 있던 곳에서 우리 쪽으로 다가왔던
것이다. 그녀가 우리에게 왜 다른 사람들처럼 오비에 호수에서

뱃놀이를 하지 않느냐고 물어보았던 것이 기억난다.

"우린 오후에 몇 바퀴나 돌아다닌 걸요. 그러나 너무 따분해 금방 지쳐버렸죠." 내가 대답했다.

"그러면 왜 강으로 가지 않으셨어요?" 그녀가 말했다.

"물살이 너무 세어서 자칫 떠내려갈까 봐 위험해서요."

"옛날처럼 석유 엔진이 붙은 보트나 증기를 이용한 배가 있어야지요." 몬느가 말했다.

"이제 없어요. 팔아버렸지요." 그녀가 나지막이 말했다.

거북한 침묵이 흘렀다.

들루슈가 그 틈을 이용해 갈레 씨를 만나러 가겠다고 했다.

"나는 그분이 어디 있는지 잘 알지요." 그가 말했다.

얼마나 기이한 운명인가! 닮은 데라곤 전혀 없는 두 사람이 서로 좋아해서 아침부터 줄곧 함께 있었던 것이다. 갈레 씨는 저녁때 나를 잠깐 만나자 재주 많고 공손하고 인품 있는 친구를 두었다고 이야기했던 것이다. 아마도 그는 들루슈에게 벨리제르를 숨겨둔 비밀과 그 장소까지 이야기했을 것이다.

나 또한 자리를 피할 궁리를 했다. 그러나 두 사람이 거북하고 안절부절못하며 서로 얼굴을 맞대고 있을 것이라고 생각하니 그대로 있는 편이 나을 것 같았다.

들루슈의 지나친 신중함과 나의 조심성도 별 소용이 없었다. 그들은 이야기를 주고받았다. 몬느도 변함없이 고집스럽게 옛날의 그 황홀한 추억을 다시 이야기하기 시작했다. 그때마다 처녀는 괴롭다는 듯 모든 것이 사라졌다고 그에게 되풀이 말해야만 했다.

즉 그렇게 이상하고 복잡한 옛날 성곽은 헐렸다는 것, 큰 못은 물이 말라 진흙으로 메워져 있다는 것, 매혹적인 옷을 입은 어린애들은 없다는 것 등등을 얘기했다.

"아!" 몬느는 절망스러워하며 비명을 질렀다. 마치 사라진 모든 것이 처녀와 나의 잘못이기라도 한 듯이……

우리들은 나란히 걸어갔다. 나는 우리 셋을 지배하고 있는 슬픔에서 빠져나오려고 했지만 쓸데없는 일이었다. 몬느는 무뚝뚝하게 질문을 던져놓고 다시 고정관념 속에 빠져버렸다. 그는 옛날에 자신이 보았던 모든 것이 어떻게 되었는지 물었다. 소녀들, 옛날 4인승 마차의 마부, 경주용 조랑말 등에 관한 것이었다. "조랑말도 팔렸습니까? 그 영지에는 말이라고는 없습니까?"

그녀는 이제 더 이상 말이 없다고 대답했다. 그녀는 벨리제르에 관해서는 언급하지 않았다.

그러자 그는 자기가 묵었던 방 안의 물건들을 떠올렸다. 예를 들어 촛대들, 큰 거울과 줄이 끊어진 낡은 비파 등…… 그는 이상하게 열의를 보이며 모든 것에 관해 꼬치꼬치 캐물었다. 마치 자신의 아름다운 모험에는 아무것도 남은 게 없고, 그리고 잠수부가 물밑에서 조약돌과 미역들을 건져 올리듯이, 그 처녀가 두 사람의 만남이 꿈이 아니었음을 증명해줄 수 있는 잔해를 가져다 주지 않았다는 것을 마치 그가 확신하고 싶어 한 듯이 말이다.

갈레 양과 나는 슬픈 미소를 짓지 않을 수 없었다. 마침내 그녀는 그에게 설명해주기로 결심했다.

"아버지와 내가 불쌍한 프란츠를 위해 꾸며놓았던 아름다운 성곽을 다시는 보지 못할 거예요. 우리는 그가 원하는 대로 살아왔습니다. 그는 너무도 기이하고 매력적인 사람이었죠. 그러나 모든 것이 그와 함께 엉망진창이 된 결혼식 날 저녁 사라져버렸어요. 우리가 모르는 사이에 아버지는 파산했어요. 프란츠는 빚을 지고 있었고, 그의 오랜 친구들—그가 사라진 것을 알자—은 곧 우리에게 빚을 갚으라고 요구했습니다. 우리는 가난해졌죠. 어머니는 돌아가셨고, 며칠 만에 우리는 친구들을 모두 잃었어요. 프란츠가 죽지 않고 살아 있다면, 집으로 돌아오면 참 좋을 텐데요! 그가 친구와 약혼녀를 되찾는다면 얼마나 좋을까요! 중단된 결혼식이 이루어지면 얼마나 좋을까요! 그러면 아마 모든 것이 옛날처럼 될 거예요. 그렇다고 과거가 되살아날까요?"

"누가 압니까?" 생각에 잠긴 몬느가 대답했다. 그는 더 이상 아무것도 묻지 않았다.

약간 노래진 짧게 깎은 잔디밭에서 우리 셋은 소리 없이 걷고 있었다. 몬느의 오른쪽에는 그가 영원히 잃어버렸다고 생각했던 처녀가 있었다. 그가 가혹한 질문들을 하나씩 던질 때마다 그녀는 그 매력적인 얼굴에 근심을 띠고 천천히 그에게 고개를 돌려 대답하곤 했다. 한번은 그에게 이야기하면서 그녀는 신뢰감이 가는 듯 나약한 몸짓으로 부드럽게 그의 팔짱을 끼기도 했다. 무엇 때문에 대장 몬느는 이방인처럼, 찾고 있는 것을 발견하지 못한 사람처럼, 다른 것에는 아무런 흥미를 느끼지 못한 사람처럼 거기에 있었을까? 3년 전이었다면, 그는 공포와 광기 상태에서 지금의 행복을 누렸을 것이다. 그런데 지금 그의 마음속에 있는 공허함, 소외감, 행복해질 수 없다는 무력감은 도대체 어디에서 비롯된 것일까?

우리는 그날 아침 갈레 씨가 벨리제르를 매어놓았던 그 수풀 가까이 갔다. 태양은 저물어가고 풀밭에 긴 그림자를 드리우고 있었다. 초원의 저쪽 끝에서는 멀어서 확실하게는 들리지 않았지만 소녀들과 놀이꾼들의 목소리에 행복이 묻어났다. 우리들은 그 기막힌 정적 속에 말없이 서 있었다. 그때 숲의 다른 쪽, 즉 오비에 농장과 강가의 농장 쪽에서 노랫소리가 들려왔다. 젊은이들의 목소리였다. 멀리서 누군가가 가축을 물 먹이는 곳으로 몰고 오며 춤곡 같은 리듬의 노래를 부르고 있었다. 그러나 그는 아주 오래된 슬픈 발라드처럼 끝을 늘이며 길게 뽑았다.

　　　내 구두는 빨간색이야……
　　　잘 있어, 내 사랑이여……
　　　내 구두는 빨간색이야……
　　　잘 가라, 돌아오지 말고!

몬느는 고개를 들어 노래를 듣고 있었다. 그것은 축제의 마지막 저녁, 모든 것이 이미 사라져버렸을 때 이름 없는 영지에서 뒤늦게 집으로 돌아가던 농부들이 즐겨 부르던 곡 중의 하나였다. 이제는 돌아올 수 없는 아름다운 날들—그래서 더욱 비참한 것이지만—의 추억일 뿐이었다.

"저 소리가 들리지요? 오! 누가 부르는지 보러 가야겠어요."

몬느가 나지막이 말했다. 그러고는 즉시 작은 숲으로 뛰어갔다. 곧 노랫소리가 멈추었다. 잠시 후 그 사내가 가축들을 멀리 몰고 가는 휘파람 소리가 들렸다. 그러고는 아무 소리도 들리지 않았다.

나는 처녀를 쳐다보았다. 지친 그녀가 생각에 잠겨 몬느가 방금 사라졌던 수풀 속을 뚫어지게 바라보고 있었다. 나중에 그녀는 생각에 잠겨 대장 몬느가 영원히 가버린 그 길을 얼마나 여러 번 쳐다보곤 했던가!

그녀는 나를 향해 돌아섰다.

"그는 행복하지 못해요." 그녀는 괴로운 듯 말했다.

그녀가 덧붙였다.

"아마 나는 그를 위해서 아무것도 할 수 없을 거예요."

몬느가 농장까지 뛰어갔다가 숲속으로 돌아오며 우리의 이야기를 듣고 놀랄까 봐 나는 대꾸하는 것을 망설였다. 그러나 그녀에게 용기를 북돋워주기로 했다. 그래서 그 키 큰 친구에게 무례를 범할까 봐 걱정하지 말라고 그녀에게 말했다. 그를 절망시키는 어떤 비밀이 있을 것이라고, 그 비밀을 그녀에게도 어느 누구에게도 고백하지 않을 것이라고. 그때 갑자기 숲 다른 쪽에서 고함 소리가 들렸다. 연속적으로 울리는 말발굽 소리와 간간이 승강이하는 소리가 들렸다. 나는 즉시 늙은 벨리제르에게 무슨 사고가 생겼음을 알아챘다. 떠들썩한 소리가 연속적으로 들려오는 장소로 달려갔다. 갈레 양이 뒤쫓아왔다. 잔디밭 쪽에서도 분명 우리의 움직임을 주목하고 있었을 것이다. 덤불 속으로 들어가는 순간 사람들이 달려오는 소리를 들었기 때문이다.

너무 낮게 매어놓은 탓에 늙은 벨리제르의 앞발이 고삐 끝에 얽어매어져 있었다. 산책하다가 그 소리를 듣고 달려온 갈레 씨와 들루슈가 다가갔을 때 말은 꼼짝도 못하고 있었다. 말은 자기한테 준 괴상한 먹이를 보고 겁을 먹고 흥분하며 심하게 몸부림을 쳤던 것이다. 두 사람이 묶인 줄을 풀어주려고 노력했으나 너무나 서툴렀다. 말발굽에 채일까 봐 겁이 났던지 오히려 더욱 옭아매고 있었던 것이다. 오비에에서 돌아오던 길이던 몬느가 그때 우연히 그들과 마주쳤다. 너무도 서투른 손놀림에 화가 난 몬느가 그들을 밀쳐내는 바람에 하마터면 덤불 속에 굴러 떨어질 뻔했다. 몬느는 조심스럽게 재빨리 손을 놀려 벨리제르를 풀어주었다. 너무 늦게 풀어주어서 이미 상처가 나 있었다. 아마도 신경이 다쳤거나 어딘가가 부러졌던 모양이다. 왜냐하면 말은 가엾게도 고개를 떨어뜨리고 안장이 등에서 반쯤 흘러내린 채로 다리를 배 밑으로 접어 떨고 있었던 것이다. 몬느는 허리를 굽혀 말을 쓰다듬으며 말없이 살펴보고 있었다.

그가 고개를 들었을 때에는 거의 모든 사람이 거기 모여들어 있었다. 그러나 그의 눈에는 아무도 보이지 않았다. 화가 나서 얼굴이 빨개졌다.

"누가 저 따위로 매어두었을까? 온종일 등에다가 안장을 놓아둔 채로. 기껏해야 수레나 끌 저 늙은 말에다 안장을 올려놓다니." 몬느가 소리쳤다.

들루슈가 감정을 되도록 억제하며 무언가 말하려고 했다.

"닥쳐! 네 잘못도 있어. 네가 그걸 풀어주면서 바보같이 고삐를 잡아당기는 것을 보았어."

그는 다시 몸을 구부리고 손바닥으로 말의 관절을 쓸어주기 시작했다.

지금까지 아무 말이 없던 갈레 씨가 그렇게 가만히 있는 게 잘못인 것 같았던지 더듬더듬 말했다.

"해군 장교들은 습관이…… 내 말은……"

"아! 이 말이 당신 것이군요."

몬느는 늙은 갈레 씨 쪽으로 고개를 돌리며 약간 진정되었으나 여전히 상기된 얼굴로 말했다.

나는 그가 어조를 바꾸어서 용서를 빌 줄 알았다. 그러나 그는 잠시 숨을 고르더니, 상황을 더 악화시키고 모든 것을 영원히 망쳐버릴 정도로 절망적이고 씁쓸한 짓을 했다. 그는 건방지게도 다음과 같이 말했다.

"그래도 당신이 잘했다고 할 수 없습니다."

누군가 이렇게 제안했다.

"혹시 시원한 물에…… 냇가에서 찬물로 씻어주면……"

"아직 걸을 수 있을 때 얼른 이 늙은 말—머뭇거릴 시간이 없어요!—을 외양간으로 데려가야 할 거예요. 다시는 거기서 나오게 하지 마세요." 몬느가 앞사람의 말에는 대꾸도 하지 않고 말했다.

여러 청년이 금방 나섰다. 그러나 갈레 양이 강하게 사양했다. 금방이라도 눈물을 흘릴 듯 얼굴이 새빨개진 그녀는 모든 사람에게, 그리고 그녀를 쳐다보지도 못하고 있는 당황한 몬느에게까지 작별 인사를 했다. 그녀는 말을 이끌고 가기보다는 오히려 말에게 더욱 가까이 가서 마치 팔짱을 끼듯 고삐를 붙잡았다. 때마침 늦여름의 바람이 사블로니에르 영지의 길에 어찌나 포근하게 불어왔던지 5월로 착각할 정도였다. 울타리의 나뭇잎들이 남쪽에서 불어오는 미풍에 살랑살랑 흔들리고 있었다. 그녀는 팔을 반쯤 외투 밖으로 내놓고 작은 손에 두꺼운 가죽 고삐를 쥐고 그렇게 떠나갔다. 그녀의 아버지가 옆에서 힘겹게 걸어갔다.

야회(夜會)의 슬픈 결말! 사람들은 각자의 짐들과 식기들을 들었다. 의자를 접기도 했고 테이블을 거두어들이기도 했다. 짐과 사람을 실은 마차들이 하나둘씩 떠나갔다. 마차에 탄 사람들이 모자를 벗고 손수건을 흔들었다. 마지막으로 우리들은 플로랑탱 삼촌과 함께 그 자리에 남았다. 삼촌도 우리처럼 아무 말이 없었고, 후회와 크게 실망한 빛이 역력했다.

우리 역시 격정에 사로잡힌 채 밤색 명마가 이끄는 흔들리는 마차를 타고 떠났다. 마차 바퀴가 길모퉁이 모래 속에 묻혀 삐걱거렸다. 뒷좌석에 앉아 있던 몬느와 나는 지름길로 들어서는 늙은 벨리제르와 그 주인들이 사라져가는 모습을 보았다.

그러자 내 친구—세상에서 가장 울 줄 모른다고 생각했던 사람—는 걷잡을 수 없이 흐르는 눈물로 범벅이 된 얼굴을 내 쪽으로 돌렸다.

"좀 세워주지 않겠어요? 제게 신경 쓰지 마세요. 저는 걸어서라도 혼자 돌아갈 테니까요."

몬느가 플로랑탱 삼촌의 어깨에 손을 얹으며 말했다.

그리고 마차의 발판에 손을 짚고 단번에 밖으로 뛰어내렸다.
우리가 어리둥절해하는 사이 그는 오던 길을 되돌아서서 방금 지
나온 작은 길까지 달려갔다. 사블로니에르 영지로 가는 길이었다.
아마도 그는 옛날에 가본 적이 있는 전나무 사이로 난 길을 통해
영지에 도달했을 것이다. 그 길에서 몬느는 낮은 나뭇가지에 몸
을 감추고 낯모르는 아름다운 아이들의 대화를 들었을 것이다.

그가 흐느껴 울며 갈레 양에게 청혼을 했던 것은 바로 그날 저
녁이었다.

제7장

결혼식 날

2월 초, 얼음장같이 추운 어느 목요일 오후였다. 3시 반에서 4시 사이였다. 마을 옆 울타리 위에는 정오부터 널려 있던 빨래들이 널려 강한 바람에 마르고 있었다. 집집마다 식당의 불빛이 니스칠을 한 장난감이 놓여 있는 곳을 환하게 비추고 있었다. 아이는 노는 데 지쳐 엄마 곁에 앉아, 결혼식 날에 대해 이야기해달라고 졸랐다.

행복감에 젖기 싫은 사람은 그저 다락방으로 올라가기만 하면 된다. 그러면 그는 저녁때까지 난파선들의 구슬픈 기적 소리를 듣게 될 것이다. 아니면 길가로 나가기만 하면 마치 뜨거운 기습 키스처럼 바람이 머플러를 입술에 부딪치게 만들어 그를 울게 하리라. 그러나 행복해지고 싶은 사람에게는, 진흙투성이의 길가에 사블로니에르 영지의 집이 기다리고 있는 것이다. 그곳에서 내 친구 몬느는 이본 드 갈레와 살게 되었다. 오후부터 그녀는 몬느의 부인이 된 것이다.

약혼 기간은 5개월 동안 지속되었다. 첫 만남이 우여곡절이 많았던 만큼 약혼 기간은 평온했다. 몬느는 자전거나 마차를 타고 사블로니에르 영지에 매우 자주 왔다. 벌판과 전나무 숲을 향해 있는 큰 창가에서 책을 읽거나 바느질을 하던 갈레 양은 1주일에 두 번 이상, 커튼 너머로 빠르게 지나가는 그의 커다란 그림자를 보곤 했다. 왜냐하면 그는 항상 옛날에 가본 적이 있는 에움길로만 다녔기 때문이다. 하지만 그것만이 과거를 암시하는 유일한 행동이었다. 행복은 그의 이상한 괴로움을 잠재우고 있는 듯했다.

그 조용한 5개월 동안에 사소한 사건들이 일어났다. 나는 생브누아데상이라는 조그마한 마을의 교사로 발령이 났다. 생브누아는 큰 마을이 아니었다. 들판에 흩어져 있는 농장들이었다. 학교 건물은 길가에 완전히 외따로 있었다. 나는 혼자서 외롭게 살고 있었다. 그러나 사블로니에르 영지까지는 밭을 가로질러가면 걸어서 45분밖에 걸리지 않았다.

들루슈는 이제 비외낭세에서 벽돌 공사 청부업자로 일하는 삼촌 집에서 살고 있었다. 곧 그가 주인이 될 것이다. 그는 자주 나를 보러 왔다. 갈레 양의 부탁으로 지금은 몬느가 그에게 아주 상냥하게 대한다.

이런 사실 때문에 결혼식 하객들이 모두 떠난 오후 4시경 우리 두 사람이 여기를 떠나지 않게 된 것이다.

결혼식은 정오에 사블로니에르 영지의 옛 성당에서 아주 조용히 치러졌다. 성당은 근처 언덕 위에 아직 허물어지지 않은 상태로 전나무에 반쯤 가려져 있었다. 점심식사가 끝나자 몬느의 어머니, 우리 부모님, 플로랑탱 삼촌, 그리고 다른 사람들은 마차에 잽싸게 올라탔다. 자스맹 들루슈와 나만 남았던 것이다.

우리들은 사블로니에르 영지 뒤에 있는 숲의 가장자리를 거닐었다. 옛날에는 성곽이 있었지만 지금은 헐리고 없는 황무지의 가장자리였다. 인정하고 싶지 않지만 왠지 모르게 우리는 아주 불안했다. 우리들은 그런 생각에서 벗어나려고 했고, 산책하는 동안에 토끼들이 방금 긁어 만든 모래 위의 파인 흔적과 쳐놓은 올가미와 밀렵꾼들의 발자국들을 가리키며 불안한 마음을 떨쳐버리려고 했지만 소용없었다. 우리는 끊임없이 굴과 덤불의 가장자리로 돌아오곤 했다. 그곳에는 집이 보였는데 문이 닫힌 채 조용했다.

전나무 숲으로 향한 커다란 십자형 유리창 아래에는 나무 발코니가 하나 있었는데, 무성한 풀들이 바람에 휩쓸리며 뒤덮여 있었다. 불을 켜놓은 듯 불빛이 창문 유리에 비쳤다. 때때로 그림자가 지나갔다. 주위의 밭과 채소밭에도, 옛날 부속 건물을 남겨둔 유일한 농장에도, 온통 주위에는 침묵과 적막이 감돌았다. 소작인들은 주인의 행복을 축하하기 위해 마을로 떠났던 것이다.

때때로 거의 비나 다름없는 습기를 머금은 바람이 얼굴을 적시고 피아노 소리를 우리에게 전해주었다. 저쪽 문이 닫힌 집에서 누군가 피아노를 연주하고 있었다. 나는 잠시 멈추고 조용히 들었다. 처음에는 아주 멀리서 기쁨에 겨워 노래하는 떨리는 목소리 같았다. 방에서 자기 장난감을 모두 꺼내 친구 앞에 펼쳐놓은 소녀의 웃음소리 같기도 했다. 나는 또한 이런 생각을 하기도 했다. 어떤 부인이 아름다운 옷을 입고 그것을 보여주러 와서는 맘에 들지 안 들지를 걱정하는 기쁨이 그것이다. 내가 모르는 그 노래는 하나의 기도이고, 너무 괴롭지 않게 해달라는 행복에 대한 간청이고, 행복 앞에 무릎을 꿇는 것과 같은 인사이기도 했다.

나는 생각했다. '마침내 그들은 행복하구나. 몬느가 저기 그녀 옆에 있으니.'

그것을 알고 그것에 대해 믿는다는 것은 나와 같이 정직한 아이를 완벽히 만족시켜주기에 충분했다.

그 순간 나는 완전히 생각에 빠져 바다의 안개와 같은 평야의 바람에 얼굴을 적시고 있는데, 누가 어깨를 건드렸다.

"들어봐!" 들루슈가 아주 작은 소리로 말했다.

나는 그를 쳐다보았다. 그는 나에게 움직이지 말라는 신호를 했다. 그 자신도 고개를 숙인 채 눈썹을 찌푸리고 귀를 기울이고 있었다……

프란츠가 부르는 소리

"우—우!"

이번에는 나도 들었다. 그것은 내가 이미 옛날에 들은 적이 있는, 처음에는 높고 뒤에는 낮은 두 음표로 된 신호였고 누군가 부르는 소리였다. 아! 기억난다. 학교 철문에서 어린 친구를 소리쳐 부를 때의 그 키 큰 희극배우의 목소리였다. 프란츠가 우리에게 언제 어디서나 응하도록 맹세하게 했던 호출 소리였다. 그러나 오늘 그가 여기서 무엇을 요구하는 것일까?

"왼쪽의 큰 전나무 숲에서 나는 소린데. 분명 밀렵꾼일 거야."
내가 나지막이 말했다.

들루슈는 고개를 흔들었다.

"그게 아니라는 걸 너도 잘 알고 있잖아." 그가 말했다.

이윽고 더욱 낮게 말했다.

"그 두 녀석이 오늘 아침부터 이 지방에 와 있어. 나는 성당 근처에 있는 숲에서 11시에 가나슈와 마주쳤어. 망을 보고 있더군. 그는 나를 보자 도망쳤어. 그들은 아마 멀리서 자전거를 타고 왔을 거야. 등에까지 진흙이 잔뜩 튀어 있었거든."

"그렇다면 그들이 찾는 것은 뭘까?"

"그건 나도 전혀 몰라. 그렇지만 확실한 것은 우리가 그들을 쫓아내야 한다는 사실이야. 그들을 이 근처에서 배회하게 놔두어서는 안 돼. 그렇지 않으면 별의별 이상한 일이 다시 벌어질 거야……"

나도 말은 안 했지만 그와 같은 의견이었다.

"가장 좋은 방법은 그들을 만나 원하는 게 뭔지 알고 설득시키는 거야." 내가 말했다.

우리는 말없이 천천히 그 외침 소리를 따라서 허리를 구부리고 덤불숲을 지나 숲에까지 들어갔다. 여기저기서 규칙적인 간격으로 긴 외침 소리가 구슬프게 들렸다. 하지만 그 소리는 우리 둘에게 모두 불길한 전조처럼 여겨졌다.

규칙적으로 심어놓은 나무들 사이로 모든 것이 포착되는 전나무 숲에서는 누구를 습격한다거나 보이지 않게 뒤쫓아가는 일이 대단히 어려운 노릇이다. 우리는 시도조차 해보지 않았다. 나는 숲 모퉁이에 자리를 잡았다. 들루슈도 나처럼 내려다보는 자세로 반대쪽 모퉁이에 자리를 잡았다. 즉 직사각형의 숲 외곽 양쪽에서 보헤미안 중의 하나가 도망치려고 하면 즉각 소리칠 수 있도록 말이다. 그와 같이 배치되자 나는 평화의 정찰자 역할을 수행하기 시작했다. 나는 불러보았다.

"프란츠! 프란츠! 두려워할 필요 없어. 나야, 쇠렐이야. 너에
게 할 말이 있어."

잠시 침묵이 흘렀다. 내가 다시 큰 소리로 부르려는데, 그때 내
시야가 완전히 미치지 못하는 전나무 숲 한가운데서 어떤 목소리
가 명령했다.

"지금 그 자리에 그대로 있어. 그쪽으로 갈 테니까."

거리가 좁혀지는 듯한 전나무 숲 사이로 나는 점점 다가오고 있
는 한 젊은이의 그림자를 똑똑히 알아볼 수 있었다. 그는 흙투성
이가 된 허름한 옷을 입고 있는 것 같았다. 자전거의 집게 핀이
바지 아랫단을 얽어매고 있었고, 제멋대로 자란 머리칼 위에는
학생 모자를 쓰고 있었다. 이제 그의 야윈 얼굴이 보였다. 그는
울었던 것 같다.

그는 내게로 다가오며 단호하게, 매우 공격적인 태도로 물었다.

"왜 그래?"

"프란츠, 너야말로 여기서 뭘 하는 거야? 뭣 때문에 행복하게
사는 저들을 괴롭히려고 왔느냐 말이야? 무엇을 요구하려고? 말
해봐."

이렇게 단도직입적으로 물었더니 그는 약간 얼굴을 붉히고 더
듬거리며 대답했다.

"난 불행해. 불행하단 말이야."

이윽고 그는 팔에 머리를 파묻고 나무에 기댄 채 괴로운 듯 흐
느끼기 시작했다. 우리는 전나무 숲속으로 조금 더 걸어갔다. 그
곳에는 침묵 그 자체였다. 숲 가장자리의 전나무에 막혀 바람 소

리조차 들리지 않았다. 규칙적으로 심어진 나무들 사이에서 흐느
낌을 억누르는 듯한 소리만이 계속되다가는 사라지곤 했다. 나는
그 발작이 진정되기를 기다렸다. 그러다가 그의 어깨에 손을 얹
고 말했다.

"프란츠, 나와 함께 가자. 내가 너를 그들 곁으로 데려갈 테니.
그들은 너를 잃어버렸다가 다시 찾은 아이처럼 반갑게 맞이할 거
야. 그러면 모든 게 끝나는 거야."

그러나 그는 내 말을 들으려고 하지 않았다. 불행하고 고집 센
그는 화가 난 채 눈물로 목이 멘 소리로 다시 말했다.

"그러면 몬느는 이제 나에 대한 관심이 없는 거니? 그는 내가
부르는데도 왜 대답을 하지 않는 거니? 왜 그는 약속을 지키지
않는 거야?"

"이봐, 프란츠, 환상의 시절과 어린애같이 장난하는 시절은 지
나갔어. 네가 좋아하는 그들, 네 누이와 오귀스탱 몬느의 행복을
네 환상 때문에 깨뜨리지 말아줘." 내가 대답했다.

"하지만 너도 알다시피 그만이 나를 구할 수 있어. 그만이 내가
찾는 사람의 발자취를 찾을 수 있단 말이야. 가나슈와 나는 3년 동
안이나 프랑스 방방곡곡을 누볐지만 아무런 소득이 없었어. 나는
네 친구밖에는 믿을 사람이 없어. 그런데 그가 대답을 안 한단 말
이야. 이제 그는 자신의 사랑을 찾았어. 그렇다면 이제 왜 내 생각
을 해주지 않는 거지? 그는 길을 떠나야 해. 이본은 그가 떠나는
것을 허락할 거야. 그녀는 내 이야기를 거절한 적이 없으니까!"

흙먼지로 더러워진 얼굴에 눈물 자국이 얼룩진 그의 모습은 흡

사 기진맥진한 늙은 소년의 얼굴 같았다. 눈은 주근깨로 둘러싸여 있었고, 턱수염을 깎지 않아 덥수룩했고, 너무 길게 자란 머리칼이 칼라 위까지 늘어져 있었다. 그는 주머니에 두 손을 찔러 넣은 채 떨고 있었다. 그는 옛날 누더기를 걸친 왕국의 어린이가 아니었다. 틀림없이 마음은 옛날보다 더 어린애일 것이다. 거만하고, 몽상적이고, 게다가 절망에 빠진 어린애였던 것이다. 그 어린애 같은 행동이 이미 늙어버린 그 소년에게는 견딜 수 없는 고통이었다. 옛날에는 그에게 오만한 젊음이 있었기 때문에 모든 광기가 허용되었던 것이다. 지금의 그를 보면 우선 성공적인 삶이 아니라는 이유 때문에 불쌍히 여기게 되고, 소설 속에 나오는 젊은 주인공처럼 하는 상식 밖의 행동을 비난하게 되는 것이다. 결국 나는 모두의 사랑을 받았던 그 아름다운 청년이 친구 가나슈처럼 먹고살기 위해 도둑질을 한 것임에 틀림없다고 생각했지만 내 본심은 아니었다. 그의 자존심이 거기에 굴복하다니!

"만약 며칠 뒤에 몬느가 오직 너만을 위한 여행에 나설 것이라고 네게 약속한다면?" 마침내 나는 한참 생각해본 뒤에 말했다.

"그는 성공할 거야, 그렇지? 너도 그렇게 믿지?" 그는 이를 딱딱 마주치면서 물었다.

"나도 그렇게 생각해. 그와 함께라면 모든 것이 가능할 거야."

"그런데 내가 그걸 어떻게 알 수 있지? 누가 나에게 그걸 알려줄 건데?"

"정확하게 1년 뒤 이 시간에 여기로 오면 돼. 그러면 너는 사랑하는 여자를 여기서 만날 수 있을 거야."

이렇게 말한 나는 신혼부부를 괴롭히지 않고 무아넬 대고모에게 가서 물어본 다음에 서둘러서 처녀를 찾으려고 생각했다.

프란츠는 이제야 정말 안심된다는 표시의 눈초리로 나를 똑바로 쳐다보았다. 그는 아직도 열다섯 살의 소년과 같았다. 어쨌든 15세의 소년 그대로였다. 그 나이는 우리가 생트아가트에서 교실 청소를 하던 때였고, 우리 셋이서 치기를 부리며 그 무서운 맹세를 했을 때였다.

그는 절망감에 사로잡혀서 다음과 같이 말했다.

"그러면 우린 떠나겠다."

그는 분명 쥐어짜는 가슴을 안고 또다시 떠나게 될 주변의 숲을 둘러보았다.

"우리는 사흘 뒤에 독일로 가는 길 위에 있을 거야. 여기서 멀리 떨어진 곳에 마차를 놓고 왔어. 우리는 쉬지 않고 서른 시간이나 걸어왔어. 결혼식 전에 몬느를 데리고 가려고 시간에 맞추어 도착하려고 했지. 그가 사블로니에르 영지를 찾았던 것처럼 그와 함께 내 약혼녀를 찾으러 가려고 말이야."

이윽고 그는 무서운 어린애 같은 생각에 사로잡혀 이렇게 말하면서 사라졌다.

"네 친구 들루슈를 불러. 내가 그를 만나게 되면 무서운 일이 벌어질 테니까."

전나무 사이로 그의 희미한 그림자가 점점 사라져갔다. 들루슈를 불러 함께 주위를 살펴보았다. 거의 동시에 저쪽에서 몬느가 집의 덧문을 닫고 오는 것이 보였고, 그의 이상한 태도에 감짝 놀랐다.

제9장
행복한 사람들

　나중에, 나는 거기서 일어났던 모든 일을 자세하게 알 수 있었다.

　사블로니에르 영지의 거실에는 오후부터 몬느와 그의 부인이 있었다. 나는 아직도 그녀를 갈레 양이라고 부른다. 초대 손님들은 모두 갔다. 갈레 씨는 잠시 집 안의 공기를 환기시키려고 문을 활짝 열어놓았다. 그러고 나서 그는 비외낭세로 갔다. 모든 곳을 열쇠로 잠그고 소작인에게 몇 가지 지시를 내리기 위해 저녁식사 때나 돌아올 예정이었다. 그 두 젊은이에게는 밖의 어떤 소리도 더 이상 들리지 않았다. 옆 언덕에서 잎이 떨어진 갈대가 유리창을 두드릴 뿐이었다. 마치 표류배 속에 있는 두 여행자처럼 두 연인은 행복하게 겨울의 세찬 바람 속에 갇혀 있었다.

"불이 꺼질 것 같아요." 갈레 양이 말했다. 그리고 그녀는 큰 상자에서 장작 한 개비를 꺼내려고 했다.

그러자 몬느가 재빨리 달려와서 자신이 불 속에 나무를 던졌다.

이윽고 그는 그녀가 내민 손을 붙들었다. 그들은 마치 서로 주고받을 수 없는 많은 이야기 때문에 그런 듯 숨을 죽이고 마주 서 있었다.

바람 소리가 넘쳐흐르는 강물 소리처럼 들려왔다. 기차의 창문에 떨어질 때처럼 이따금 물방울이 대각선으로 유리창 위에 선을 그었다.

그러자 그녀가 손을 뺐다. 그녀는 복도 문을 열고 신비한 미소를 지으며 사라졌다. 몬느는 잠시 희미한 불빛 속에 혼자 남아 있었다. 작은 괘종시계의 똑딱 소리가 생트아가트의 식당 방을 생각나게 했다. 그는 틀림없이 이렇게 생각했을 것이다. '옛날에 낯선 손님들의 소곤거리는 소리와 지나가는 발소리로 가득 찼던 그 복도, 이 집, 이것이 내가 그토록 찾던 것이구나'라고.

그 순간 그는 집 근처에서 프란츠의 첫 외침 소리 ― 훗날 갈레 양은 자기도 그 소리를 들었다고 말했다 ― 를 들었던 것이다.

젊은 부인은 그때 자기가 가지고 있던 놀라운 물건들을 그에게 보여주려고 했지만 소용이 없었다. 그것은 소녀 시절에 갖고 놀던 장난감과 어렸을 때의 사진들이었다. 프란츠와 함께 작업복을 입고 어머니의 무릎 위에 앉아 있는 그녀는 얼마나 예뻤던지…… 다음에는 그 옛날 얌전한 옷을 입고 있는 사진 전부를 보여주었다. "보세요! 당신이 생트아가트의 학생 시절 나를 만날 무렵까지 내가 입었던 옷이 이거예요." 그러나 몬느는 이제 아무것도 보고 있지 않았고 아무 소리도 듣고 있지 않았다.

그렇지만 한순간 그는 상상도 못했던 이상한 생각에 사로잡혀 있는 것 같았다.

"당신이 여기 있군. 당신이 식탁 옆을 지나가며 손을 거기에 짚고 있군." 그는 현기증이 날 때처럼 꺼져가는 목소리로 말했다.

"우리 어머니가 젊었을 때 나에게 이야기해주기 위해 상반신을 이렇게 약간 기울이고 있었지. 그리고 어머니가 피아노를 칠 때에는……"

그러자 갈레 양은 밤이 깊어지기 전에 피아노를 치겠다고 했다. 그러나 거실의 한 모퉁이는 피아노를 치기에는 너무 어두웠다. 그래서 촛불을 켜야만 했다. 불그스레한 등불의 갓이 불안한 나머지 양쪽 광대뼈가 빨개진 젊은 부인의 얼굴을 더욱 붉게 만들었다.

저쪽 숲의 가장자리에 있던 나는 바람 소리에 실려오는 음악 소리를 듣기 시작했다. 바로 그때 전나무 숲속에서 우리에게 다가오고 있던 미친 두 사람의 두번째 외침 소리 때문에 우리는 그 음악 소리를 듣지 못했다.

몬느는 오랫동안 말없이 창밖을 내다보며 그녀의 피아노 연주를 듣고 있었다. 그는 여러 번 연약하고 고뇌에 찬 그 부드러운 얼굴 쪽으로 시선을 돌리곤 했다. 이윽고 그는 갈레 양에게 다가가 부드럽게 그녀의 어깨 위에 손을 얹었다. 그녀는 자기 목덜미에 쏟아지는 애무를 부드럽게 느꼈다. 그녀가 거기에 응할 줄 알아야 했으련만……

"해가 저물었소. 덧문을 닫고 올 테니 연주를 계속해요." 마침내 그가 말했다.

그때 당시 그 어둡고 거친 마음속에 도대체 무슨 일이 일어난 걸까? 이따금 생각해보았으나, 너무 늦게야 그것을 알게 되었다. 우리가 모르는 양심의 가책일까? 설명할 수 없는 회한일까? 자기 손에 그처럼 꽉 붙들고 있는 커다란 행복이 사라질까 봐 두려웠었나? 그렇지 않으면 그가 마침내 얻어낸 그 놀라운 것을 돌이킬 수 없도록 땅에 내던지고 싶은 무서운 유혹이 일었을까?

그는 한 번 더 아내를 돌아본 다음에 말없이 천천히 밖으로 나왔다. 우리는 숲의 가장자리에서 그가 처음에는 약간 망설이는 듯하다 덧문을 닫고 우리 쪽을 멍하니 쳐다보다 다른 쪽 덧문을 닫고는 갑자기 우리 쪽 방향으로 성큼성큼 달려오는 것을 보았다. 우리가 더 오래 숨어 있게 될지도 모른다고 생각했는데, 그전에 우리 근처로 왔다. 그가 최근에 심은 작은 나무 울타리를 뛰어넘었을 때 우리를 알아보았다. 그 울타리는 목장의 경계를 이루고 있었다. 그는 뒷걸음질을 쳤다. 그의 험상궂은 태도, 쫓기는 짐승 같은 모습이 지금도 기억에 선하다. 그는 작은 시냇물 옆에 있는 울타리를 뛰어넘으려고 몇 발자국 뒤로 물러서는 듯했다.

"몬느! 오귀스탱!" 나는 그를 불렀다.

그러나 그는 고개조차 돌리지 않았다. 그때 그를 붙들 수 있을 만한 유일한 생각이 떠올랐다.

"프란츠가 저기 있어. 거기 서." 내가 외쳤다.

마침내 그가 멈춰 섰다. 그는 숨을 헐떡거리며 내가 뭐라고 말할지 생각할 틈도 주지 않고 말했다.

"그가 거기 있어! 그가 무얼 요구했지?"

"그는 지금 불행해. 그는 자신이 잃어버린 것을 찾기 위해 방금 전에 네게 도움을 요청했어." 내가 대꾸했다.

"아! 그럴 줄 알았어. 나는 그 생각을 떨쳐버리려고 해도 소용 없었어. 그런데 그는 도대체 어디 있는 거야? 빨리 말해." 그는 고개를 떨어뜨리고 이렇게 말했다.

프란츠는 이미 떠났고, 이제는 확실히 그를 다시 만날 수 없다고 말했다. 몬느는 크게 실망하는 눈치였다. 그는 머뭇거리다가 두세 발자국 옮기더니 멈춰 섰다. 주저하는 빛과 슬픈 모습이 역력했다. 내가 몬느의 이름을 걸고 프란츠에게 했던 약속을 이야기했다. 그에게 1년 후 이 장소에서 만나자는 약속을 했다고 말했다.

보통 때는 매우 침착하던 오귀스탱이 지금은 이상하게 안절부절못하며 신경질적이 되었다.

"아! 왜 그렇게 했어? 그래, 나는 틀림없이 그를 구할 수 있을 거야. 그러나 금방 시작해야 해. 그를 만나야 하고 그에게 말해야 해. 그리고 그에게 용서를 구해야 하고 나는 모든 걸 수습해야 돼. 그렇지 않으면 나는 이곳에 있을 수 없어." 그가 말했다.

그가 사블로니에르 집 쪽으로 돌아섰다.

"그와 주고받은 어린애 같은 약속 때문에 너는 지금의 행복을 망치려 들고 있어." 내가 말했다.

"아! 그게 단지 그 약속 때문만이라면……" 그가 말했다.

그렇게 해서 나는 무언가 다른 것이 그 두 젊은이를 엮고 있다는 사실을 알았지만, 뭔지 짐작할 수는 없었다.

"어쨌든 이제 쫓아갈 시간은 없어. 그들은 지금쯤 독일로 가고 있을 거야." 내가 말했다.

그가 막 대꾸하려고 하는데, 머리를 풀어헤친 채 공포로 가득한 어떤 얼굴이 우리 앞에 불쑥 나타났다. 갈레 양이었다. 아마도 그녀는 달려온 것 같았다. 얼굴이 흠뻑 땀에 젖어 있었기 때문이다. 이마와 오른쪽 눈 위가 찢어지고 머리칼 속이 피범벅이 된 것으로 보아 넘어져서 다친 것 같았다.

갑자기 내 머릿속에는 파리의 빈민가에서 행복하고 단란해 보이던 성실한 부부가 길가에 나와 싸우는 바람에 경찰이 말리던 장면이 떠올랐다. 그런 충격적인 장면은 식사하는 도중이라든가, 일요일에 외출하기 직전이라든가, 아들의 생일을 축하하려는 순간이라든가, 아무 때나 갑자기 일어나는 것이었다. 그러면 모든 것이 잊혀지고 엉망진창이 되어버리는 것이다. 그런 소란 속에서 남녀는 가련한 두 악마에 지나지 않는다. 애들은 눈물을 흘리며 부모에게 들러붙어 그들을 꼭 껴안으며 입 좀 다물고 제발 싸우지 말라고 애원하는 것이다.

갈레 양이 몬느 곁에 왔을 때, 그녀는 그 아이들, 그 겁먹은 애들 중의 하나를 생각나게 했다. 그녀의 친구들과 마을 사람들 모두가 그녀를 보았을 것이고, 그래도 그녀는 달려와서 이 같은 모양으로 머리를 풀어헤치고 눈물을 흘리며 넘어지고 고꾸라지며 먼지투성이가 되어서 왔을 것이라고 생각했다.

그러나 몬느가 아직 거기에 있었고 이번에는 적어도 그가 자기를 버리지 않을 것이라는 사실을 알게 되자 그의 팔짱을 끼고는 어린애처럼 눈물을 흘리면서도 웃지 않을 수 없었던 것이다. 그들은 서로 아무 말도 하지 않았다. 그러나 그녀가 손수건을 꺼내자 몬느는 그것을 부드럽게 받아 쥐더니, 조심스럽게 정성들여 그녀의 머리칼에 묻은 피를 닦아주었다.

"이제 돌아가지." 그가 말했다.

나는 그 두 사람이 돌아가게 내버려두었다. 겨울 밤바람이 그들의 얼굴을 세차게 후려쳤다. 그는 보행이 어려운 곳에서는 그녀를 부축했고, 그녀는 미소를 짓고 잠시 떠났던 처소를 서둘러 향했다.

전날 밤의 법석이 행복한 결말로 수습되었다. 하지만 나는 안심이 되지 않아 불안해하며 다음날 온종일 학교 안에 틀어박혀 있어야만 했다. 저녁 수업으로 이어지는 '연구 수업'이 끝나자마자 나는 사블로니에르 영지로 길을 떠났다. 그 집으로 이르는 전나무 숲속 길에 다다랐을 때에는 어둠이 깔려 있었다. 모든 덧문은 이미 닫혀 있었다. 나는 결혼식 다음날 너무 늦은 시각에 나타남으로써 폐를 끼치게 될까 봐 걱정되었다. 나는 문이 닫힌 그 집에서 누군가 나오기를 기다리면서 그 집 주위와 정원의 가장자리를 아주 늦게까지 서성거렸다. 그러나 내 희망은 수포로 돌아갔다. 이웃 소작 농가에서조차 아무 움직임도 없었던 것이다. 나는 극도로 불길한 생각에 사로잡혀 집으로 돌아올 수밖에 없었다.

그 다음날인 토요일도 여전히 불안했다. 저녁 무렵 나는 가면서 먹으려고 빵 한 조각과 지팡이, 반코트를 급히 챙겼다. 이미 밤이 되었을 때 도착했는데, 전날 저녁처럼 사블로니에르 영지의 모든 문이 닫혀 있었다. 2층에서 새어나오는 희미한 불빛만 보였을 뿐 아무 소리도 들리지 않았고, 어떤 움직임도 보이지 않았다. 그렇지만 이웃 소작 농가의 마당에 이르자 이번에는 그 집 문이 열려 있는 것을 보았고, 부엌 안에 불이 켜져 있었다. 저녁식사 시간인 듯 발자국 소리와 사람들의 이야기 소리가 들렸다. 그것 때문에 안심이 되었다. 물어볼 필요도 없었다. 나는 그 집 사람들에게 아무 이야기도 할 수 없었고 아무것도 물을 수 없었다. 그래서 나는 돌아서서 문이 열리고 오귀스탱의 커다란 그림자가 나타나는 것을 볼 생각으로 기다렸지만 허사였다.

내가 사블로니에르 영지의 현관 벨을 누르기로 결심한 것은 일요일 오후였다. 헐벗은 언덕을 올라가고 있는데 멀리서 겨울의 일요일 저녁 기도회를 알리는 종소리가 들려왔다. 나는 외롭고 슬펐다. 왠지 슬픈 예감이 들었다. 벨을 눌렀을 때 갈레 씨 혼자 나타난 것을 보고도 나는 많이 놀라지 않았다. 그는 나에게 나지막이 말했다. 이본 드 갈레가 심한 열 때문에 누워 있고, 몬느는 금요일에 긴 여행을 떠났는데 언제 돌아올지 모른다는 것이었다.

몹시 당황하며 슬픔에 잠겨 있는 그 노인이 들어오라는 말을 하지 않았으므로 나는 곧바로 작별 인사를 고했다. 문이 다시 닫히자 나는 가슴이 너무 아프고 혼란스러운 나머지 잠시 돌계단에 앉아 햇빛을 받으며 처량 맞게 바람에 나부끼고 있는 등나무의 말라빠진 가지를 하염없이 쳐다보고 있었다.

몬느가 파리에 정착하기로 결심한 이후 지녀왔던 남모르는 회한이 마침내 극에 달했던 것이다. 내 친구는 겨우 붙잡은 행복에서.마침내 달아나야만 했던 것이다.

나는 매주 목요일과 일요일마다 이본 드 갈레의 소식을 물으러 갔고, 마침내 회복기에 들어선 그녀는 저녁때인데도 불구하고 나에게 들어오라고 간청했다. 밭과 숲 쪽으로 난 낮은 창문이 있는 거실 난로 앞에 그녀가 앉아 있었다. 그녀는 생각보다 창백하지는 않았다. 반대로 눈 밑에 빨간 반점이 있는 것으로 보아, 대단히 열이 심하고 극도의 흥분 상태에 있는 것 같았다. 그녀는 기력이라고는 조금도 없어 보였음에도 불구하고 외출할 것처럼 옷을 입고 있었다. 그녀는 거의 말을 하지 않았지만 이따금 한마디씩 내뱉을 때마다 마치 아직 행복이 사라지지 않았다는 것을 자신에게 타이르기라도 하듯 이상하게도 생기가 있었다. 나는 그때 우리가 무슨 이야기를 했는지 기억하지 못한다. 다만 한참 망설이다가 몬느가 언제 돌아올지 물었던 것만이 생각난다.

"그가 언제 돌아올지 나도 몰라요." 그녀가 힘주어 말했다.

그녀의 눈동자에는 애원하는 빛이 서려 있었고, 그래서 나는 더 이상 물어볼 수 없었다.

나는 자주 그녀를 보러 갔다. 천장이 낮아 다른 곳보다 유난히 빨리 어두워지는 그 응접실의 난롯가에서 그녀와 나는 이야기를 주고받았다. 그녀는 한 번도 자신에 관해서나 감추어진 고통에 관해서 이야기하지 않았다. 그러나 그녀는 생트아가트에서 보낸 우리의 학창 시절에 대해서는 꼬치꼬치 캐물었다.

그녀는 성숙한 아이들이 갖게 마련인 고뇌에 관한 이야기를 거의 어머니 같은 관심을 가지고 다정스럽고 진지하게 듣곤 했다. 그녀는 우리의 대담하거나 위험한 장난 이야기에도 전혀 놀라는 것 같지 않았다. 아버지 갈레 씨에게서 물려받은 사려 깊은 애정 탓인지 오빠의 눈물겨운 모험에 관한 이야기를 들으면서도 그녀는 전혀 지겨워하지 않았다. 단 한 가지 지나간 과거에서 후회되는 일은 오빠와 속내 이야기를 전혀 해보지도 않았다는 점인 것 같다. 오빠는 집을 완전히 떠날 때에도 그녀뿐만 아니라 아무에게도 말해보지도 않고 스스로 구제받을 수 없는 인간이라고 판단해 버렸기 때문인 것이다. 거기에 생각이 미치자 그것이야말로 자신이 감당해야 했던 무거운 짐이었음을 깨달았다. 그것은 그녀의 오빠처럼 극도로 몽상가적인 생각을 가진 사람을 도와주어야 할 때 갖게 되는 위험한 짐이었으며, 모험을 즐기는 내 친구 대장 몬느와 같은 사람과 결혼하게 되었을 때 생기는 몹시 힘든 짐이었다.

그녀가 오빠의 어린 시절의 꿈에 관해 간직해온 믿음, 스무 살까지 그 속에서 살았던 오빠의 꿈의 단편들을 간직해온 그녀의 배려, 그녀는 어느 날 가장 감동적이고도 신비롭다고 할 만한 그 믿음과 그 배려의 증거를 내게 보여주었다.

늦가을과 같은 쓸쓸한 4월의 어느 날 저녁이었다. 약 한 달 전부터 예년보다 빨리 찾아온 따뜻한 봄 날씨가 계속되었다. 젊은 부인은 갈레 씨와 함께 장시간 산책하는 것을 대단히 좋아했다. 그러나 그날은 그 노인이 지쳐 있었다. 날씨가 추웠지만 그녀는 나에게 시간이 있으면 함께 가달라고 요구했다. 사블로니에르 영지에서 연못을 따라 2킬로미터 정도 나아갔을 때 폭풍과 비, 우박이 갑자기 우리를 기습했다. 끝없이 내리는 소나기를 피하려고 헛간에 들어가서 어두워진 풍경을 바라보며 생각에 잠겨 서 있는 우리에게로 얼음장같이 차가운 바람이 불어와 대단히 추웠다. 옷이 몸에 찰싹 달라붙어 창백해진 그녀는 아주 괴로운 표정을 짓고 있었다.

"돌아가야겠어요. 너무 오래 걸었어요. 무슨 일일까요?" 그녀가 말했다.

그러나 놀랍게도 비가 좀 멎어서 떠날 수 있게 되자 젊은 부인은 사블로니에르 영지로 돌아가지 않고 가던 길을 계속해서 가면서 나더러 따라오라고 했다. 한참 걸어가니 내가 모르는 어떤 집 앞에 이르렀다. 그 집은 프레브랑주로 가는 길옆에 외따로 떨어져 있었다. 슬레이트 지붕을 얹은 중산층의 집이었으며, 인가와 떨어져 고립되어 있다는 것을 제외하고는 그 지방에서 흔히 볼 수 있는 그렇고 그런 집이었다.

이본 드 갈레의 태도로 보아 그 집이 자기네 것인 듯했고, 긴 여행을 하는 동안 버려둔 집인 것 같았다. 그녀는 몸을 구부리고 철문을 열고는 서둘러서 그 외딴집을 불안스럽게 관찰했다. 길고 긴 겨울 저녁에 어린애들의 놀이터로 제공되었을 풀이 많은 마당은 소나기로 인해 웅덩이가 파였다. 굴렁쇠가 웅덩이에 빠져 있었다. 어린애들이 꽃과 콩을 심은 화단에는 길게 뻗은 하얀 조약돌만이 비에 젖어 있었다. 그리고 마침내 우리는 비에 젖은 문지방 위에 소나기를 맞은 병아리 새끼들이 웅크리고 있는 것을 발견했다. 뺏뺏해진 어미닭의 깃과 날개 아래에서 병아리들은 죽은 듯이 있었다.

그 불쌍한 광경을 보고 젊은 부인은 짧은 비명을 질렀다. 그녀는 몸을 구부리고 물이나 진흙이 튀어도 상관하지 않고 죽은 병아리를 골라내고는 살아 있는 병아리 새끼를 안아서 외투의 앞자락에 감쌌다. 이윽고 우리는 그녀가 가지고 있던 열쇠로 문을 따고 그 집 안으로 들어갔다. 문 네 개가 좁은 복도로 향하고 있었고, 그곳으로 바람이 쌩쌩 소리를 내며 들이닥쳤다. 이본 드 갈레가 오른쪽에 있는 첫번째 문을 열고 나를 어두운 방 안으로 들어가게 했다. 잠시 후 나는 거기서 붉은 새털로 만든 시골식의 이불이 덮여 있는 침대와 큰 거울을 보았다. 그 집의 나머지 부분을 잠깐 돌아본 다음 그녀는 솜털로 덮인 바구니에다 불쌍한 병아리를 담아가지고 돌아왔다. 그녀는 바구니를 조심스럽게 털 이불 밑에 집어넣었다. 새벽이나 황혼에나 볼 수 있는 희미한 햇빛이 우리의 얼굴을 더욱 창백하게 만들었고, 황혼의 분위기를 더욱 어둡게 만들었다. 우리는 그 이상한 집에서 추위에 떨며 괴로운 듯이 서 있었다.

이따금 그녀는 따뜻해져가는 그 둥우리를 들여다보고는 다른 병아리가 죽지 않게 이미 죽은 병아리를 골라내곤 했다. 그때마다 다락방의 깨진 유리창을 통해 들어오는 바람 소리인지, 알지 못할 어린애들의 신비로운 오열인지 구분할 수 없는 어떤 것이 조용하게 신음 소리를 내는 것같이 느껴졌다.

"여기는 프란츠가 어렸을 때 놀던 집이에요. 그는 모든 사람에게서 멀리 떨어진 곳에, 놀고 장난치고 살 수 있는 혼자만을 위한 집을 항상 갖고 싶어 했지요. 아버지가 그런 공상을 대단히 별나고 재미있다고 생각해서 거절하지 않고 마련해주었던 거예요. 목요일이나 일요일에 프란츠는 마음만 내키면 아무 때나 어른처럼 이 집에 살러 오곤 했지요. 근처 농가의 어린애들이 그와 함께 놀러 왔고, 그를 도와 살림을 꾸려갔고, 정원에서 일을 하기도 했지요. 그건 정말 멋진 놀이였어요! 저녁이 와도 그는 혼자 자는 걸 무서워하지 않았어요. 우리는 오빠의 그런 행동에 탄복했기 때문에 전혀 불안해하지 않았죠." 그녀가 내게 말했다.

"오래전부터 이 집은 비어 있어요. 나이가 들고 슬픔으로 충격을 받은 아버지는 오빠를 다시 찾으러 나서지도 않았고, 기억하려고조차도 하지 않았어요. 그가 무엇을 할 수 있었겠어요?" 그녀는 한숨을 내쉬며 말을 계속했다.

"나는 여기에 자주 오곤 해요. 이 근처에 사는 농부의 아들들이 옛날처럼 여기로 놀러 오지요. 그들이 프란츠의 옛 친구라고 상상하는 것도 즐거운 일이에요. 오빠도 아직 어린애이고 자신이 선택한 약혼자와 함께 곧 돌아오리라고 상상하는 것도 즐겁지요. 그 애들은 나를 잘 알지요. 그래서 나는 그들과 함께 놀아요. 이 병아리들도 우리 것이에요."

그녀가 이제까지 전혀 말하지 않았던 이 모든 슬픔과, 그처럼 광기 어리고 매력적이고 감탄해 마지않았던 오빠를 잃어버린 그 모든 회한을 내게 고백하기 위해서 소나기 속을 달려와야만 했나

보다. 그래서 나는 아무런 대꾸도 하지 않고 속으로 흐느끼면서 그녀의 이야기를 듣고 있었다.

병아리들을 집 뒤에 있는 나무로 만든 둥우리에다 다시 넣고 문과 철책에 있는 문을 모두 닫은 다음 그녀는 슬픈 듯이 내 팔을 붙들었고, 나는 그런 그녀를 데리고 돌아왔다.

수주일, 수개월이 흘러갔다. 지나간 시절! 잃어버린 행복! 내 친구가 떠난 뒤, 우리 청춘 시절의 신비로운 연인이었고 공주였고 요정이었던 그녀를 위해서 그녀의 슬픔을 달래줄 수 있는 이야기를 해야 했고, 그녀의 팔을 붙들어주어야 하는 일이 내 몫이 되었다. 그 시절에 관해서, 생브누아 데상에서 내가 수업을 마친 다음 저녁이면 그녀와 나눈 대화에 관해서, 화제에 올릴 수 있는 유일한 것이지만 그에 관해서 우리가 입을 다물기로 결심한 그녀와의 산책에 관해서 이제 와서 내가 무슨 말을 할 수 있겠는가?

이미 내면세계 외에는 보지 않을 것처럼 눈꺼풀을 내리뜨고 나를 쳐다보던 그 두 눈동자와 헬쑥해진 얼굴에 대한 추억도 이미 반은 지워졌지만 그 추억 외에는 다른 어떤 추억도 간직한 것이 없다.

나는 봄과 여름 내내, 더 이상은 이런 일이 있을 수 없는 것처럼 그녀의 충실한 친구—— 우리가 그렇게 이야기하지는 않았지만 기다림의 친구——가 되었다. 오후에는 여러 번 우리는 프란츠의 집에 가곤 했다. 그녀는 바람을 좀 통하게 하고 젊은 주인이 돌아

와도 습기가 없도록 하기 위해 문들을 전부 열어놓곤 했다. 그녀
는 가축장에 살고 있는 반(半)야생의 가축들을 돌보아주었다. 목
요일이나 일요일이면 우리는 근처 시골 꼬마들의 놀이를 독려해
주기도 했다. 그들의 고함 소리와 웃음소리는 적막한 곳에 버려
진 그 작은 집을 더욱 쓸쓸하고 공허하게 만드는 것 같았다.

제11장
빗속의 대화

방학 중인 8월에 나는 사블로니에르 영지와 젊은 부인을 볼 수 없었다. 두 달간의 방학을 생트아가트에서 보내야만 했던 것이다. 나는 메마른 커다란 운동장과 체육실, 빈 교실을 다시 보게 되었다. 모든 것이 몬느에 관해서 이야기하는 것 같았고, 모든 것이 이제는 끝나버린 우리의 젊은 시절의 추억으로 가득 차 있었다. 기나긴 대낮에는 몬느가 오기 전처럼 도서실이나 아무도 없는 교실에 혼자 틀어박혀 있었다. 책을 읽기도 했고, 편지를 쓰기도 했고, 추억을 더듬기도 했다. 아버지는 멀리 낚시를 나가시곤 했고, 밀리는 옛날처럼 거실에서 바느질을 하거나 피아노를 연주했다. 초록색 종이로 만든 찢어진 왕관들, 값비싼 책의 표지들, 지우개로 지워진 칠판 등 모든 것이 학기가 끝났고, 상장도 수여되었으며, 모두가 가을과 10월의 새 학기와 새로운 노력을 기다리고 있음을 알려주고 있었다. 그 조용한 교실에서 나는 우리들의 젊은 시절 역시 끝났고, 그 시절의 행복도 잃어버렸다는 것을 생각하고 있었다. 나는 사블로니에르 영지에 다시 돌아갈 날을, 어쩌면 영원히 돌아오지 않을지도 모르는 오귀스탱 몬느의 귀환을 기다리고 있었다.

어머니 밀리가 신혼부부에 관해서 내게 물었을 때, 행복한 소식을 알려줄 게 하나 있었다. 나는 항상 어머니의 순진하면서도 짓궂은 질문 방식을 두려워했다. 어머니는 우리의 가장 비밀스런 생각을 적중시킴으로써 갑자기 우리를 곤란하게 만들어버리곤 했기 때문이다. 나는 몬느의 부인이 10월에 어머니가 된다는 사실을 알려주면서 모든 이야기를 거기서 중단해버렸다.

마음속으로 나는 이본 드 갈레가 그 중대한 소식을 내게 알려주던 그날을 생각했다. 잠시 침묵이 흘렀었다. 나로서는 약간 당황한 순간이었다. 그래서 아무 생각 없이 어색한 분위기를 벗어나기 위해 이렇게 말을 했었다.

"당신은 이제 대단히 행복해지겠군요."

이런 질문으로 오히려 모든 비극을 떠올리게 한다는 것을 말한 직후에야 깨달았다.

그러나 그녀는 어떤 저의도, 후회도, 회한도 없는 행복에 겨운 아름다운 미소를 지으며 대답했었다.

"네, 그래요. 대단히 행복해요."

일반적으로 가장 아름답고 낭만적인 방학의 마지막 1주일 동안, 폭우가 쏟아진 1주일 동안, 그래서 늘 불을 피워야 했던 1주일 동안, 그리고 보통 때 같으면 내가 비외낭세의 습기 찬 전나무 숲에서 사냥을 하며 보내곤 했던 그 1주일 동안, 나는 곧장 생브누아데샹으로 돌아갈 준비를 하고 있었다. 피르맹과 쥘리 숙모, 비외낭세의 사촌 누이들은 대답조차 하기 싫게 내게 너무 많은 질문을 퍼부어댔다. 이번에는 1주일간에 걸친 시골 사냥꾼으로서의 황홀한 생활을 단념했다. 그래서 수업 시작 나흘 전에 학교 사택으로 돌아왔던 것이다.

어두워지기 전에 나는 이미 노란 나뭇잎으로 뒤덮인 운동장에 들어섰다. 마부가 떠나자 소리가 잘 울려 퍼지는, 그리고 '유폐된' 듯한 식당 방에서 나는 어머니가 만들어준 식료품 꾸러미를 풀고 있었다. 마지못해 가볍게 식사한 다음, 나는 걱정도 되고 불안해져서 반코트를 입고 사블로니에르 영지로 곧장 산책을 나갔다.

도착한 첫날 저녁부터 불청객이 되고 싶지는 않았다. 그렇지만 젊은 부인의 창문에만 불이 켜져 있는 영지의 주위를 돌아보고 나자 나는 지난 2월보다는 훨씬 대담하게 건물 뒤쪽에 있는 정원의 울타리를 뛰어넘어 울타리에 기대어놓은 벤치에 가 앉았다. 이 세상에서 나를 가장 열광시켰고 나를 불안하게 만들었던 존재의 곁에 있다는 생각 때문에 거기 있는 것만으로도 행복했다.

어둠이 깔렸다. 이슬비가 내리기 시작했다. 고개를 숙이고 아무 생각 없이 나는 점점 젖어서 빗방울 때문에 반짝이고 있는 내 구두를 바라보고 있었다. 어둠이 천천히 나를 둘러싸고 신선한 공기가 내 꿈을 방해하지 않은 채 나를 감쌌다. 나는 그날과 같은

9월의 어느 날 저녁, 생트아가트 진흙길의 슬프지만 달콤한 추억을 더듬고 있었다. 안개가 잔뜩 끼었던 광장, 펌프장으로 가면서 휘파람을 불던 푸줏간 소년, 휘황찬란한 카페, 방학이 끝날 무렵 플로랑탱 삼촌 집으로 포장을 걷어버린 마차를 타고 왔던 웃기기 잘하는 사람들 등등을 생각하고 있었다. 처량하게도 나 자신에게 묻고 있었다. '내 친구 몬느와 그의 부인이 행복하지 못한데 이 모든 행복이 무슨 소용이람.'

그때였다. 고개를 드니 내 발 앞에 그녀가 와 있었다. 모래밭을 걸어온 그녀의 발자국 소리는 내가 울타리에서 떨어지는 물방울 소리로 혼동할 만큼 가벼운 소리를 냈던 것이다. 그녀는 머리와 어깨에 검은 양모로 만든 숄을 뒤집어쓰고 있었다. 이슬비 때문에 그녀의 머리카락이 뽀얬다. 아마도 그녀는 정원 쪽으로 난 창문을 통해서 나를 보았나 보다. 그래서 내게로 왔던 것이다. 옛날에 나의 어머니도 불안해하며 나를 찾으러 와서는 이렇게 말하곤 했다. "들어가야지." 그러나 밤비를 맞으며 산보하는 취미가 있는 그녀는 다정하게 말하는 것이었다. "감기 들겠다." 그러고는 나를 상대로 오래오래 이야기를 하며 거기 있었다.

이본 드 갈레는 뜨거운 손을 내게 내밀었다. 나를 사블로니에르 성곽 안으로 데리고 들어가는 것을 단념한 그녀는 이끼 긴 벤치의 좀 덜 젖은 부분에 앉았다. 반면에 나는 벤치에 한쪽 무릎을 기대고 서서 그녀의 이야기를 들으려고 그녀 쪽으로 몸을 기울였다.

그녀는 내가 그렇게 방학을 보낸 것에 대해서 처음에는 다정한 말로 나를 꾸짖었다.

“당신의 이야기 상대가 되기 위해서 훨씬 일찍 왔어야만 했어
요.” 내가 대답했다.

“사실 그래요. 나는 아직도 혼자예요. 몬느가 아직 돌아오지
않았거든요.” 그녀는 아주 낮게 한숨을 쉬며 말했다.

이 한숨이 후회와 숨 막히는 자책을 의미한다는 생각에, 나는
천천히 이야기하기 시작했다.

“그렇게 고상한 두뇌 속에 얼마나 많은 광기가 가득 찼는지!
아마도 모험의 취미가 모든 것보다 강한 모양이죠!”

그러나 젊은 부인은 내 말을 끊었다. 그리고 그녀는 그날 저녁
그 자리에서 처음이자 마지막으로 몬느에 관해서 내게 말했다.

“프랑수아 쇠렐 씨, 그렇게 말하지 마세요.” 그녀는 부드럽게
말했다.

“우리에게만, 아니 나에게만 있어요. 우리가 한 짓을 생각해보
세요. 우리가 그에게 말했잖아요. ‘여기 행복이 있다. 청춘 시절
에 네가 찾던 것이 여기 있다. 네 꿈의 전부였던 여인이 있다’고
말예요. 억지로 끌고 온 사람이 어떻게 망설임과 두려움, 공포에
사로잡히지 않을 수 있겠으며, 어떻게 달아나고 싶은 유혹을 뿌
리칠 수 있겠어요?”

“이본, 당신이 바로 그 행복이고, 바로 그 여인이라는 걸 잘 알
고 있잖소.” 내가 낮은 목소리로 말했다.

“아! 제가 잠시나마 어떻게 그런 오만한 생각을 가질 수 있었
을까요? 그런 생각이야말로 모든 것의 원인이 된 거예요.” 그녀
는 한숨을 쉬며 말했다.

"제가 당신에게 말했었죠. '저는 그를 위해 아무것도 할 수 없을 거예요'라고요. 마음속으로 이렇게 생각했어요. '그가 그토록 나를 찾았으니까, 그리고 그를 사랑하니까 나는 그를 행복하게 만들어주어야만 한다'고 말예요. 그러나 그의 열기와 그의 신비로운 회한을 가까이서 보았을 때 나는 다른 여자들처럼 가련한 부인에 지나지 않는다는 것을 깨달았어요. 그는 결혼식 날 밤과 그 이튿날 새벽에 '나는 당신에게 어울리는 사람이 못 됩니다'라고 되풀이 말했어요.

그를 위로하고 안심시키려고 노력했지요. 그러나 조금도 그의 고통을 진정시켜주지는 못했어요. 그래서 내가 말했지요. '만약 당신이 떠나야만 한다면, 그리고 아무것도 당신을 행복하게 해줄 수 없는 순간에 내가 당신에게 온 것이라면, 그리고 당신이 마음을 잡아 내 곁으로 돌아올 때까지 잠시 나를 떠나야만 한다면, 당신에게 떠나라고 말하고 싶습니다'라고요."

어둠 속에서 그녀는 나를 올려보았다. 그녀가 나에게 한 것은 일종의 고해성사와 같았다. 그녀는 내가 그녀의 행동을 칭찬을 하든 벌을 주든 불안해하며 기다리고 있는 것 같았다. 그러나 내가 뭐라고 말할 수 있겠는가? 마음속으로 나는 서툴고 야성적인 예전의 몬느를 보는 듯했다. 그는 변명을 하거나 어떤 허락을 요구하기보다는 항상 벌을 받는 쪽을 택했다. 물론 이본 드 갈레는 그에게 강제로라도 두 손으로 머리를 붙잡고 다음과 같이 말했어야만 한다. "당신이 무슨 짓을 했어도 상관없어요. 나는 당신을 사랑해요. 사람은 누구나 죄인이 아닙니까?"라고. 물론 그녀가 관용과 희생 정신을 보여줌으로써 그를 그처럼 모험의 길로 떠나가게 한 점에서는 대단히 잘못했다. 그러나 내가 어찌 그와 같은 선의와 그와 같은 사랑을 부인할 수 있단 말인가?

긴 침묵의 순간이 흘렀다. 그동안 마음속으로 괴로워하고 있던 우리는 울타리와 나뭇가지 위에 차가운 빗방울이 떨어지는 소리를 들었다.

"그래서 이튿날 아침 그는 떠났어요. 앞으로는 어떤 것도 우리를 더 이상 갈라놓지 않을 거예요. 그는 긴 여행을 떠나기 전에 젊은 아내를 남겨놓고 가는 남편처럼 그저 나를 포옹해주었을 뿐이에요."

그녀는 일어섰다. 나는 그녀의 뜨거운 손과 팔을 붙들었다. 우리는 캄캄한 길을 다시 올라갔다.

"그렇지만 그는 당신에게 편지 한 장도 보낸 일이 없지요?" 내가 물었다.

"한 번도 없어요." 그녀가 대답했다.

그러자 지금쯤은 프랑스나 독일의 어느 길을 가고 있을 그 모험 생활에 관한 생각이 떠올라, 우리는 처음으로 그에 관한 이야기를 하기 시작했다. 자세하게는 기억하지 못하지만 옛날의 인상이 기억 속에 되살아났다. 그동안 우리는 추억들을 보다 잘 주고받기 위해 아주 천천히 걸어서 집에까지 이르렀다. 정원의 울타리 뒤 어둠 속에서 나는 젊은 부인의 자상하고 낮은 목소리를 오랫동안 듣고 있었다. 옛날의 열정을 되살리며 나는 우정 어린 마음으로 우리를 버리고 간 친구에 관해서 지루하지 않게 그녀에게 이야기해주었다.

수업은 월요일에 시작될 예정이었다. 토요일 저녁 5시경, 겨울에 대비해서 내가 학교 운동장에서 나무를 자르고 있는데, 영지의 한 부인이 들어섰다. 그녀는 사블로니에르 영지에서 딸이 태어났다는 사실을 알리러 왔던 것이다. 대단히 난산이었다고 했다. 저녁 9시에 프레브랑주의 산파를 불러와야 했고 자정에는 다시 비에르종으로 의사를 데리러 마차를 보냈다는 것이다. 조산 기구를 사용해야만 했기 때문이다. 신생아는 머리에 상처를 입었고 대단히 울어댔지만 생명에는 지장이 없는 듯하다고 했다. 이본 드 갈레가 지금은 많이 쇠약하지만 대단한 용기로 버텨내고 있다고 했다.

나는 하던 일을 그대로 놓아두고 달려가서 반코트로 옷을 바꿔 입었다. 요컨대 출산 소식에 기뻐서 나는 사블로니에르 영지까지 그 부인을 따라갔다. 상처 입은 두 사람 중에 한 명이 잠이 들지나 않았을까 해서 나는 조심스럽게 2층으로 가는 좁은 나무 계단을 올라갔다. 그곳에는 피곤하지만 행복한 표정을 짓고 있는 갈레 씨가 임시로 커튼을 친 요람이 있는 방으로 나를 안내했다.

나는 신생아가 태어난 집에 바로 그날로 들어가본 적이 없었다. 얼마나 이상하고 신비롭고 좋아 보였는지! 대단히 아름다운 저녁—진짜 여름날 저녁처럼—이었기 때문에 갈레 씨는 마당 쪽 창문을 거리낌 없이 열었다. 창문의 난간에 팔을 기대고 서서 그는 지치고 행복한 표정으로 전날 밤의 그 극적인 순간을 나에게 얘기해주었다. 그 이야기를 듣고 있던 나는 낯선 누군가가 그 방 안에 있다는 것을 어렴풋하게 느꼈다.

커튼 뒤에 있는 갓난아이가 날카롭고 긴 울음소리를 내기 시작했다. 그러자 갈레 씨는 나에게 나지막이 말했다.

"저 애가 저렇게 우는 것은 머리에 난 상처 때문입니다."

기계적으로—아침부터 그렇게 했기 때문에 이제는 습관이 된 것 같았다—그는 커튼이 드리워져 있는 작은 요람을 흔들기 시작했다.

"그 애가 벌써 웃을 줄도 알고 손가락도 쥐어요. 당신은 그 애를 보지 못했죠?" 그가 말했다.

그가 커튼을 열었다. 부풀어오른 불그스레한 얼굴과 기계 때문에 길쭉해진 작은 머리가 보였다.

"괜찮대요. 의사는 저절로 낫는다고 말했어요. 당신의 손가락을 쥐어보세요. 그 애가 그걸 쥘 거예요." 갈레 씨가 말했다.

나는 거기에서 내가 모르고 있던 세계를 발견한 것 같았다. 전에 경험하지 못했던 이상한 기쁨으로 가슴이 부풀어오르는 것을 느꼈다.

갈레 씨는 젊은 부인이 있는 방문을 조심스레 열었다. 그녀는 자고 있지 않았다.

"들어가보세요." 그가 말했다.

금발이 헝클어진 채 그녀는 상기된 얼굴로 누워 있었다. 지친 표정으로 미소를 지으면서 내게 손을 내밀었다. 나는 그녀에게 딸아이에 대한 칭찬을 했다. 그녀가 마치 방금 싸우고 난 사람처럼 약간 쉰 목소리로 웃으면서 말했다.

"그래요, 그렇지만 그 애에게 상처를 입혔어요."

그녀를 피곤하게 하지 않으려고 재빨리 자리를 떠야만 했다.

그 다음날인 일요일 오후에도 나는 너무나 기쁜 나머지 서둘러서 사블로니에르 영지로 갔다. 그런데 문에 핀으로 꽂아놓은 '알림'이라는 종이를 보고 나는 벨을 누르는 것을 멈추었다.

알림

벨을 누르지 마시오.

무슨 영문인지 짐작할 수 없었다. 나는 세차게 문을 두드렸다. 안에서 소리를 죽이고 달려오는 발걸음 소리가 들렸다. 내가 모르는 어떤 남자—비에르종의 의사였다—가 문을 열어주었다.

"무슨 일입니까?" 내가 다급하게 물었다.

"쉬 쉬! 딸아이가 어젯밤에 죽을 뻔했어요. 그리고 산모 상태가 많이 안 좋아요." 화가 난 표정으로 그가 나지막이 대꾸했다.

나는 너무나 당황한 나머지 발끝으로 살금살금 걸으며 그를 따라 2층으로 올라갔다. 요람 속에 잠들어 있는 딸아이의 얼굴은 마치 죽은 아기처럼 창백했다. 의사는 아기를 살릴 수 없을 것으로 생각했다. 산모에 관해서는 확실한 태도를 취하지 않았다. 그는 나에게 마치 그 집안의 유일한 친구에게처럼 길게 설명했다. 그는 폐충혈과 폐혈전에 관한 이야기를 했다. 그는 망설였고 확신이 서지 않는 것 같았다. 이틀 동안에 끔찍하게 늙은 갈레 씨가 초조한 표정으로 불안에 떨면서 들어왔다.

그는 자신이 무얼 하는지도 모르는 채 나를 방으로 데리고 갔다.

"산모가 겁을 집어먹지 않도록 해야 합니다. 그녀에게 잘될 것이라고 납득시켜야만 한다고 의사가 말했습니다." 그가 나에게 나지막이 말했다.

얼굴에 온통 피가 몰린 이본 드 갈레는 전날 저녁처럼 고개를 뒤로 젖히고 누워 있었다. 두 뺨과 이마는 검붉은색을 띠었고, 숨찬 사람처럼 이따금 두 눈을 찡그렸다. 그녀는 말로 다할 수 없는 용기와 온화함을 발휘해 죽음과 사투를 벌이고 있었다.

그녀는 말을 하지 못했다. 그러나 그녀는 우정 어린 마음으로 불덩이 같은 손을 내밀어 하마터면 나는 울음을 터뜨릴 뻔했다.

"그래, 그래. 보시다시피 병자치고는 저 애의 안색이 그렇게 나쁘지는 않지요!" 대단히 강인한 갈레 씨는 정신 나간 사람처럼 즐거운 태도로 얘기를 했다.

나는 뭐라고 대답해야 할지 몰랐다. 그러나 나는 죽어가는 젊은 부인의 무시무시할 정도로 뜨거운 손을 꼭 쥐고 있었다. 그녀는 나에게 뭔가를 이야기하기 위해서 애를 썼고 나에게 뭔가 묻고자 했다. 그녀는 마치 누군가를 찾으러 밖으로 나가라고 눈짓을 하는 듯 나를 쳐다보았다가 창문 쪽으로 시선을 돌렸다. 그러나 그때 그녀는 숨 막히는 듯한 무서운 발작을 일으켰다. 잠시 그처럼 애타게 나를 부르던 그녀의 아름다운 파란 두 눈이 찡그려지고 두 뺨과 이마가 검은색으로 바뀌었다. 그녀는 마지막까지 공포와 절망을 견뎌내려고 애쓰면서 발버둥을 쳤다. 의사와 부인들이 산소 주머니와 수건, 유리병을 들고 재빨리 다가왔다. 그러는 사이 그녀 쪽으로 몸을 기울이고 있던 늙은이가 거칠고 떨리는 목소리로 소리쳤다. 마치 그녀가 이미 자기에게서 멀어져가고 있는 것처럼 소리쳤다.

"무서워하지 마라, 이본아! 아무것도 아니야. 무서워할 필요 없어."

이윽고 발작은 멈추었다. 그녀는 약간 숨을 내쉬었다. 그러나 그녀는 흰자위가 보이며 고개를 젖히고 여전히 죽음과 싸우면서, 그러나 무기력하게 이미 반은 목숨이 사그라져가고 있었다. 그녀는 안간힘을 쓰며 깊이 빠져 있는 심연으로부터 벗어나려고 했는데 그것은 나를 보기 위해서였고 나에게 말하기 위해서였다.

내가 아무런 도움이 될 수 없음을 알고 그곳을 떠나기로 했다. 물론 나는 조금 더 거기에 남아 있을 수도 있었다. 그 생각을 하면 나는 너무도 후회스러워 가슴이 답답해져 온다. 그러나 무얼

까? 나는 아직도 희망을 가지고 있었다. 모든 것이 그처럼 가까워졌다고는 생각하지 않았다.

창 쪽을 쳐다본 젊은 부인을 생각하며 집 뒤쪽 전나무 숲의 가장자리에 이르렀을 때 나는 옛날에 몬느가 그쪽으로 왔고, 지난 겨울에 그쪽으로 달아났던 숲의 안쪽을 사냥꾼이나 보초처럼 주의 깊게 살펴보았다. 그러나 안타깝게도 움직이는 것이라고는 아무것도 없었다. 그럴듯한 그림자 하나도 없었고 움직이는 나뭇가지 하나도 없었다. 그러나 마침내 프레브랑주에서 오는 작은 길쪽에서 희미한 종소리가 들렸다. 이윽고 신부와 교복을 입고 붉은 모자를 쓴 한 소년이 앞장 선 채 오솔길의 모퉁이에서 나타났다. 나는 눈물을 삼키면서 그 자리를 떠났다.

그 다음날은 개학이었다. 7시에 이미 두세 명의 꼬마가 운동장에 나타났다. 나는 내려가서 아이들 앞에 나타날 것인가 말 것인가 오랫동안 망설였다. 두 달 전부터 잠겨 있던 축축한 교실의 자물쇠를 열면서 들어서자 마침내 내가 세상에서 가장 두려워했던 일이 일어났다. 체육실 밑에서 놀고 있던 아이들 가운데서 키가 제일 큰 학생이 나에게 다가오는 것이었다. 그는 나에게 "사블로니에르 영지의 젊은 부인이 어제저녁 무렵에 돌아가셨습니다"라고 말했다.

내 모든 것이 뒤죽박죽이 되어버렸고, 모든 것이 고통 속에 뒤섞였다. 나는 수업을 시작할 기분이 아니었다. 학교의 바짝 마른 운동장을 걸어갔을 뿐인데 무릎에 쪼개지는 듯한 피곤이 느껴졌다. 그녀가 죽어서 모든 것이 고통스러웠고 모든 것이 쓰라렸다. 세상이 텅 빈 것 같았다. 방학도 끝났다. 마차를 타고 방황하던 긴 여정도 끝났다. 신비로운 잔치도 끝났다. 모든 것이 괴로움이 되어버렸다.

나는 아이들에게 오늘 아침에는 수업을 하지 않을 것이라고 말했다. 아이들은 무리 지어 다른 아이들에게 알려주기 위해서 들판을 가로질러 갔다. 나는 검은색 모자를 쓰고 레이스가 달린 재킷을 입고서 비탄에 잠긴 채 사블로니에르 영지로 갔다.

나는 우리가 3년 전에 그토록 찾으려고 했던 집 앞에 있었다. 오귀스탱 몬느의 부인 이본 드 갈레가 어제저녁 죽은 곳도 바로 그 집이었다. 한 낯선 사람이 그녀의 시신을 성당으로 운구할 것이다. 그 외딴 장소에는 어제 이후 침묵만이 흐르고 있었다.

개학날의 그 아름다운 아침과 나뭇가지 밑으로 새어드는 가을날의 초췌한 태양이 우리에게 남겨준 것은 바로 이렇다. 나는 너무 분한 마음과 흐르는 눈물로 인해 숨이 막혀왔다, 이런 마음과 어떻게 싸워낼 수 있겠는가! 우리는 아름다운 처녀를 되찾았었다. 우리는 그 여자를 정복했었던 것이다. 그녀는 내 친구의 부인이었고 나는 더할 나위 없이 깊고 은밀한 우정으로 그녀를 사랑했다. 그녀를 쳐다보기만 해도 마치 어린애처럼 마냥 즐거웠다. 아마도 언젠가 나는 다른 여자와 결혼할 것이다. 그녀가 내 비밀의 첫 고백 상대자가 될 것이다.

문 모서리에 붙은 초인종 곁에는 어제의 '알림' 종이가 그대로 붙어 있었다. 벌써 관은 아래층 현관에 놓여 있었다. 2층 방에서 나를 반기며 임종의 순간을 얘기해주고 문을 열어준 사람은 어린 애의 유모였다. 그녀의 시신이 거기 있었다. 이제는 열도 없었고 사투도 없었다. 붉은 반점도 없었고 기다림도 없었다…… 침묵만이 흐르고 있었다. 붕대로 감겨 있는, 창백하지만 딱딱하게 표정이 없는 얼굴과 숱이 많고 뻣뻣한 머리칼이 나와 있는 죽은 자의 이마만이 보일 뿐이었다.

한 귀퉁이에 웅크리고 앉아서 등을 돌리고 있는 갈레 씨는 신발을 신지 않은 채 양말만 신고 있었다. 그는 옷장에서 뽑아놓은 서랍 안을 무섭도록 집요하게 뒤지고 있었다. 가끔 그는 발작하듯 어깨를 들먹였다. 그 서랍 안에서 이미 노랗게 바랜 딸의 옛 사진 한 장을 꺼냈다.

장례식은 12시에 거행될 예정이었다. 의사는 혈전증 때문에 시신이 빨리 부패할 것을 염려했다. 그래서 시신의 모든 부분을 석탄산을 바른 붕대로 감아놓았던 것이다. 옷 입히는 것이 끝났다. 작은 은빛의 별들이 군데군데 박힌 짙은 청색의 아름다운 벨벳 옷이었다. 그러나 유행이 지난 아름다운 소매는 구겨지고 납작해져 있었다. 관을 들어올린 순간 복도가 너무 좁아 돌릴 수 없다는 것을 알았다. 끈을 이용해 창문으로 그것을 끌어올린 다음 똑같은 방법으로 그것을 바깥으로 내려야만 했다. 어떤 잃어버린 추억을 찾고 있는지는 모르지만 그 낡은 물건들에 몸을 기울이고 있던 갈레 씨는 대단히 격렬하게 그것을 저지했다.

"그런 끔찍한 짓을 하게 내버려둘 수는 없소. 차라리 내가 그 애를 안고서 내려가리다." 그는 눈물과 분노로 목이 메어 말했다.

그렇지만 그는 기운이 빠져서 반도 가기 전에 넘어질 뻔했고 시신과 함께 구를 뻔했다.

그때 내가 앞으로 나서서 가능한 부분을 잡았다. 부인과 의사의 도움으로 누워 있는 시신의 등 밑으로 한 팔을 넣고 다른 팔을 다리 밑으로 집어넣은 채 가슴에 안았다. 왼팔에 안기고 오른팔 쪽에 어깨를 기대고 턱밑으로 고개를 떨어뜨린 그녀는 내 가슴을 무섭게 짓눌렀다. 나는 한 발 한 발 천천히 그 긴 계단을 내려왔다. 그동안 아래층에서는 모든 준비가 끝난 상태였다.

나는 금세 지쳐 두 팔이 끊어질 것 같았다. 한 발 한 발 뗄 때마다 가슴 위의 그 무게 때문에 숨이 가빴다. 무겁고 생명이 없는 시신을 붙들고서 나는 운반하고 있는 그녀의 얼굴 위로 고개를 숙였다. 나는 크게 숨을 쉬었다. 그녀의 머리카락 냄새가 입으로 들어왔다. 흙냄새가 나는 죽은 자의 머리카락이었다. 죽은 자의 냄새, 흙냄새, 가슴 위로 느끼던 그 무게 등이 그 굉장한 모험과 그처럼 찾아 헤매고 그처럼 사랑하던 젊은 부인, 이본 드 갈레가 내게 남긴 전부이다.

제13장
숙제장

온종일 여자들이 성치 않은 어린애를 흔들어주고 달래는 슬픈 추억으로 가득 찬 그 집에서 갈레 씨가 며칠 못 가 몸져누웠다. 그해 겨울 첫 추위가 시작되었을 때 그는 평온하게 세상을 떠났다. 나는 그 매력적인 늙은이의 머리맡에서 눈물을 쏟지 않을 수 없었다. 그 노인의 관대한 사고와 환상, 아들의 환상이 합쳐져 우리의 모든 모험의 원인이 된 것이다. 그는 지나간 모든 것을 완전히 이해하지 못한 가운데 그리고 거의 절대적인 침묵 속에서 대단히 행복하게 죽었다. 오래전부터 프랑스의 그 지방에는 친구도 친척도 없는 것으로 알려져 있었기 때문에 유서에 따라 몬느가 돌아올 때까지 내가 유산 관리자가 되었다. 그가 언젠가 돌아오면 나는 그에게 모든 계산을 해줘야만 할 것이다. 그 후로 나는 사블로니에르 영지에서 살게 되었다. 수업을 하기 위해서만 생브누아

데샹에 갔다. 아침 일찍 떠나 영지에서 싸가지고 온 점심 도시락을 난로에 데워서 먹고, 수업이 끝난 저녁때면 곧바로 돌아오곤 했다. 그리하여 나는 농가의 하녀들이 돌보아주는 어린애를 내 옆에서 보호할 수 있었다. 언젠가 오귀스탱 몬느가 사블로니에르 영지로 돌아온다면 그를 만날 기회가 많아질 것이었다.

한편 나는 옷장 안 서랍 속에서 몇 년 동안 나와 소식이 없었던 기간에 몬느가 어떻게 시간을 보냈는지를 알려주는 어떤 단서가 될 만한 종이 뭉치를 찾아내게 되지나 않을까 하는 희망을 버리지 않았다. 그래서 어쩌면 그가 도망친 이유를 알 수 있을 것도 같았고, 적어도 그의 흔적을 다시 찾을 수 있을 것 같았다. 이미 나는 벽장과 옷장을 얼마나 많이 뒤졌는지 모른다. 다락방에서는 여러 가지 형태의 마분지 상자 뭉치가 나왔다. 어떤 상자에는 오래된 편지철과 갈레 집안의 사진첩이 가득 들어 있었고, 어떤 상자에는 조화(造花)와 펜대, 깃털과 색의 표본들로 가득 차 있었다. 그 상자들 속에서는 알 수 없는 냄새와 어떤 향수 냄새가 나기도 했다. 갑자기 그러한 냄새들 때문에 나는 추억과 회한에 젖었고, 그때마다 손길을 멈추었다.

어느 휴일에 마침내 나는 다락방에서 오래된 작은 가방 하나를 찾아냈다. 돼지가죽을 입힌 가방으로 반쯤 좀이 슬어 있었는데, 길고 높이가 낮았다. 오귀스탱 몬느가 학창 시절에 쓰던 가방이라는 것을 알아차렸다. 왜 진작 다락방을 살펴보지 않았는지 후회했다. 녹슨 자물쇠가 쉽게 뽑혔다. 그 가방에는 생트아가트 시절의 공책과 책들로 가득 차 있었다. 수학책, 문학 서적, 문제집 등등이었다. 호기심보다는 오히려 애착심을 가지고 우리가 여러 번 받아썼기 때문에 아직도 외울 수 있는 받아쓰기 문제들을 다시 읽으면서 그 모든 것을 뒤지기 시작했다. 루소의 『라크뒤크』, 쿠리에의 『칼라브르에서의 모험』 『아들에게 보낸 조르주 상드의 편지』 등등……

거기에는 또한 '숙제장'이 한 권 있었다. 나는 그것을 보고 놀랐다. 왜냐하면 그 공책들은 학급에다 놓아두어야만 했고, 학생들이 결코 밖으로 가지고 나오면 안 되는 것이었기 때문이다. 가장자리가 낡아 퇴색해버린 초록색 공책이었다. '오귀스탱 몬느'라는 이름이 표지 위에 둥글게 씌어 있었다. 공책을 펴보았다. 189×년 4월이라는 날짜가 적힌 것으로 보아 몬느가 생트아가트를 떠나기 며칠 전에 쓰기 시작했던 공책이라는 것을 알 수 있었다. 처음 몇 페이지는 이 작문 공책에다 공부하기 시작했을 때 규격을 맞춰 또박또박 쓴 글씨였다. 글씨 쓴 것은 세 페이지도 넘지 않았다. 나머지는 백지로 있었다. 그래서 몬느가 그것을 가져갔었던 모양이다.

우리의 젊은 시절에서 그처럼 큰 비중을 차지했던 그 유치한 규칙과 습관을 생각하며 바닥에 무릎을 끓고 이 생각 저 생각에 잠긴 나는 엄지손가락으로 쓰지 않은 페이지를 넘기기 시작했다. 그러다가 다른 페이지에서 글씨가 씌어 있는 것을 발견했다. 네 페이지를 백지로 건너뛰고 그 다음부터 쓰기 시작했던 것이다.

몬느의 필체였는데 빨리 휘갈겨 써서 잘 알아볼 수 없었다. 간격이 일정치 않은 작은 문단들이 넓은 여백들로 구분되어 있었다. 때때로 문장이 미완성인 것도 있었다. 때로는 날짜만 기록되어 있었다. 첫 줄을 읽으면서부터 나는 몬느의 파리 생활에 대한 정보와 내가 찾고 있는 그의 발자취에 대한 단서가 거기에 있을 것이라고 판단했다. 그래서 나는 밝은 데서 여유롭게 읽어보려고 식당으로 내려왔다. 바람이 부는 맑은 겨울 날씨였다. 가끔씩 강렬한 태양이 창문의 하얀 커튼 위로 십자형의 무늬를 그렸고, 때로는 난데없이 부는 바람 때문에 유리창에 우박이 부딪혔다. 난로 옆 창가에서 읽었는데, 그것은 내게 많은 부분을 설명해주었다. 나는 그것을 대단히 정확하게 베껴놓았다.

나는 또다시 그 창문 밑을 지나갔다. 그 유리창에는 여전히 먼지가 끼어 있었고, 커튼이 이중으로 드리워져서 하얗게 보였다. 이본 드 갈레가 결혼을 했다고 하니 그녀가 문을 연다고 하더라도 나는 할 말이 없을 것이다. 이제 무엇을 한다? 어떻게 살지?

2월 13일, 토요일―나는 강변에서 6월에 나에게 소식을 전해준 그 처녀를 만났다. 그녀는 나처럼 문이 닫힌 집 앞에서 기다렸었다. 나는 그녀에게 말했다. 걷는 동안 그녀의 얼굴에 가벼운 상처가 난 것을 보았다. 입 가장자리에 작은 주름살이 져 있었고 뺨은 약간 홀쭉했으며 콧날에는 분이 뭉쳐져 있었다. 그녀는 갑자기 고개를 돌리고 나를 정면으로 쳐다보았다. 아마도 옆얼굴보다는 앞쪽이 더 아름다웠기 때문일 것이다. 그녀는 퉁명스럽게 나에게 말했다.

"당신 내 마음에 꼭 들어요. 당신은 예전에 부르주에서 나를 쫓아다니던 한 청년을 생각나게 해요. 내 약혼자였지요."

그런데 야밤에 가스등 불빛에 반짝이고 있는 축축하고 인기척 없는 복도에서 그녀는 갑자기 내게 다가와서는 오늘 저녁 언니와 함께 연극 구경을 시켜달라고 했다. 나는 처음으로 상복 차림에다 젊은 얼굴에 비해 너무 노티 나는 모자를 쓰고 있으며, 지팡이처럼 가늘고 긴 우산을 쓰고 있는 그녀를 주의 깊게 살펴보았다. 그녀와 너무 가까이 서 있었던 탓에 조금만 움직여도 내 손톱이 상장(喪章)을 긁었다. 나는 그녀의 요구대로 해주긴 했지만 투덜거렸다. 그녀는 뾰로통해져 곧 가버렸다. 이제 그녀를 붙들고 사정해야 할 사람은 나였다. 그때 어둠 속에서 지나가던 한 노동자가 작은 소리로 농담을 건넸다.

"아가씨 가지 마세요. 그 사람은 당신에게 나쁜 짓을 할 거요."
우리 둘 다 어리둥절해 있었다.

이름이 발랑틴 블롱도인 그 여자와 그녀의 언니는 초라한 숄을 두르고 극장에 왔다.

발랑틴은 내 앞에 자리를 잡았다. 그녀는 줄곧 불안하게 돌아봤다. 마치 내가 그녀에게 무엇을 원하는지 의아하게 생각하듯이. 나는 그녀 곁에서 행복감 비슷한 것을 느꼈다. 그래서 나는 그때마다 그녀에게 미소로 화답했다.

우리 주위에는 지나치게 가슴을 노출시키고 온 부인들이 있었다. 우리는 농담을 했다. 처음에 그녀는 웃었다. 그러더니 다음과 같이 말했다. "난 웃어서는 안 돼요. 나 역시 가슴을 너무 많이 노출시켰으니까요." 그녀는 숄을 다시 감았다. 사실 검은색 레이스 숄 밑으로 재빨리 화장을 바꾸면서 그녀가 윗도리의 높은 깃을 다시 접어내리는 것이 보였다.

그녀에게는 어딘지 모르게 궁기와 치기가 있었다. 가령 그녀의 시선에는 뭔지 모르게 나를 유혹하는 괴롭고 위험한 표정이 서려 있었다. 영지의 사람들에 관해서 내게 말해줄 수 있었던 유일한 사람인 그녀 옆에서 나는 끊임없이 옛날의 모험을 생각하고 있었다. 큰길가에 있는 그 저택에 관해서 다시 묻고 싶었다. 그러나 이번에는 그녀가 내게 아주 난처한 질문을 던졌기 때문에 뭐라고 대답해야 할지 몰랐다. 나는 우리가 이후에는 그 문제에 관해서 이야기하지 않을 것이라고 느꼈다. 그렇지만 나는 그녀를 다시 만나게 될 것 같았다. 그게 무슨 소용이 있겠는가? 도대체 무엇 때문인가? 나는 실패한 모험의 막연하고 먼 흔적을 가지고 있는 모든 존재를 따라갈 운명이란 말인가?

자정에 그 쓸쓸한 거리에 홀로 서서 그 새롭고 이상한 이야기가 내게 무엇을 의미하는지 생각했다. 모든 사람이 잠들어 있을 마분지 상자 같은 건물을 따라 걸었다. 갑자기 예전에 마음먹었던 결심이 생각났다. 나는 한밤중에, 새벽 1시경에 거기로 가서, 저택을 돌아 도둑처럼 정원 문을 열고 들어가 잃어버린 영지를 되찾게 하고 그녀를 다시 만나게 해줄 단서를 찾기로 결심했던 것이다. 그러나 나는 지쳤고, 배가 고팠다. 극장에 가기 전에 옷을 바꿔 입느라고 나 역시 식사를 하지 못했던 것이다. 그렇지만 조마조마하고 흥분되어 나는 자리에 눕기 전에 어렴풋한 회한에 젖어 침대 모서리에 앉아 있었다. 왜 그랬을까?

나는 다시 적는다. 그 여자들은 내가 바래다주기를 원하지도 않았고 내게 집을 가르쳐주지도 않았다. 그러나 나는 가능한 만큼만 그녀들을 따라갔다. 그녀들은 노트르담 사원 근처의 골목길에서 살고 있었다. 그러나 몇 번지던가? 나는 그 여자들이 재봉사가 아니면 부인용 모자를 만드는 사람이라고 짐작했다.
발랑틴은 언니 몰래 내게 목요일 4시에 그 극장 앞에서 만나자고 약속했다.
"내가 목요일에 못 나가면 금요일 같은 시간에, 그 다음은 토요일, 그런 식으로 매일 나와보세요."

2월 18일 목요일—비를 몰고 올 것같이 세찬 바람이 부는 날씨에 그녀를 만나러 갔다. 줄곧 비가 곧 쏟아질 것 같았다.
나는 무거운 마음으로 어둑어둑한 거리를 걸어갔다. 빗방울이 하나 떨어졌다. 비가 올까 봐, 소나기 때문에 그녀가 못 나올까 봐 걱정되었다. 그러나 바람이 다시 불기 시작했고 빗방울은 떨어지지 않았다. 때로는 흐렸다 갰다 하는 오후의 하늘에 검은 구름이 바람에 휩쓸려갔다. 나는 그녀를 기다리며 비참하게 서 있었다.

극장 앞에서 15분을 기다리면서 나는 그녀가 오지 않을 것이라고 확신했다. 강변로에 서서 나는 그녀가 올지도 모를 다리 위로 끊임없이 지나가는 행인들을 지켜보고 있었다. 상복 입은 모든 젊은 여자를 주의 깊게 관찰했다. 나는 아주 오랫동안 희망을 갖게 만들어준, 그녀와 닮은 여성들에게 감사하고픈 마음까지 들었다.

한 시간의 기다림. 나는 지쳤다. 밤이 되자 평화의 사도(경찰을 말함: 옮긴이)가 온갖 욕설과 쌍소리를 퍼붓는 불량배 한 사람을 파출소로 끌고 가고 있었다. 경찰은 잔뜩 화가 나 창백해져 있었고 말문이 막혀 있었다. 파출소 현관에 들어서자 경찰은 그 불량배를 두들겨 패고는 문을 닫아버렸다. 내가 낙원에서 쫓겨나 지옥의 문으로 끌려가고 있는 것 같은 무서운 생각이 머릿속에 떠올랐다.

나는 그 형편없는 싸움판을 떠났다. 그 여자의 집이 있을 것으로 생각했던 센 강과 노트르담 사원 사이에 있는 좁은 골목으로 들어섰다. 나 혼자만이 왔다 갔다 했다. 이따금 하녀나 부인이 어두워지기 전에 장을 보러 가느라고 보슬비 속을 지나갔다. 이제 내게는 아무것도 기대할 게 없었다. 나는 가야지. 어둠을 늦추는 이슬비가 내리는 가운데 나는 우리가 만나기로 했던 장소를 다시

지나갔다. 조금 전보다 사람들이 많았다. 까맣게 보이는 사람의
무리들……

　추측 — 실망 — 피곤. 나는 '내일'이라는 생각에 사로잡혔다.
내일 같은 시간 같은 장소에서 그녀를 기다릴 것이다. 내일이 오
기를 초조하게 기다렸다. 나는 무의미하게 보낸 그날 저녁과 무
기력하게 보내게 될 그 다음 날 아침을 지겹게 상상했다. 오늘도
이미 이렇게 거의 끝나고 있지 않은가? 집에 돌아와 난롯가에 앉
아 있는데, 석간신문 파는 소리가 들렸다. 틀림없이 그녀도 도시
의 어느 곳에서, 노트르담 사원 곁에 있는 그녀의 집에서 그 소리
를 듣고 있을 것이었다.
　내가 여기서 말하는 그녀란 발랑틴이다.
　나 자신이 숨기고 싶은 그날 저녁의 일이 이상하게 나를 짓누르
고 있다. 시간이 가고, 그 하루가 끝날 것이고, 이미 나도 끝나기
를 바라고 있는 사이 사랑하는 여자에게 자기의 모든 희망과 사
랑, 최후의 용기를 고백하는 사람도 있을 것이다. 또한 죽어가는
사람도 있을 것이고, 지불 기한을 기다리는 사람도 있을 것이며,
내일이 영원히 오지 않기를 바라는 사람도 있을 것이다. 또 내일
이면 회한에 사로잡힐 사람도 있을 것이다. 지쳐버린 사람도 있
을 것이다. 그들에게는 이 밤이 필요한 만큼의 휴식을 가져올 정
도로 충분히 길지 못할 것이다. 나의 하루를 잃어버린 나, 나는
무슨 권리로 내일이라는 말을 감히 할 수 있을 것인가?

금요일 저녁. 나는 '나는 그녀를 만나지 못했다'라고 뒷얘기를 쓸 생각이었다. 모든 것이 이미 끝난 듯했다. 그런데 그날 오후 4시에 내가 극장 모퉁이에 이르렀을 때 그녀가 거기 있었다. 그녀는 섬세한 얼굴에 심각한 표정을 지으며 검은색 옷을 입고 있었다. 하지만 얼굴에는 분을 바르고, 죄 지은 피에로 같은 인상을 주는 목걸이를 하고 있었다. 괴롭고 심술궂은 모습이었다.

그녀가 나온 것은 나에게 작별 인사를 고하고 다시는 오지 않겠다고 말하기 위해서였다.

그렇지만 어둠이 깔렸을 때까지도 아직 우리는 튈르리의 자갈길을 나란히 걷고 있었다. 그녀는 내게 자기 이야기를 했다. 그런데 너무 숨기는 듯한 태도여서 잘 알아듣지 못했다. 그녀는 자신이 거절한 약혼자에 대해 이야기할 때 그를 '나의 연인'이라고 불렀다. 그녀가 그렇게 부른 것은 고의적인 듯했다. 내게 상처를 주어 떨어져나가게 하려고.

나는 싫지만 그녀가 한 말을 옮긴다.

"나를 믿지 마세요. 나는 정신 나간 짓만 했어요. 나는 혼자서 달아났어요. 내 약혼자를 실망시켰어요. 그가 나를 너무 좋아했기 때문에 버렸어요. 그는 나를 환상 속의 여자로 생각했어요. 있는 그대로의 나를 보지 못했어요. 나는 단점투성이예요. 우리가 결혼했더라면 굉장히 불행했을 거예요."

줄곧 나는 그녀가 사실보다 더 나쁘게 보이려고 꾸민다는 것을 알아챘다. 어리석은 짓을 한 자신의 행동이 옳다는 것, 아무것도 후회하지 않는다는 것, 자기에게 주어졌던 행복을 누릴 만하지 못하다는 것을 자신에게 증명하고 있는 것 같았다.

한번은 그녀가 나를 한참 동안 쳐다보다가 이렇게 말했다.
"당신의 어디가 마음에 드냐 하면, 당신의 어디가 마음에 드냐 하면, 당신을 보면 왠지 모르게 추억이 떠올라서……"

또 한 번은 그녀가 말하기를,
"나는 여전히 그를 사랑해요. 당신이 생각하는 것보다 훨씬 더요." 그러더니 갑자기 격정에 사로잡혀 슬프게 말했다.
"결국 어쩌겠다는 거예요? 당신도 나를 사랑한다는 거예요? 당신도 내게 결혼을 요구할 건가요?"
나는 더듬거렸다. 뭐라고 대답해야 할지 몰랐다. 아마 내가 '네'라고 말했을 것이다.

이런 식의 일기는 여기서 중단되었다. 군데군데 쓰다 만 낙서들이 너저분하게 적혀 있었지만 읽을 수는 없었다. 불안정한 약혼 시절!…… 몬느의 간청으로 그녀는 직장을 버렸다. 그는 결혼 준비에 전념했다. 그러나 여전히 그는 잃어버린 사랑의 흔적을 찾아 떠나고 싶은 욕망에 사로잡혀 분명 여러 번 자취를 감추었을 것이다. 그리하여 그 낙서 속에는 비극적인 방황과 함께 그가 발랑틴 앞에서 변명을 하려고 애쓴 흔적이 보였다.

일기는 계속되었다.

둘이서 어느 시골에 갔던 이야기를 적고 있었다. 거기가 어딘지는 알 수 없었다. 이상한 것은 거기서부터 비밀스런 수치감에 사로잡힌 탓인지 너무나 산만하고 조잡한 글씨로 서둘러 쓴 흔적이 역력했다. 때문에 내가 그 이야기를 다시 정리해야만 했다는 사실이다.

6월 14일―그가 여인숙에서 아침 늦게 잠을 깼을 때 태양은 검은색 커튼에 붉은 줄을 긋고 있었다. 아래층 방에서 농부들이 아침 커피를 들며 큰 소리로 이야기를 하고 있었다. 그들은 자기들 주인에 대해서 거친 어조로 불평을 늘어놓고 있었다. 아마 오래전부터 몬느는 잠결에 그 소리를 듣고 있었을 것이다. 처음에는 별 주의를 기울이지 않았다. 빨간 포도송이처럼 햇빛이 뿌려진 커튼, 조용한 침실까지 들려오는 그날 아침의 목소리, 모든 것이 달콤한 방학 초에 시골에서 아침에 눈을 떴을 때의 독특한 인상과 혼동되었다.

그는 일어나서 조용히 옆방 문을 두드린 다음 대답이 없자 문을 가만히 열었다. 그러자 발랑틴이 보였고, 그는 거기에 조용한 행복이 있음을 알아차렸다. 마치 새가 잠들어 있는 듯 그녀는 꼼짝하지 않은 채 숨소리조차 내지 않고 잠들어 있었다. 오랫동안 그는 두 눈을 감고 있는 어린애 같은 그 얼굴을 바라보았다. 깨우고 싶지 않고 방해하고 싶지 않을 정도로 조용히 잠들어 있는 그 얼굴을 말이다.

그녀는 잠에서 깨어나서도 잠자던 모습 그대로 눈만 뜨고는 꼼짝하지 않고 누워 있었다.

그녀가 옷을 입자마자 몬느는 그녀 곁으로 갔다.

"늦었지요?" 그녀가 말했다.

그녀는 곧바로 자기 집에 있는 주부처럼 행동했다.

그녀는 방 안을 정돈한 다음 몬느가 전날 입었던 옷을 손질하고 다시 바지를 털려고 하다가 한심하다는 표정을 지었다. 바짓가랑이에 진흙이 묻어 있던 것이다. 그녀는 잠시 생각하더니 솔질을 하기 전에 조심스럽게 칼을 사용해 흙을 긁어냈다.

"생트아가트의 젊은이들도 진흙 속에서 뒹굴고 나서는 언제나 그렇게 털었었지." 몬느가 말했다.

"난 어머니에게서 배웠어요." 발랑틴이 말했다.

대장 몬느도 신비로운 모험을 하기 전까지는 사냥꾼이나 농부가 되어 어쩌면 그러한 생활을 했을지도 모를 일이었다.

6월 15일—부부로 소개해준 친구들 덕택에 그들은 농가의 저녁 식사에 초대되었다. 대단히 난처했던 것은 그녀가 신부처럼 부끄러워했던 일이다.

시골의 조용한 결혼 피로연에서처럼 하얀 식탁보를 덮은 식탁의 양쪽 끝에는 촛불 두 개가 켜졌다. 그들이 희미한 불빛 아래 몸을 구부리면 얼굴은 그늘 속에 묻혀버렸다.

파트리스(그 농가의 아들)의 오른쪽으로 발랑틴과 몬느가 앉아 있었는데 몬느는 누가 말을 붙여도 끝까지 대꾸하지 않았다. 조용한 시골에서 구구한 설명을 피하기 위해 발랑틴에게 아내 역할을 하도록 한 뒤부터 후회와 회한이 그를 우울하게 만들었던 것이다. 시골 신사 차림의 파트리스가 식탁으로 인도할 때 몬느는 생각했다.

'오늘 저녁, 여기처럼 천장이 낮은 식당 방에서, 내가 알고 있는 바로 그 아름다운 식당 방에서 나는 결혼 피로연의 주인공 노릇을 했어야 할 텐데.'

그의 옆에 앉은 발랑틴은 자기에게 권해지는 모든 음식을 부끄러운 듯 거절했다. 그녀는 영락없는 시골 처녀 같았다. 다시 음식이 올 때마다 그녀는 몬느를 쳐다보고는 그 뒤로 숨고 싶어 하는 듯했다. 파트리스는 끈질기게도 그녀에게 잔을 비우라고 권했다.

마침내 몬느가 그녀에게 몸을 기울이고 부드럽게 말했다.

"여보, 마셔야 해요."

그러자 고분고분하게도 그녀는 술을 마셨다. 파트리스는 웃으면서 순종하는 아내를 두었다고 몬느를 축하했다.

그러나 발랑틴과 몬느는 말없이 생각에 잠겨 있었다. 무엇보다 그들은 피곤했다. 진흙이 묻은 발은 깨끗한 부엌 마루 위에서 얼고 있는 것 같았다. 그리고 이따금 몬느는 다음과 같이 이야기를 해야 했다.

"내 아내, 발랑틴이……"

어두운 식당에 있는 그 낯선 농부들 앞에서 이렇게 말해야 했던 몬느는 마치 죄를 짓고 있는 듯한 느낌이 들었다.

6월 17일—마지막 날 오후는 시작부터 이상했다.

파트리스 부부가 그들에게 산책을 나서자고 했다. 수풀이 우거진 울퉁불퉁한 언덕에서 두 쌍의 부부는 갈라졌다. 몬느와 발랑틴은 작은 덤불 속에 있는 노간주나무 숲에 앉았다.

바람이 빗방울을 몰고 왔고 하늘은 낮아졌다. 저녁 시간은 씁쓸할 것 같았다. 너무나 지루해서 사랑마저도 그들의 기분을 풀어줄 수 없을 듯했다.

오랫동안 그들은 거의 말도 하지 않고 나무 밑에 몸을 피해 있었다. 날씨가 개었다. 햇빛이 났다. 그들은 이제 모든 게 잘되리라고 생각했다.

그리고 그들은 사랑에 대해 말하기 시작했다. 발랑틴은 말하고 또 말했다.

"약혼자는 어린애처럼 내게 약속했어요. 우리는 당장 시골에 있는 외딴집과 같은 집을 갖게 될 거라고요. 집이 이미 마련되어 있다고 했어요. 결혼식 날 저녁 어두워질 무렵 긴 여행에서 돌아와 그곳으로 갈 것이라고요. 그러면 마당이나 숲, 길에 숨어 있던 낯선 아이들이 '신부 만세!'라고 외치면서 우리의 결혼을 축하할 것이라고 했어요. 얼마나 정신 나간 짓이에요!"

몬느는 어리둥절하고 근심에 잠겨 그녀의 이야기를 듣고 있었다. 그 모든 이야기에 이미 들은 바 있는 어떤 목소리의 메아리 같은 것이 담겨 있음을 알았다. 그녀가 과거를 이야기하고 있을 때 그녀의 말투에서 어렴풋하게 후회하는 기색이 느껴졌다.

그러나 그녀는 그의 마음에 상처를 주었을까 봐 걱정했다. 그녀가 갑자기 부드럽게 고개를 돌렸다.

"제 모든 비밀을 당신에게 털어놓고 있는 거예요. 내게는 무엇보다도 소중했었지요. 당신이 그걸 불태워주세요!"

그런 다음 근심 어린 태도로 뚫어지게 몬느를 쳐다보던 그녀는 주머니에서 자그마한 편지 뭉치를, 약혼자가 보낸 편지 뭉치를 꺼내서 주었다.

아! 그는 금세 그 가느다란 필체를 알아보았다. 왜 그런 생각을 좀더 빨리 하지 못했는지! 그것은 프란츠의 필체였다. 옛날에 영지의 방에다 놓고 간 그 절망적인 종이쪽지에서 보았던 보헤미안의 필체 말이다.

그들은 이제 기울어가는 오후 5시의 햇빛을 받고 있는 들국화와 마른 풀들 사이로 난 좁은 길을 걷고 있었다. 몬느는 너무나 당황한 나머지 모든 것이 그에게 어떤 파멸을 의미하는지 알아차리지 못했다. 그녀가 읽으라고 해서 그가 그 편지를 읽었다. 유치하고 감상적이고 정열적인 구절들…… 마지막 구절에 이렇게 적혀 있었다.

아! 당신이 작은 하트 목걸이를 잃어버렸다면서요, 용서받을 수 없어요. 발랑틴. 이제 우리에게 무슨 일이 일어날까요? 물론, 나는 미신을 믿는 사람은 아니지만……

몬느는 후회와 분노로 인해 반쯤 이성을 잃은 상태에서 편지를 읽었다. 굳어버린 얼굴은 대단히 창백했고, 눈 가장자리가 떨렸다. 그런 몬느를 보고 발랑틴은 그의 기분이 어떤지, 무엇이 그를 그처럼 화나게 했는지 불안해했다.

"그가 나에게 주면서 영원히 간직하겠다고 맹세하게 한 보석이었지요. 그게 바로 정신 나간 짓이란 거예요." 그녀가 재빨리 설명했다.

그러나 이 말은 오히려 몬느의 화를 돋우기만 했다.

"정신 나간 짓이라고! 왜 그 말을 되풀이하는 거요? 왜 그를 믿으려고 하지 않는 거요? 나는 그를 알고 있어요. 그는 이 세상에서 가장 훌륭한 사나이야." 그는 편지를 주머니에 집어넣으며 말했다.

"당신이 그를 알고 있다구요? 프란츠 드 갈레를 알고 있단 말예요?” 그녀가 흥분하며 말했다.

“그는 나의 가장 훌륭한 친구였소. 그리고 모험의 형제였소. 그런데 내가 그에게서 약혼녀를 빼앗다니! 아! 아무것도 믿지 않으려는 당신, 당신이 우리에게 얼마나 나쁜 짓을 한 건지 알기나 해요! 모두 당신 탓이야. 모든 걸 잃게 만든 것은 당신이었구려. 모든 걸!” 그는 격분해서 말했다.

그녀는 몬느에게 이야기하려고 그의 손을 붙들려고 했다. 그러나 그가 격렬하게 뿌리쳤다.

“가요, 나를 이대로 놔둬요.”

“그래요, 정 그렇다면 떠나겠어요. 언니와 함께 부르주에 있는 집으로 돌아가겠어요. 당신이 나를 찾으러 오지 않으면, 알고 계시죠? 아버지가 너무 가난해서 나를 보살필 수가 없다는 것을요. 그러면 다시 파리로 가야 할 거예요. 이미 한 번 그랬듯이 거리를 헤매게 될 거예요. 이제 직장도 없으니 난 분명히 매춘부가 될 거예요.” 그녀가 얼굴을 붉히고 말을 더듬거리며 울먹이는 소리로 말했다.

그녀는 기차를 타기 위해 짐을 챙겨서 가버렸다. 그동안 몬느는 그녀가 떠나는 것조차 보지 않고 그저 내키는 대로 걸었다.

일기는 거기서 다시 중단되었다.

방황하는 한 사나이의 무질서한 낙서가 계속되었다. 라 페르트 당지옹에 돌아온 몬느는 겉으로는 다시는 그녀를 만나지 않기로 한 것과 그와 같은 결심을 하게 된 구체적인 이유를 알리기 위해서 편지를 썼다. 하지만 어쩌면 사실 답장을 유도하기 위해서 쓴 것인지도 모른다. 그 편지들 중 하나에서 그가 너무나 당황한 나머지 처음에는 물어볼 생각조차 하지 못했던 것 —즉 그가 그처럼 찾았던 영지가 어디에 있는지 아느냐고 하는—을 묻고 있었다. 다른 편지에서는 그녀에게 프란츠 드 갈레와 다시 화해하라고 간청하고 있었다. 자신이 책임지고 그를 찾겠다고 하면서……내가 본 모든 낙서 편지는 부치지 않았음에 틀림없었다. 그러나 분명 그는 두세 통의 편지는 부쳤지만 답장을 받지 못했던 것 같다. 그로서는 그때가 절대적인 고독 속에서 비참하고 무서운 투쟁을 벌인 시기였던 것이다. 이본 드 갈레를 다시 만난다는 희망이 완전히 사라졌던 탓인지 그는 점점 자신의 굳은 결심이 무너져가는 것을 느끼고 있었는지 모른다. 그 뒤 페이지 —일기장의 마지막 페이지였다—에서 나는 그가 방학 초의 어느 화창한 날 아침 부르주에 가려고 성당으로 자전거를 빌리러 간 것으로 짐작되는 이야기가 있었다.

그는 화해를 구하지 않고, 의연함을 보이면서 자신이 쫓아버린 그녀 앞에 나타날 여러 가지 구실을 만들어가지고, 아침 일찍 숲 속으로 난 길을 따라 곧장 떠났던 것이다.

내가 다시 정리한 그 뒤 네 페이지의 글이 그의 여행과 마지막 실수를 말해주고 있다.

제16장
비밀 3

8월 25일. 그는 오랫동안 찾아 헤맨 끝에 부르주의 맞은편에
새로 생긴 구역 끝에서 발랑틴의 집을 찾아냈다. 한 부인 — 발랑
틴의 어머니였다 — 이 그를 기다렸다는 듯이 현관에 나와 있었
다. 곱슬머리인 그녀는 아직도 곱상하게 생긴 마음씨 좋은 주부
의 얼굴이었다. 그녀는 호기심 어린 눈으로 그가 오는 것을 보고
있었다. 그가 그녀에게 "여기가 블롱도 양 자매 집인가요?" 하고
묻자, 그녀는 친절하게도 그녀들이 8월 15일 이후에 파리로 떠났
다고 자상하게 설명해주었다.

"어디로 가는지 묻지 말라고 했어요. 그렇지만 옛날 주소로 편
지를 보내면 전해질 것입니다." 덧붙여 말했다.

몬느는 자전거를 끌면서 야채밭을 건너 돌아오는 길에 생각에
잠겼다.

'그녀는 떠났다. 모든 게 내가 원한 대로 끝났군. 내가 그녀를 몰아붙였어. "나는 아마도 매춘부가 될 거예요"라고 그녀가 말했었지. 그녀를 그런 곳으로 내몬 건 나란 말이야! 결국 프란츠의 약혼녀를 내가 매춘부로 만든 셈이군.'

낮은 소리로 그는 미친 듯이 외쳤다. '잘됐어! 잘됐어!' 물론 그것은 반대로 '안됐군'이라는 의미로 사용한 것이었다. 그 부인이 보는 앞에서 철문을 빠져나오기도 전에 그는 발을 헛디뎌 주저앉을 뻔했다.

그는 점심을 먹을 생각도 하지 않고 어떤 카페로 들어갔다. 거기에서 그는 숨 막히는 듯한 절망적인 비명에서 벗어나기 위해서 발랑틴에게 긴 편지를 썼다. '당신이 그럴 수 있어요! 당신이 당신 자신을 거기에 내던질 수 있어요! 그렇게 자신을 내버릴 수 있느냐고요!'

그 옆에서는 장교들이 술을 마시고 있었다. 그중 한 사람이 여자 이야기를 큰 소리로 옮기고 있었다. '내가 그에게 말했지…… 당신 나를 잘 알 텐데…… 나는 당신 남편과 함께 매일 밤 노름을 하고 있지……' 다른 사람들이 웃었고, 고개를 돌려 뒷자리에다 침을 뱉었다. 헬쑥하고 먼지투성이의 몬느는 거지처럼 그들을 쳐다보았다. 그는 그들이 발랑틴을 껴안고 있는 것 같은 상상을 했다.

자전거를 타고 그는 성당 주위를 오래오래 맴돌며 우울한 생각에 잠겼다. '결국 나는 성당으로 왔군.' 길 끝에 있는 황량한 광장에 거대한 성당이 보일 듯 말 듯 서 있는 것이 보였다. 거기에 있는 길들은 시골 성당의 주위에 난 길들처럼 좁고 더러웠다. 여기저기 홍등(紅燈)이 켜진 집들이 있었다. 몬느는 중세 시대처럼 성당의 아치형 벽 밑에서 피난해온 더럽고 악취 나는 그 동네에서 잃어버렸던 괴로움이 되살아나는 것을 느꼈다. 도시의 성당에 대한 반발과 농부들의 두려움이 되살아났다. 그 성당에는 모든 악(惡)이 몰래 새겨져 있는 것 같았고, 그래서 안 좋은 장소에 세워져 있는 것 같았고, 사랑의 가장 순결한 고뇌에 대해서는 아무런 처방도 해주지 못하는 것 같았다.

두 여자가 서로 허리를 붙들고 지나가면서 뻔뻔스럽게 그를 쳐다보았다. 몬느는 혐오감에서인지 아니면 장난에서인지 자신의 사랑에 복수를 하기 위해서인지 그 사랑을 망가뜨리기 위해서인지 자전거를 타고 천천히 그녀들의 뒤를 따라갔다. 숱이 적은 금발에 가발을 쓴 한 여자가 그에게 대사교관 정원에서 6시에 만나자고 약속했다. 대사교관은 프란츠가 편지에서 그 가련한 발랑틴과 약속한 장소였다.

그 시간이면 그가 그 마을을 떠난 지 오랜 뒤일 것이라는 사실을 알면서도 그는 아니라고 말하지 않았다. 비탈길의 낮은 창문 앞에서 그녀는 그에게 공허한 손짓을 하며 오래오래 서 있었다.

그는 서둘러서 길을 떠났다.
떠나기에 앞서 그는 발랑틴 집 앞을 다시 한 번 지나가고 싶은 욕망을 억제할 수 없었다. 그는 똑바로 쳐다보았다. 슬픔을 삼켜야만 했다. 그 마을의 끝집이었다. 골목길은 거기서 큰길로 이어졌다. 정면으로는 빈 터가 작은 광장을 이루고 있었다. 창문에도 마당에도 아무도 없었다. 다만 얼굴에 분칠을 한 더러운 여자 하나만이 허름한 옷을 입고 있는 청년 두 명을 이끌고 담을 따라가고 있었다.

발랑틴은 이런 곳에서 어린 시절을 보냈고, 이곳에서 믿음직스럽고 현명한 눈으로 세상을 바라보기 시작했을 것이다. 그녀는 저 창문 뒤에서 집안일을 하고 바느질을 하고 있었을 것이다. 프란츠는 그녀를 보고 미소를 보내며 그 마을의 거리로 지나갔을 것이다. 그러나 지금은 아무것도 없었다. 쓸쓸한 저녁이었다. 몬느는 발랑틴이 어디선가에서 그와 같은 오후에 이제는 돌아가지 못할 그 우울한 장소를 추억하고 있을 것이라고 생각했다.

돌아가야 했던 긴 여행만이 그의 고통을 구제할 수 있는 유일한 길이었고, 그 고통 속에 빠지기 전의 유일한 기분전환거리였다.

그는 떠났다. 큰길가와 계곡에는 농가의 아름다운 집들이 초록색 격자로 된 뾰족한 지붕 꼭대기를 강 건너 숲 사이로 내보이고 있었다. 아마도 저 건너 잔디 위에 있는 친절한 처녀들이 사랑에 관한 이야기를 하고 있으리라. 그는 거기에 있을 아름다운 영혼들을 상상했다.

그러나 그 순간 몬느에게는 유일한 사랑, 잔인하게도 깨뜨려버려 이루지 못한 그 사랑만이 있었을 뿐이다. 그가 보호해야 했던 그 처녀는 자신이 파멸로 이끈 바로 그 여자였던 것이다.

일기장에 급하게 적어놓은 몇 줄의 일기는 너무 늦기 전에 기어코 발랑틴을 찾고야 말겠다는 그의 계획을 알려주고 있었다. 그 페이지의 귀퉁이에 있는 날짜는 내가 라 페르테당지옹에 그의 여행을 방해하러 갔을 때, 몬느 어머니가 긴 여행을 위한 짐을 꾸리고 있던 바로 그 무렵이라는 확신이 들었다. 8월 말 어느 화창한 날 아침 몬느는 아무도 사용하지 않던 사무실에서 자신의 추억과 계획을 써내려가고 있었던 것이다. 그때 내가 문을 열고 들어가서 그가 더 이상 기대하지 않고 있던 굉장한 소식을 전해주었던 것이다. 그는 그때 아무것도 하지 않고 아무런 고백도 하지 않은 채 그 옛날의 모험에 꼼짝없이 묶여 있었던 것이다. 그래서 전나무 숲에서 그 보헤미안의 외침이 극적으로 젊은이의 첫 맹세를 상기시켰던 결혼식 날까지, 때로는 잦아들다가 때로는 숨 막힐 듯 기승을 부리는 고통과 회한, 후회가 다시 시작되었던 것이다.

그의 부인인 이본 드 갈레의 허락을 받고 떠나기 전 새벽, 그는 숙제장에 급하게 몇 자 끼적거려놓았다.

"나는 떠난다. 나는 어제 전나무 숲으로 왔던, 그리고 자전거를 타고 동쪽으로 떠난 두 보헤미안의 발자취를 다시 찾아가야만 한다. 나는 부부가 된 프란츠와 발랑틴을 '프란츠의 집'으로 다시 데려와야만 이본의 곁으로 돌아올 것이다."

"내가 비밀 일기처럼 쓴, 그리고 내 참회가 담긴 이 원고는 내가 돌아오지 않는다면 내 친구 프랑수아 쇠렐의 소유가 될 것이다."

그는 이 노트를 급하게 다른 노트 밑에 집어넣고, 학생 시절의
그 작은 가방을 열쇠로 잠근 다음 사라졌다.

세월은 흘렀다. 나는 친구를 다시 만나게 될 희망이 없었다. 시골 학교와 쓸쓸한 집에서 우울하고 슬픈 날들이 흘러갔다. 프란츠는 내가 정한 약속 장소에 나타나지 않았다. 게다가 무아넬 대고모는 오래전부터 발랑틴이 어디에 사는지 모르고 있었다.

사블로니에르의 유일한 기쁨, 그것은 생명을 건진 바로 그 어린애였다. 9월 말, 그 여자 애는 예쁘고 튼튼한 아이로 자라고 있었다. 태어난 지 만 1년이 되어가고 있었다. 의자 다리를 꽉 붙잡고 그것을 혼자서 밀고 다니기도 했고, 넘어지지 않고 혼자서 걸어보려고도 했고, 큰 소리를 질러서 방 안에 긴 메아리를 울리기도 했다. 내가 그 애를 팔에 안고 입을 맞추어도 싫어하지 않았다. 야성적이고 매력적인 모습인 그 애는 작은 손을 벌려 내 얼굴을 쓰다듬기도 하고, 밀기도 하고, 깔깔대며 웃기도 했다. 그 모

310

든 명랑함과 어린애다운 행동 때문에 그 애는 태어날 때부터 그 집에 도사리고 있었던 슬픔을 쫓아내고 있는 것 같았다. 나는 때때로 생각했다. '야성적인 성격에도 불구하고 그 애는 나를 닮은 것 같군.' 그러나 한 번 더 신은 다른 결정을 내렸다.

9월 말 어느 일요일 아침, 나는 아기 유모보다도 더 일찍 일어났다. 생브누아 출신의 두 사람과 자스맹 들루슈와 함께 셰르 강으로 낚시를 떠날 예정이었다. 그 근처의 시골 사람들은 이따금 나와 함께 밀렵을 하곤 했다. 어둠 속에서 낚시를 하기도 하고 투망질을 하기도 했다. 여름 내내 쉬는 날이면 우리는 새벽에 떠났다가 정오에서야 돌아왔다. 그것은 대부분 모든 사람의 밥벌이였다. 나에게는 그것이 시간을 보내는 방법이었고, 옛날의 우리 패들을 생각나게 하는 유일한 모험이었다. 그래서 마침내 나는 연못의 갈대숲과 긴 강을 따라가는 낚시와 산책이 취미가 되었다.

그날 아침 5시 반에 나는 농장의 채소 정원과 사블로니에르 영지의 영국식 정원을 갈라놓은 작은 창고의 담벼락에 등을 기대고 서 있었다. 나는 지난 목요일에 던져두었던 그물의 얽힌 부분을 풀고 있었다.

아직 날은 완전히 밝지 않았다. 9월의 맑은 새벽이었다. 내가 낚시 도구를 서둘러서 풀고 있던 그 창고는 아직도 어슴푸레한 어둠에 잠겨 있었다.

나는 말없이 일에 열중했다. 그때 갑자기 철문이 열리고 자갈길을 걸어오는 발자국 소리가 들렸다.

'오! 내가 생각했던 것보다 사람들이 일찍 오는군. 아직 준비가 되어 있지 않은데.' 나는 혼자 중얼거렸다.

그러나 마당으로 들어선 사람은 낯선 사내였다. 사냥꾼이나 밀렵꾼처럼 옷을 입은, 키가 크고 수염이 많이 난 사람이라는 정도만 알 수 있었다. 약속 시간이면 늘 내가 있는 장소로 낚시꾼들이 찾아왔지만 그는 곧장 입구의 문으로 갔다.

'아무려면 어때! 내게 말하지 않고 그들이 초대한 친구겠지. 선발대로 보낸 사람이겠지' 하고 나는 생각했다.

그 사내는 소리 없이 문고리를 벗겼다. 조금 전에 내가 밖으로 나올 때 걸어놓은 것이었다. 그는 똑같은 방법으로 부엌문을 열었다. 이윽고 그는 잠깐 서성거리더니 내 쪽으로 몸을 돌렸는데, 희미한 새벽빛에 비친 얼굴이 불안해 보였다. 그제야 나는 그가 대장 몬느임을 알 수 있었다.

나는 그의 갑작스런 귀환으로 고통이 되살아나 겁나고 절망스러운 나머지 한참 동안 서 있었다. 그는 집 뒤로 사라졌다. 집안을 한 바퀴 돌고 나서 그는 머뭇거리며 돌아왔다.

그때 나는 그에게 다가가 말없이 그를 껴안으며 오열했다. 곧바로 그는 모든 것을 알아차렸다.

"아! 그녀가 죽었군, 그렇지?" 그가 짧게 말했다.

그는 꼼짝 않고 아무 말 없이 공포에 떨며 거기 서 있었다. 나는 그의 팔을 붙들고 살며시 집 안으로 데리고 들어갔다. 이제 날이 밝았다. 가장 괴로운 일을 먼저 하기 위해서 곧바로 나는 죽은 그녀의 방으로 올라가는 계단으로 그를 인도했다. 들어가자마자 그는 침대 앞에 무릎을 꿇었다. 그리고 오랫동안 머리를 두 팔에 파묻고 있었다.

그는 자신이 어디에 와 있는지조차 모르는 사람처럼 비틀거리며 일어섰다. 나는 다시 그의 팔을 붙들고 딸의 방이라는 것을 알려주기 위해 다른 방문을 열었다—아기는 혼자 깨어 있었다—유모는 아래층에 있었다. 아기는 혼자서 요람 속에 앉아 있었다. 바로 그때 놀란 듯이 그가 우리를 향해 고개를 돌렸다.

"자네 딸일세." 내가 말했다.

그는 깜짝 놀라서 나를 쳐다보았다.

이윽고 그는 딸을 안았다. 그는 눈물이 흘러 처음에는 아기를 제대로 보지 못했다. 격한 마음과 눈물을 억제하기 위해 아기를 꽉 껴안았다가 팔에 안은 다음 고개를 숙이고 내게로 몸을 돌려 말했다.

"그 두 사람을 데려왔어. 그들 집으로 가면 보게 될 거야."

결국 아침 일찍부터 나는 생각에 잠기고 행복에 겨워, 이본 드 갈레가 옛날에 보여주었던 쓸쓸한 프란츠의 집으로 갔다. 목걸이를 한 젊은 주부 차림의 여자가 문턱에서 빗질을 하고 있는 것이 멀리서 보였다. 그녀는 미사에 참례하러 가는 외출복 차림의 어린 목동들의 호기심과 열광의 대상이 되어 있었다.

아기는 그렇게 꽉 안기는 것이 싫었던 모양이다. 오귀스탱 몬느는 눈물을 보이지 않으려고 고개를 옆으로 돌리고 있었는데 아기는 그 작은 손을 벌려서 더부룩하게 수염이 난 그의 젖어 있는 입술을 때리고 있었다.

그러자 아버지는 딸을 높이 쳐들어 허공으로 던졌다 받으며 웃음 띤 얼굴로 자기 딸을 쳐다보았다. 아기는 좋아서 손뼉을 쳤다.

나는 그들을 더 잘 보기 위해 뒤로 약간 물러섰다. 약간 실망스러웠지만 대단히 감동하며 나는 아기가 오랫동안 우울한 마음으로 기다렸던 인생의 보호자를 드디어 찾았다는 것을 깨달았다. 그리고 대장 몬느가 내게 남겨준 유일한 기쁨이었던 아기를 내게서 빼앗아가기 위해 돌아온 것이라고 느꼈다. 어느새 나는 외투 속에 딸을 싸안고 함께 어둠 속으로 새로운 모험의 길을 떠나는 그의 모습을 상상하고 있었다.

알랭 푸르니에Alain-Fournier는 1886년에 태어나 제1차 세계대전 중인 1914년 28세의 나이로 전쟁터에서 입은 총상으로 요절한 작가이다. 본명은 앙리 알방 푸르니에Henri-Alban Fournier로서 어려서부터 자크 리비에르(Jacques Rivière, 1886~1925)와 오랜 우정을 쌓으며 주고받은 편지를 모은 『1905년부터 1914년에 이르는 자크 리비에르와의 편지』와 그의 유일한 장편소설 『대장 몬느*Le Grand Meaulnes*』와 훗날 자크 리비에르가 모아서 출판한 에세이와 습작 시 모음집 『기적*Miracles*』을 알랭 푸르니에라는 필명으로 발표한다.

여기에 번역한 『대장 몬느』는 알랭 푸르니에가 이 한 편의 소설로 프랑스 문학사에 남게 되었다는 점에서 중요한 작품이다. 그리고 내가 젊은 시절에 읽고 가장 감명을 받은 작품 가운데 하나로서 모든 것이 깜깜한 어둠 속에 있고 내 자신의 삶이 두꺼운 안 개 속에 쌓여 있는 젊은 날의 정신적 불안과 방황에 어떤 빛의 역 할을 한 작품이다. 미지의 세계에 대한 두려움 때문에 내가 살고 있는 세계로부터 한 발도 벗어나지 못하고 있던 소심한 어린 시절 을 생각하면서 끝없는 모험의 세계로 떠나는 주인공 몬느와, 그 의 떠남을 부러워하면서도 남아서 그의 뒤를 돌보는 친구 프랑수 아 쇠렐이 내게는 젊은 날의 이루지 못한 삶의 양면 같은 존재로 여겨졌다.

오귀스탱 몬느는 자신의 짝패와 같은 프란츠 드 갈레를 모험 중 에 만나고 그의 여동생 이본 드 갈레와 결혼에 이르지만 프란츠 드 갈레는 발랑틴과 결혼에 이르지 못한다. 몬느는 프란츠를 위 해 발랑틴을 찾아서 또다시 모험의 길을 떠나고 혼자 남은 이본은 딸을 출산하고 죽는다. 프랑수아 쇠렐은 갈레가 남긴 딸을 돌보 며 행복해하지만 뒤늦게 나타난 몬느가 결국 그 딸을 데리고 다시 떠나리라는 상상을 한다.

모험은 젊은 사람만 할 수 있는 특권이고 방황은 젊은 날에 거 쳐야 하는 관문이다. 이 특권과 관문이 젊은 날에는 너무도 무겁 고 부당하게 받아들여진다. 나는 오늘의 젊은이들이 그것을 즐기 고 당연하게 누리기를 바란다. 그 즐김과 누림은 자신의 젊음에 대한 성찰과 미래에 대한 전망을 동반할 때 생산적이 된다. 나는 젊음이 소모적으로 낭비되는 것이 아니라 생산적이 될 때 빛을 발 한다고 믿는다. 이 책이 젊은 독자들에게 그러한 역할을 조금이 라도 한다면 번역하는 보람을 나도 찾을 수 있을 것 같다.

　원래 35년 전에 번역하여 문예출판사에서 출판했던 것을 이번에 새로 번역하다시피 해서 문학과지성사에서 재출간한다. 번역문을 검토해준 이화여대 조윤경 박사와 문학과지성사 편집부에 이 자리를 빌려 감사의 뜻을 표한다.

2007년 9월

김치수